De parents américains originaires des États du Sud, Virginie et Géorgie, fixés en France depuis 1885, Julian Green est né à Paris en 1900. En 1916, le jeune protestant se convertit au catholicisme. En 1917, il s'engage dans les ambulances américaines et part pour le front, en Argonne d'abord, puis étant donné son jeune âge est renvoyé dans ses foyers. Mais il se rengage pour la Croix-Rouge américaine sur le front italien. En 1918, il est alors détaché comme aspirant dans l'armée française et démobilisé en 1919.

Son père l'envoie achever ses études aux États-Unis, son pays, qu'il ne connaît pas encore. À l'Université de Virginie, 1919-1922, il écrit son premier récit, *L'Apprenti psychiatre*, aussitôt publié, et noue des amitiés qui dureront toute sa vie. De retour en France, à partir de 1924, il publie romans, essais, théâtre et son célèbre *Journal*.

Décédé à Paris le 13 août 1998, Julien Green est une des figures majeures de la littérature française. Il laisse une œuvre importante, romans et théâtre, et son *Journal*, qui traverse tout le XXe siècle. Il avait francisé son prénom de Julian en Julien, sur les conseils de Gaston Gallimard, qui fut son premier éditeur.

Julien Green

DIXIE

ROMAN

Fayard

TEXTE INTÉGRAL

ISBN 978-2-7578-1311-9
(ISBN 2-213-59378-7, 1re publication
ISBN 2-02-029284-X, 1re publication poche)

© Éditions Fayard, 1995

A la mémoire de mon père,
et à mon fils.

I

Dans la chambre d'Elizabeth, le soleil entrait en vainqueur après les pluies torrentielles de la nuit. Soudain Miss Llewelyn se pencha par la fenêtre et cria :

— Taisez-vous, les enfants. On veut dormir.

Et avec une brusquerie rageuse, elle tira les lourds contrevents qui tonnèrent dans le silence. Subitement la pénombre transporta tout dans un autre monde ; le plafond ressemblait à un ciel gris. Disparus les garçons qui clamaient victoire sur la pelouse du *Grand Pré*, maintenant il n'y avait qu'une femme étendue dans son lit et parlant toute seule d'une voix sourde.

— Ce n'est pas vrai... tout à l'heure Mike est arrivé en bas et m'a dit : « Billy... »

La voix de Miss Llewelyn vint du fond de la pièce.

— Mike dit n'importe quoi.

— Il a dit « Billy ».

— Comme Billy ne cesse de penser à vous, c'est comme s'il était là.

— Comme s'il était là, balbutia Elizabeth.

— C'est sûr. Je vous quitte un instant, mais je reviens.

— Non, laissez-moi seule.

Miss Llewelyn ouvrit une porte qui laissa filtrer un rayon de lumière.

9

— Seule avec lui, murmura Elizabeth.

Miss Llewelyn disparut et referma la porte. Au bout de quelques minutes, elle revint et marcha droit vers le lit, posa un verre et une cuillère sur la table de chevet et d'une main vigoureuse souleva la tête de la femme inerte.

— Buvez, ordonna-t-elle en approchant le verre d'une bouche déjà à moitié ouverte.

Elizabeth ne résistait pas. Une gorgée, puis une autre furent avalées sans difficulté, puis une autre encore.

— Voilà, fit la Galloise satisfaite. Pour le moment vous êtes mieux au lit qu'ailleurs. Fermez les yeux et dormez.

— Pas envie de dormir, chuchota Elizabeth.

— Alors faites semblant. Vous m'en remercierez.

Elizabeth lui jeta un regard de dédain.

Tout près d'elle, au chevet de son lit, la petite Betty en blouse noire s'était glissée et se pelotonnait comme un animal dévoré d'affection craintive. Elle s'était sauvée du quartier des domestiques, espérant qu'elle ne quitterait pas Elizabeth, mais Miss Llewelyn l'avait vue. D'un froncement de sourcils elle lui ordonna d'être sage.

— Si elle veut quelque chose, tu descends vite, fit-elle.

Ces mots prononcés à voix basse, elle quitta la pièce.

Une brume blanchâtre avait pris la place de la fenêtre et s'effilochait sur la prairie qui semblait ressurgir par instants. Des lambeaux de vie, songea Elizabeth, c'était cela et non le paysage du *Grand Pré*. Elle n'avait pas seize ans. Sa mère, ruinée, l'emmenait en Amérique...

Tout à coup, c'était la nuit à Dimwood, les flambeaux étincelants tenus par les Noirs en livrée rouge, la famille sur le porche et les larmes orgueilleuses de sa mère et les rires des jeunes cousins, Billy, Fred et les autres. Tout était étrange et nouveau. Puis tout s'effaçait...

Après, loin dans l'espace et le temps, elle se retrouvait à Savannah, écoutant derrière une jalousie la voix plaintive des vendeurs de melons d'eau. Il y avait les promenades sous les avenues ombreuses... Puis le premier bal, le visage de Jonathan près des fleurs de magnolia, le clair de lune sur ce visage de l'amour, minute immobile en sa mémoire.

Comme le temps était inutile ! La brume recouvrait tout de son vide entre les souvenirs. Maintenant, le *Grand Pré* apparaissait avec l'homme le plus riche du Sud, Oncle Charlie. Elle épousait son fils, encore jeune étudiant. Il le fallait, car ils avaient fait des bêtises ensemble. Et Jonathan revenait de l'autre côté des mers... Ensuite, ce duel stupide. La vie lui avait enlevé les deux hommes, la vie et non la mort, car ils restaient toujours présents en elle, comme si leurs visages marquaient les jalons de son existence de femme. Et elle avait épousé Billy. Il était différent des autres, sensuel avant tout. Maintenant, elle savait : il était étendu là-bas sur un champ de bataille, son corps deviendrait à son tour cette terre virginienne qui avait ensorcelé Elizabeth. Elle ne retournerait pas en Europe, sa vie était bien ici, encombrée de jeunes morts, et...

Les cris des enfants couraient vers elle dans la brume. Non, c'était le rideau de mousseline frémissant sous la brise légère du matin. Légère ! Elizabeth se sentait de plus en plus légère. Tout ce blanc, ce n'était pas un rideau, mais la page de sa vie désormais.

Elle sombra corps et âme dans le sommeil.

II

Le vestibule plongeait dans une nuit presque totale comme pour accueillir plus décemment les ombres des soldats venues du champ de bataille. Seule une petite lampe orangée au milieu d'une table jetait une lumière timide sur la personne de Miss Charlotte debout et immobile, les mains jointes.

Du bas de l'escalier se dirigea droit vers elle un pas impérieux. C'était Miss Llewelyn, qui demanda dans un chuchotement en accord avec le dramatique éclairage :

— Je vous dérange, Miss Charlotte ?

— Nullement, fit la vieille demoiselle. Mon devoir est de monter réconforter Elizabeth en utilisant pour cela un psaume. Mentalement je faisais un choix.

— Elizabeth se sent suffisamment informée de son malheur. Il ne lui reste plus qu'à y croire. Étendue sur son lit, elle se débat encore contre la vérité qu'elle n'accepte pas. Elle répète sans cesse que ça n'est pas vrai.

— J'ai connu dans ma jeunesse ces heures terribles. Elle finira par comprendre que ce qui est vrai est vrai.

— Je ne vous apprendrai pas que nous sommes au moment voulu pour lui épargner le choc d'une révélation qu'elle risque de ne pouvoir supporter. Je n'ai eu que le temps de faire le nécessaire.

— Que voulez-vous dire ?

— Laudanum. J'ai pris sur moi de lui donner la dose la plus efficace, qui est la vôtre.

Miss Charlotte frappa la table de sa main.

— Mais vous n'en aviez pas le droit. Vous n'êtes pas de la famille. Moi seule aujourd'hui pourrais en décider. La dose indiquée sur le flacon est la seule autorisée par la médecine. Vous êtes une mauvaise femme, Miss Llewelyn.

— Eh bien, je porterai seule le poids de cette faute. Miss Elizabeth risquait de perdre la raison. Dans l'état où elle était, et alors que nous sommes si proches du champ de bataille...

— Là, je ne peux que vous donner raison. Il vaudrait mieux qu'on s'en aille d'ici.

— J'ai pensé à Kinloch. Elle serait sûre d'être bien reçue par ses cousins Turner.

— Kinloch est loin.

— Trois heures en calèche.

Miss Charlotte garda le silence.

— Dès maintenant, continua Miss Llewelyn, nous pourrions envoyer là-bas un courrier pour les prévenir.

— Je vois que vous avez pensé à tout, fit Miss Charlotte d'un ton cinglant.

— Je tiens à sauver Miss Elizabeth d'une vie cruelle.

— Elle finira bien par tout savoir.

— Laissons au moins à la blessure une chance de se refermer.

Pendant quelques minutes, elles discutèrent sur ce problème délicat. Finalement la vieille demoiselle fit un geste excédé.

14

— Kinloch serait probablement le meilleur refuge pour la malheureuse. Quant à moi, je reste ici à veiller sur la maison et les enfants, en l'absence de Mrs Jones.

— Vous serez bien entourée et bien servie. Les Noirs seront fidèles. Je les connais.

— Je l'espère !

Dehors, dans le vestibule, Mike se promenait de long en large sans écouter le murmure des psaumes que débitait Miss Charlotte. Il tourna vers Miss Llewelyn un visage de craie comme si d'un coup toute sa jeunesse lui avait été confisquée.

— Vous venez avec nous porter Elizabeth à Kinloch, dit-elle. Ici, elle risque de perdre la raison.

— Kinloch, balbutia-t-il. Je le voudrais bien, mais je dois rejoindre mon régiment. Elizabeth... Si je pouvais m'y trouver avec elle...

En disant ces mots, il eut un air désolé qui fit de lui un enfant.

— Si je pouvais, murmura-t-il encore. Et les enfants ?

— Ils restent ici.

— Je vais partir sans qu'ils me voient, dit-il. Mais sans la voir, elle ?

Miss Llewelyn hésita.

— Cela vaudrait mieux, dit-elle enfin.

Elle sortit sans ajouter un mot. D'un coup la lumière envahit le vestibule, pareille à un cri de joie ; mais, à peine dehors, la Galloise referma la porte, abandonnant Miss Charlotte à ses religieuses méditations et Mike à sa peine. D'un pas rapide elle gagna les écuries derrière la maison. Les quatre chevaux d'Oncle Charlie, sujet britannique, n'avaient pas été réquisitionnés et le cocher qui s'occupait d'eux à ce

15

moment parut inquiet quand il vit Miss Llewelyn. C'était un colosse au teint d'apoplectique. Il venait du Yorkshire dont il avait conservé l'accent.

— Des nouvelles de Master Charlie ? demanda-t-il aussitôt.

— Aucune. Il est toujours à Liverpool avec son bateau et des armements pour le Sud.

— Il n'aura pas vu la victoire de Manassas à quelques minutes de sa maison.

— Taffy, on reparlera de tout ça plus tard. Tout à l'heure, tu vas m'atteler la calèche grise avec quatre chevaux. On part tantôt pour Kinloch avec Miss Elizabeth.

— Kinloch, Miss Llewelyn, ça n'est pas tout près, et les chemins sont rudement escarpés.

— A quatre heures, la calèche devant la maison, et en route ! Compris ?

Il lui jeta un regard d'assassin et hocha la tête.

— Puisque c'est vous qui commandez...

— En l'absence de Master Charlie, oui, et ce sera comme ça tous les jours.

Tournant les talons, elle partit à la recherche des enfants qu'elle fit rentrer à la maison. Seul lui échappa Ned qui disparut au galop dans les bois sur son cher Whitie. La Galloise alla rassembler les Noirs dans les cuisines. Ils tremblaient encore d'effroi, mais elle les tranquillisa presque de force en leur criant des ordres pour la journée. Mrs Harrison Edwards et Miss Maisie de Witt, fourbues d'émotion, se remettaient au premier étage. Il y avait de quoi faire un repas pour tout le monde. Au travail donc, et vite.

Cinq miles à vol d'oiseau séparaient la maison de la terre où des Noirs et des soldats en loques creusaient un énorme trou pour les morts qu'on n'avait pu identifier, et l'odeur à la fois lourde et fade flottait par moments, écœurante dans l'air qui s'échauffait.

Vers quatre heures de l'après-midi, la calèche attendait devant la maison. Brusquement dehors, la Galloise fut suivie presque aussitôt par Miss Charlotte dont les yeux papillotèrent dans le soleil. Les deux femmes ne s'aimaient guère et les au revoir furent échangés sans aucune affectation pendant qu'Elizabeth montait sans un mot en voiture.

Restée seule sur le pas de la porte, Miss Charlotte se sentit l'âme enfin plus tranquille, quand les trois chevaux emportèrent avec eux dans la calèche des problèmes et des solutions de problèmes sans références dans les psaumes.

III

Tournant le dos au champ de bataille, comme pour en perdre le souvenir, les voyageurs traversèrent Prince William County et la vie normale semblait reprendre une force nouvelle. Des prairies déjà touchées par les brûlures de l'été s'étendaient le long des routes où la terre d'un rouge vigoureux jetait une note d'une splendeur tragique. Des bois coupaient ce paysage dont le charme agissait avec une sorte de violence douce. Tout au loin se devinait la crête des collines d'un bleu de fumée.

Miss Llewelyn regardait cette nature avec un plaisir qu'elle n'osait s'avouer quand elle abaissait les yeux sur Elizabeth qui demeurait immobile, plongée dans un état voisin du rêve éveillé. Jamais peut-être elle n'avait paru plus belle sous le large chapeau de paille légère qui la protégeait un peu du soleil. Des rayons passaient en effet de chaque côté des rideaux de toile noire et coulaient dans l'or de sa chevelure. Parfois, de sa bouche entr'ouverte s'échappait un très léger murmure de paroles indistinctes. Si elle avait jamais cru et compris qu'elle était veuve, il n'en restait qu'une ombre de souvenir dans le monde mystérieux où elle respirait.

Cependant, la calèche roulait à vive allure, secouée de temps à autre de légers cahots qui se firent plus rudes quand on atteignit la gorge de Thoroughfare Gap. Par là s'ouvrait la route de Fauquier County.

Miss Llewelyn se rapprocha d'Elizabeth et lui dit d'une voix tranquille :

— Ne vous étonnez pas si nous sommes un peu secouées. Nous allons vers des collines que nous ne ferons que longer. Le pays est un peu sauvage.

Elle tira le rideau qui faisait face à Elizabeth. Des sapins dispersés escaladaient les hauteurs, cachant un pan du ciel où flamboyait encore l'après-midi, et la route en mauvais état ralentissait le pas des chevaux. Bientôt ils atteignirent un cours d'eau si peu profond qu'un homme eût pu le franchir à pied, mais de grosses pierres l'encombrant d'une rive à l'autre en rendaient plus malaisé le passage d'une voiture. Sautant de son siège, le jeune valet noir alla guider l'attelage qui devenait plus nerveux et hennissait.

Miss Llewelyn prit la main d'Elizabeth.

— C'est le seul moment un peu ennuyeux du voyage. Vous sentez-vous fatiguée ?

La jeune femme la regarda comme si elle ne la connaissait pas.

— Où sommes-nous ? demanda-t-elle d'une voix sans expression.

— Sur la route de Kinloch où nous serons tranquilles.

Elizabeth se tut. Ses yeux se perdaient vers de hautes collines que l'on commençait à apercevoir à mesure qu'avançait la calèche. Des rochers couleur de rouille se dressaient sur les flancs déchirés de ces hauteurs. Elle les regardait sans curiosité apparente, attentive cependant comme pour se ressouvenir d'autre chose qu'elle ne voyait pas.

La Galloise l'observait non sans une légère inquiétude. Elle se demandait si la dose de laudanum avait été assez forte pour arracher Elizabeth au cauchemar d'une réalité insupportable, car elle la voyait pensive et d'une certaine façon trop présente au monde extérieur. Aussi valait-il mieux ne pas lui parler, ne pas la réveiller du monde fictif qu'elle contemplait de ses yeux bleus grands ouverts. Visiblement elle admirait le paysage, où les bois se faisaient plus épais et plus sombres au-dessous des crêtes de montagnes. Les rayons du soleil couraient sur les dentelures des sommets, y laissant par endroits comme des traînées de sang.

Bien avant la fin de l'après-midi, longue en cette saison, les voyageurs atteignirent Kinloch. Entourée d'arbres immenses qui dépassaient de plus de trois fois les toitures, la vaste maison de bois sombre s'élevait non loin du rebord d'un plateau. De cette hauteur vertigineuse se voyaient au loin des collines bleu pâle de Virginie cernant comme d'une muraille irréelle un paysage de champs et de prairies coupées de bois.

Une longue véranda ceinturait la vieille demeure dont l'austérité se trouvait sauvagement atténuée par les éclats d'une joie tonitruante venue des pièces les plus éloignées.

Sans prêter la moindre attention à ce bruit, Elizabeth descendit de voiture et monta seule les quelques marches de l'entrée. D'un geste elle écarta Miss Llewelyn qui s'offrait à l'aider. Un serviteur noir courait vers elles, le lad du cocher sauta de son siège et, pendant un instant, il y eut un peu de brouhaha autour de la calèche, quand on vit se hâter vers Elizabeth immobile une dame en robe de toile blanche aux larges volants.

Sans être jeune, elle gardait dans des traits d'une finesse intacte le charme impérieux d'une beauté séduisante. Un peu moins long, le visage eût été parfait, mais la profondeur des grands yeux sombres rachetait tout par la bonté qui s'y lisait. Lorsqu'elle fut près d'Elizabeth, son premier mouvement fut de lui prendre les mains sans rien dire, muette à la fois de surprise et d'une sorte de frayeur qu'elle n'arrivait pas à dissimuler. La nouvelle venue se contenta de la regarder en souriant, mais dans ce bref silence se jouait une sorte de drame que les mots refusaient d'éclaircir.

— Elizabeth, dit enfin la dame en blanc, je suis heureuse de vous voir à Kinloch.

— A Kinloch, répéta doucement Elizabeth. La dernière fois, nous nous étions vues à Dimwood. La fête sous les arbres de l'avenue...

— Ma pauvre enfant, dit Mrs Turner, les larmes au bord des paupières. Venez.

— Si j'ai dit quelque chose qui vous fasse de la peine, je regrette, dit poliment la jeune femme.

— ... de la peine, répéta Mrs Turner, oui, mais ce n'est pas votre faute, c'est le souvenir de tout cela...

Elizabeth eut un léger sourire et ne dit rien.

— ... toute la famille de Kinloch était venue...

— Mais oui. Beaucoup de monde..., fit Elizabeth. Et de grandes réjouissances, des lumières dans les arbres, de la musique aussi, vous rappelez-vous ?

Elle parlait de ces choses comme d'une pièce intéressante qu'elle aurait vue jadis.

Mrs Turner recula d'un pas. D'une voix que la peur faisait un peu rauque, elle dit simplement :

— Chère Elizabeth, vous restez avec nous, bien sûr. Ce soir, je ne puis vous offrir que la chambre de ma fille Beverley qui est absente. Elle est un peu loin de tout, mais je crois que vous y serez bien.

— J'en suis sûre, fit Elizabeth de son ton le plus mondain.

— Il faut vous dire qu'à l'autre bout de la maison un petit groupe de jeunes de la famille nous est arrivé en trombe et fait un peu de vacarme, fêtant la victoire, vous comprenez. Tous de jeunes officiers...

— De jeunes officiers, répéta mécaniquement Elizabeth.

— Oui. Oh! ils seront partis à l'aube rejoindre leur régiment. Ils ont bu déjà un petit peu trop, comprenez-vous? Cette victoire d'avant-hier... Mais je vais faire servir un léger repas ici même, que nous pourrions partager en paix.

— Je vous remercie, fit Elizabeth, mais je serais incapable d'avaler une bouchée de pain. J'ai soif; seulement soif. Si un grand verre d'eau...

Mrs Turner quitta la pièce et faillit se heurter contre la Galloise qui, par hasard, se trouvait tout près de la porte.

— Madame, fit Miss Llewelyn avec une assurance toute virile, je suis la gouvernante du *Grand Pré*. Vous pouvez me confier le soin de Mrs Hargrove sur qui j'ai veillé depuis sa quinzième année. Elle a surtout besoin de repos.

Des explications suivirent, puis Mrs Turner déclara:

— Elle m'inquiète. Elle ne semble pas dans un état normal.

— Elle rêve, c'est ce qu'elle peut faire de mieux pour le moment.

— Il lui est arrivé quelque chose?

— Le pire. Tenez-la à l'écart des officiers. Ils savent.

22

Mrs Turner étouffa un gémissement :

— J'ai compris. Je vais donner les ordres nécessaires pour qu'elle soit bien à Kinloch. Tenez-moi au courant. Pour le moment elle demande un verre d'eau.

☆

Haute de plafond, la chambre d'une simplicité un peu sévère ne manquait pas d'une recherche d'élégance : ainsi le lit à colonnes et à baldaquin blanc s'ornait d'une courtepointe de soie mauve. Quelques chaises à dossier droit contre les murs nus donnaient à la pièce un ton austère ; en revanche, seule concession à la fatigue ou à la paresse, un gros fauteuil à capitons de cuir noir installait dans un angle un peu d'Angleterre victorienne, et, dans son lourd cadre d'ébène, une glace surmontait une commode à quatre longs tiroirs.

A demi étendue au fond du large fauteuil, Elizabeth regardait Miss Llewelyn s'affairer dans cette petite pièce qu'elle semblait à elle seule emplir de toute sa personne. On avait tiré les contrevents, et, chaque fois qu'elle passait près du flambeau à quatre bougies, des pans d'ombre se déplaçaient sur les murs et couvraient à moitié le plafond. Des deux poings elle tâta le lit et déclara :

— Dur comme à l'anglaise. Les couvertures sont sérieuses. Vous dormirez bien.

Près de la cheminée s'ouvrait une porte qu'elle n'avait pas encore remarquée.

— Vous permettez, fit-elle, je vais explorer les environs.

Sans attendre la réponse, elle prit une des bougies du flambeau et quitta la pièce.

Elizabeth la vit partir d'un œil indifférent. Le siège capitonné où elle se pelotonnait comme dans un nid la portait à une somnolence heureuse. Dans une sorte de rêve, elle entendait le pas de la Galloise s'éloigner, puis revenir pour s'éloigner encore. Enfin celle-ci reparut, la bougie aux doigts.

— C'est bien ce que je pensais, dit-elle. A côté se trouve un petit appartement avec une salle de bains et une seconde chambre à coucher. Tout cela plutôt exigu et comme qui dirait à l'abandon. J'y passerai la nuit malgré tout pour ne pas vous laisser seule.

— Seule, fit doucement Elizabeth comme un écho.

A ce moment on frappa à la porte qui donnait sur l'extérieur. Entra le jeune serviteur noir chargé d'un plateau avec un cruchon de verre rouge et plusieurs verres de même couleur.

— Vous avez demandé à boire ? fit Miss Llewelyn.

— De l'eau, oui.

— Avez-vous faim ?

— Pas du tout.

— Moi si. Je vais vous préparer un verre d'eau, puis j'irai voir ce que je peux trouver à l'autre bout de la maison. Tout à l'heure on entendait encore un peu de vacarme.

— Les officiers, Mam, dit le serviteur à mi-voix avec un sourire.

Il avait une figure d'enfant et l'éclairage des bougies prêtait une certaine grâce à ses traits sans finesse.

— Les officiers ? fit Elizabeth.

Miss Llewelyn lui présenta un verre d'eau.

— Buvez, Miss Elizabeth[1]. Toi, petit, va-t'en. Tu parles trop.

Très docilement Elizabeth avala quelques gorgées du verre d'eau que la Galloise lui présentait. On eût dit dans des moments comme celui-ci que cette femme si violemment éprise de sa volonté redevenait petite fille.

— On ne les entend plus, fit-elle d'un air sournois.

— Ils s'en vont demain matin, et ne vous gêneront plus. On les a reçus aujourd'hui parce qu'ils sont apparentés à la famille, c'est tout.

Restée seule, Elizabeth ouvrit la porte et s'aventura sur la terrasse. Elle n'alla pas trop loin. Le ciel était encore clair et elle risquait d'être vue de tous les côtés. Cependant, de là où elle s'arrêta, elle entendait assez bien rire et chanter les jeunes officiers. Elle les supposa un peu ivres, elle comprenait leur joie d'être en vie après la bataille, elle la partageait, cette joie de vivre, comme si elle-même s'était aussi battue, elle se sentait heureuse, revoyait par le souvenir de très beaux uniformes, avec les boutons de cuivre groupés trois par trois sur les tuniques bleugris, les bottes à mi-jambe... L'effervescence de cette gaieté rude la charmait sans dissiper une ombre de mélancolie qui ne la quittait pas. Avec une extrême prudence, elle fit quelques pas encore et s'arrêta. Que

1. On disait Mademoiselle à une jeune mariée, quand on l'avait connue jeune fille.

25

voulait-elle? A cette question, nulle réponse. Elle semblait chercher quelque chose ou quelqu'un, mais là sa mémoire ne l'aidait pas. Elle admira les hêtres dont les têtes au lourd feuillage se perdaient loin au-dessus de la maison. Tout lui paraissait beau et digne d'attention.

Au bout de la terrasse, il y avait une salle que des volets clos défendaient du soleil. De là ces voix lui semblaient se ruer vers elle, mais elle n'en éprouvait ni peur ni plaisir. Simplement, c'était ainsi. A l'aube tous ces hommes s'en iraient.

Revenant sur ses pas, elle quitta la terrasse et décida de faire le tour de la maison. Dans sa robe de toile lilas, elle se savait élégante et ne cherchait plus à se cacher. Du reste, pourquoi se serait-elle cachée? Elle était l'invitée de Mrs Turner, elle se promenait. Mrs Turner lui avait dit qu'à l'angle de Kinloch se trouvait un petit bois, le *Bois Tranquille*. Ce nom lui plaisait par sa simplicité un peu naïve qui contrastait avec le nom fier et presque arrogant de Kinloch.

Tout en longeant les murs de la maison, elle en frôlait les pierres du bout des doigts sans raison précise, sinon que sa présence à Kinloch lui semblait tenir du rêve, mais cela lui était égal. Les hêtres dont le feuillage se perdait dans le ciel la frappaient d'une surprise toujours nouvelle, le soleil lui en montrait chaque feuille.

Tout à coup, il n'y eut plus de maison sous sa main et elle se trouva devant le paysage sans limites qu'elle avait vu en arrivant. Les prés fuyaient à l'horizon entre les nappes d'or des blés.

On pouvait aller assez avant vers toute cette splendeur jusqu'à une barrière faite de lourdes branches entrecroisées en X longeant le précipice. Assez près de là, et comme pour détourner le promeneur du point de vue vertigineux, s'amorçait un chemin qui menait doucement vers un groupe d'arbres plantés un peu au hasard. Ils se rejoignaient cependant tous en une toiture de feuillage assez épais pour briser la lumière du soleil ; seuls passaient comme des lances quelques rayons obstinés. La séduction du lieu s'expliquait par la profondeur du silence et par une sorte d'immobilité de tout. Un banc de pierre témoignait du charme de cette solitude. Bientôt, comme par instinct, Elizabeth se trouva dans ce qui lui parut un refuge contre elle ne savait quoi, car elle ne se sentait menacée par rien. Bien au contraire, sous ces arbres, l'air même et son odeur végétale la rassuraient. Tout danger possible demeurait ailleurs.

Avec le jour qui baissait, l'éclairage se faisait agréablement complice du rêve et elle goûtait une joie indéfinissable à se savoir seule, sans doute s'y mêlait-il ce rien de mélancolie qui ne la quittait plus depuis son départ du *Grand Pré*, mais cela même rendait plus délectable son éloignement du monde. Elle méditait d'aller s'asseoir sur le banc de pierre pour y passer un moment lorsqu'un chant d'oiseau l'arrêta. Un chant, à vrai dire une note d'une douceur infinie qui se perdait dans un silence immédiat. Le cœur battant, Elizabeth reconnut la grive ermite qui ne jette son appel que si elle se croit seule. Jadis, dans un jardin privé de Londres, elle avait entendu l'oiseau mystérieusement farouche, puis une autre fois en Amérique, mais où ? Sa mémoire se taisait, d'ordinaire si précise. C'était comme si l'oiseau de Londres la chassait de son domaine, laissant la place à sa rivale de Virginie. Elizabeth demeura immobile, attendant, puis au bout d'un temps qui lui parut interminable un trille à la fois tendre et timide qui ne se prolongea pas fit du silence un espace sans limites.

La jeune femme pressentait qu'autre chose était en route et retint son souffle. Deux notes suivirent, l'une après l'autre, stridentes, et tout à coup un petit thème interrogateur, puis enfin d'une harmonie exquise la réponse, et l'oiseau s'envola.

A cette minute, elle se rendait compte que le ciel s'assombrissait et qu'elle y voyait juste assez clair pour sortir du bosquet. Lentement elle remonta, pensive, vers la terrasse, envahie dans tout son être par la certitude que marchait tout près d'elle quelqu'un qu'elle ne voyait pas.

IV

De retour dans sa chambre, un coup d'œil lui suffit pour savoir que Miss Llewelyn était passée par là : le lit préparé pour la nuit, une lampe à abat-jour rose allumée déjà pour lutter contre l'obscurité grandissante. Ces attentions firent sourire Elizabeth sans vraiment la toucher. Moins encore que le reste, un couvert mis avec soin sur le guéridon recouvert d'une nappe blanche.

Cependant, la Galloise l'avait entendue entrer et parut plus grande et plus lourde qu'à l'ordinaire dans l'encadrement de la porte.

— Vous savez, je ne dînerai pas, fit Elizabeth en désignant le guéridon.

— Dommage. Il y avait tout ce qu'il faut à la cuisine.

— Merci, mais je n'ai pas faim.

Ce mot de cuisine l'agaçait après sa promenade de tout à l'heure.

Il y eut un bref silence, puis la voix ferme de Miss Llewelyn se fit entendre.

— Si vous n'avez pas d'ordres à me donner, mademoiselle, je puis me retirer. Ma chambre est presque à côté de celle-ci, au fond d'un couloir.

Elizabeth fit un effort pour vaincre son amour-propre.

29

— Restez un moment avec moi, voulez-vous ? J'aurais des questions à vous poser au sujet de Kinloch.

— Avec plaisir, Miss Elizabeth. Asseyons-nous. Je prends cette chaise droite, à vous le grand fauteuil anglais.

Tout à coup, elle reprenait un ton vaguement autoritaire qui lui était naturel quand elle voyait qu'on avait besoin d'elle.

— Pourquoi suis-je ici ? demanda Elizabeth.

— L'air est meilleur dans les collines de Fauquier County qu'au *Grand Pré* pour le moment.

— Le champ de bataille ? interrogea Elizabeth en s'asseyant dans le fauteuil.

— Par exemple, car il y a aussi les allées et venues des troupes, enfin le désordre qui suit même une victoire.

— Bien sûr.

Et brusquement elle demanda :

— Ne m'avez-vous pas dit au *Grand Pré* que mon mari pensait continuellement à moi et que c'était comme s'il était là avec moi ?

— D'une certaine façon, oui. Je me souviens très bien de vous avoir dit cela.

— Je n'aime pas que vous ayez dit : « D'une certaine façon. » Simplement, il est là.

— Eh bien, oui.

— Ce qu'on a dit de lui n'est simplement pas vrai.

— Soyez sûre qu'il ne vous quitte pas.

— Vous êtes une personne de bon sens, Miss Llewelyn. On a plaisir à parler avec vous. Les autres ne comprennent pas.

— Les hommes surtout, en général.

Elle crut lire un peu d'inquiétude sur le visage d'Elizabeth et changea aussitôt de sujet.

30

— Quand vous êtes partie tout à l'heure, je me suis permis de regarder où vous alliez. Vous vous dirigiez vers le *Bois Tranquille*. L'endroit est fait pour vous. Est-ce que je me trompe ?

Elizabeth se leva tout à coup comme si elle prenait une décision.

— Non, au contraire, je voulais vous en parler. J'y suis restée un bon moment à écouter une grive.

— Si vous l'avez si bien entendue, c'est qu'elle acceptait votre présence chez elle. Le pas le plus léger, le froissement d'une robe, elle se tait et elle s'en va.

Elizabeth se mit à marcher vers la porte, puis revint.

— On croirait qu'elle a quelque chose à dire.

— On prétend qu'elle confie un secret à quelqu'un.

La jeune femme se retourna vers la Galloise.

— Elle appelle.

— Comme toutes les grives de son espèce. Toutes appellent et personne ne vient, et si quelqu'un venait, comment le saurions-nous ? On se sauve trop tôt.

— Que voulez-vous dire ?

— Rien, fit Miss Llewelyn avec un petit rire. Je ne connais pas les secrets de famille des grives.

Le regard lointain d'Elizabeth se posa sur elle.

— Quand retournons-nous au *Grand Pré* ?

— Je ne sais pas.

— Je me trouverais aussi bien ici que là-bas.

— Vous aviez en effet l'air satisfaite quand vous êtes revenue du *Bois Tranquille*, plus contente que là-bas.

— Est-ce qu'on sait de quoi on a l'air ? Je suis la même personne partout. Miss Llewelyn, je suis fatiguée, je vais me coucher.

La Galloise se leva, droite comme un soldat.

— Si vous avez besoin de moi dans la nuit, vous m'appelez.

Elizabeth la remercia d'un signe de tête, et un instant plus tard elle se retrouvait seule.

A présent, dans cette pièce où rien ne lui était encore devenu familier, elle regardait autour d'elle d'un œil à la fois curieux et désintéressé, sa pensée étant ailleurs. Elle prit soin de fermer la porte qui donnait sur le couloir et que la Galloise avait, sans doute exprès, laissée ouverte. Après quoi, elle se mit de nouveau à marcher dans un sens et dans l'autre, s'arrêtant parfois à la fenêtre comme pour guetter l'ensevelissement de tout dans l'obscurité complète, mais du bout de la longue véranda arrivait la lumière affaiblie de la salle à manger. Les jeunes officiers donnaient toujours de la voix, un peu moins fort semblait-il. Quelqu'un, Mrs Turner sans doute, les en avait priés.

Sans hésiter, Elizabeth ouvrit la porte de sa chambre et sortit. Un petit fanal accroché à une des colonnes l'éclairait tout entière dans sa robe lilas, lui donnant un faux air d'invitée à un bal. Une écharpe de soie noire cachait ses épaules, mais ses bras dont elle était fière et sa lourde chevelure aux reflets de cuivre la paraient d'une magnificence dont elle ne perdait jamais le sentiment. Elle fit quelques pas vers le tumulte des voix et s'arrêta dans la lumière comme pour se faire voir. Sur son visage lavé de tout souci, la jeunesse brillait de nouveau avec douceur, mais sur ses traits, où se reflétait une curiosité presque enfantine quand elle dirigeait la vue vers les fenêtres éclairées, apparut d'un coup une ombre de mélancolie. Un instant elle demeura immobile, puis d'un pas rapide gagna les marches de la véranda et descendit dans l'avenue. Là, elle se mit à courir le long de la maison jusqu'au chemin du *Bois Tranquille*. A peine voyait-elle le sol sous ses pieds et elle dut s'arrêter pour laisser à ses yeux le temps de se faire à l'obscurité. L'air sentait bon, chargé des odeurs de la nuit. Elle eut l'impression que les prairies et les bois montaient vers elle au-delà du précipice. Maintenant elle distinguait la masse noire des arbres où la grive avait lancé son appel avant le crépuscule. Le cœur battant, elle fit encore quelques pas et attendit. C'était pour cela qu'elle était venue.

Il fallait rivaliser de patience avec l'être qu'elle appelait du fond de son cœur, fermer les yeux pour le voir. Telle était la règle du rite. Peu à peu la silhouette devenait plus précise, les épaules, le cou et le torse. Le visage venait tard... Alors elle pouvait rouvrir les yeux et, certes, elle ne le voyait plus, mais il était là dans toute son impalpable épaisseur d'homme, et elle pouvait croire que son souffle se promenait sur son visage d'amoureuse, cherchant sa bouche, pourtant leurs lèvres ne se joignaient pas. Viendrait l'heure où elles se trouveraient, mais en attendant il était là. Ensemble ils marchaient dans l'ombre, puis tout à coup il ne fut plus là.

Elle aperçut au loin une petite lumière qui venait vers elle et comprit aussitôt : la Galloise se doutant de cette promenade aventureuse venait à sa recherche. Soudain, elle fut présente, tout entière enveloppée dans un grand châle barré de vert et de noir, et sa large main impérieuse se glissa sous le bras d'Elizabeth.

— Nous rentrons, dit-elle. Vous êtes à peine couverte et l'air fraîchit terriblement.

Elizabeth ne protesta pas. Elle quittait un monde et rentrait dans l'autre.

V

De nouveau elle sentit la tyrannie des quatre murs
de sa chambre. Sans bien le comprendre elle entendait ce que disait Miss Llewelyn d'une voix patiente
et mesurée. Tout à coup tomba sur elle le poids d'une
fatigue invincible et sans un mot elle se dirigea vers
son lit. C'était le moment qu'attendait la Galloise qui
l'aida à se déshabiller. A peine eut-elle conscience que
des mains impérieuses la faisaient glisser sous les
draps avec le savoir-faire d'une nourrice qui couche
une enfant difficile. La tiédeur complice des bonnes
couvertures lui ferma les yeux et la rendit au rêve.

Comme une armée de fantômes, les jours d'autrefois revenaient en foule. Plus étrange que le reste,
l'apparition du petit Ned, fils d'un premier mariage
avec un homme qu'elle aimait mal. A cet enfant
qu'elle adorait, elle donnait en secret le nom de son
amant, Jonathan. Le petit garçon rêveur devenait à
la fois deux personnes, risquant ainsi de se détraquer
la raison. A cause de cela, elle se croyait perdue et
sa foi s'obscurcissait.

Elle se voyait six ans plus tard dans une église de
Savannah aux funérailles de Mr Hargrove. Trop de
monde, on étouffait. Arrivait par le grand portail un
cercueil à la suite d'un clergyman porteur d'une
grande croix de cuivre, et tout en avançant vers le

chœur il redisait très haut les paroles du Christ ressuscité : « Je suis la Résurrection et la Vie... Celui qui croit en moi aura la vie éternelle. » Comme il prononçait ces dernières paroles, le cercueil passa près d'Elizabeth qui trembla. Sa foi défaillante ne pouvait la sauver, elle était perdue. A ce moment elle tomba en arrière et n'eut que le temps de voir dans un éclair deux manches rouges aux galons d'or qui l'immobilisaient dans sa chute. Avec son ironie féroce, la vie la réconfortait en la plaçant dans les bras d'un des plus beaux officiers de cavalerie de Georgie assis comme par hasard derrière elle.

Pendant un long moment rien d'autre ne remonta des abîmes du songe, puis d'un coup les images de Billy se multiplièrent et la nostalgie du bonheur s'empara d'elle dans un vertige de la mémoire, mais, là encore, un choix se faisait avec une précision douce et cruelle. Billy la serrait dans ses bras et lui disait en riant : « Prisonnière du Sud. » Au fond même de son sommeil, elle fut frappée de ce que cette parole qui se voulait charmante et badine portait en elle de vérité prophétique. Est-ce que pour elle le Sud entier ne s'incarnait pas dans cet être magnifique à qui elle devait la joie de vivre dans toute sa fureur ?

Des heures passèrent dans une mêlée de visions contradictoires où l'amour et la terreur de l'inconnu se heurtaient l'un l'autre.

Une grosse rumeur la tira de son sommeil ; quittant son lit, elle courut pieds nus vers la fenêtre. L'aube se tenait derrière les collines dans un ciel livide et tout autour de Kinloch les troncs noirs des arbres géants montaient la garde. Un instant immobile, Elizabeth contempla ce paysage qui lui parut de la beauté mystérieuse d'un décor de tragédie.

Regagnant le fond de la pièce, elle mit une longue robe de chambre blanche et se drapa les épaules dans un châle écossais vert et noir, puis, sans hésiter, alla ouvrir la porte de la véranda. L'air frais la mordit au visage. Presque aussitôt elle franchit l'espace qui la séparait des marches, et, là, elle se tint appuyée à une des colonnes de bois. Dans cette attitude qu'elle sentait elle-même un peu étudiée, elle éprouva la satisfaction d'exister plus qu'à l'ordinaire, de devenir quelqu'un, elle ne savait qui, mais peut-être faisait-elle déjà partie d'une légende où flottaient des drapeaux dans la fumée grise des batailles.

Un clair-obscur bleuâtre, où s'accusaient avec une force croissante contours et couleurs, envahissait le ciel quand Elizabeth entendit le pas des chevaux galopant des écuries vers la maison. Le sang lui monta au visage. Le désir subit de rentrer chez elle la troubla, puis elle reçut comme d'elle-même à elle-même l'injonction de se tenir droite et immobile là où elle se trouvait.

Les premiers cavaliers débouchant au milieu de la prairie riaient aux éclats, le képi de travers sur des têtes d'enfants. L'un d'eux aperçut Elizabeth : avec l'impertinence de son âge, il dirigea sa monture vers le porche, suivi de trois ou quatre de ses compagnons qui le serraient de près sur leurs alezans. Le petit groupe semblait en proie à une ébriété patriotique et saluait de la main la belle blonde figée, mais souriante. Sans s'approcher de trop près, ils faisaient mine de caracoler à une distance respectable avec des velléités d'embardées soudaines qui demeuraient fictives.

L'un d'eux cependant se montra plus audacieux. Quittant le groupe, il fonça droit vers Elizabeth et s'arrêta d'un coup si brusquement que les pattes de son cheval se raidirent, le bord des sabots comme enfoncés dans le sol. Elizabeth poussa un cri et ferma les yeux. Elle n'eut que le temps de voir le visage désespéré du bien-aimé disparu. La bouche grande ouverte comme pour l'appeler, il la regarda, le temps de jeter son nom, et s'effaça dans la barrière des arbres.

Elizabeth demeura parfaitement immobile. Surprise elle-même de son sang-froid, elle regardait Billy avec une curiosité passionnée, le découvrant dans l'espace de deux secondes tel qu'elle ne l'avait jamais connu. Le fougueux amant qu'elle avait pour mari cédait la place à un homme venu d'ailleurs, portant dans ses traits les marques d'un séjour dans un pays inaccessible habité par l'effroi. Il était lui-même et il était autre avec une intensité horrifiante, mais Elizabeth demeurait hors d'atteinte et leurs yeux se croisèrent comme au-dessus d'un gouffre.

Un moment passa qui parut à Elizabeth durer des heures. Maintenant, elle contemplait les hêtres gigantesques en bordure de la prairie, gardant le monde réel. Un joyeux coup de clairon retentit au loin dans la vallée, adieu des jeunes officiers en quête de gloire, et ils avaient disparu tandis que le silence se refermait sur la femme qui ne se décidait pas à quitter le lieu magique où venait de renaître l'espoir.

Soudain elle entendit derrière elle le bruit de pas toujours égal et qu'elle finissait par haïr. Sans vouloir se retourner, elle dit d'une voix brève :

— Miss Llewelyn, que voulez-vous ?

Miss Llewelyn ne répondit pas et vint se placer près d'Elizabeth. La lumière du fanal qu'on n'avait pas encore éteint accusait son profil autoritaire. Le nez partait à la conquête des gens et des choses.

— Je suis là pour vous obéir, fit-elle enfin, mais à votre place je rentrerais. Ils sont partis, vous avez vu ce que vous vouliez voir.

Elizabeth eut un brusque mouvement des épaules qui la mit face à face avec la Galloise, et les deux femmes se regardèrent comme si elles attendaient la fin du silence qui s'établissait entre elles et que ni l'une ni l'autre ne voulait rompre. Il y avait une certaine insolence dans le visage de Miss Llewelyn, mais Elizabeth se sentait honteusement subjuguée par cette femme dont elle avait fait sa complice, dix ans plus tôt, au moment de ses premières amours avec Jonathan. Un moment passa, puis elle entr'ouvrit les lèvres et, d'un ton tranquille, elle dit :

— Billy.

— Bien sûr, fit Miss Llewelyn, il fallait s'y attendre, avec tous ces cavaliers. Il pense à vous, là où il est.

— Où ça ?

Miss Llewelyn fronça un peu les sourcils et parut chercher ses mots :

— Là où vous l'avez laissé, fit-elle enfin. Au *Grand Pré*, mais son cœur voyage vers vous, et il est aussi, il est surtout là où vous vous trouvez. Est-ce clair ?

— Mais oui, chuchota Elizabeth comme pour garder secrète une révélation aussi importante.

Depuis quelques minutes son visage avait retrouvé une sorte d'innocence qui la rajeunissait étrangement. Elle tourna les yeux vers Miss Llewelyn avec l'air en dessous de quelqu'un qui en sait plus long que les autres.

— Allons, fit Miss Llewelyn non sans un faux enjouement, nous rentrons et je vais vous donner un peu de cette boisson qui vous est agréable, elle fera passer les émotions de cette première nuit à Kinloch.

Toutes deux se dirigèrent en silence vers la porte de la maison, alors qu'autour d'elles éclatait un orage de petites voix saluant le lever du soleil. Ténues ou stridentes, elles se mêlaient en un seul cri de bonheur qui emplissait l'air avec une force effaçant la tristesse du monde.

Elizabeth sentit quelque chose se serrer dans sa poitrine. Une joie douloureuse l'étreignait.

La chambre était assez mal éclairée par la petite lampe au chevet du lit et les lourds rideaux masquaient les fenêtres qui auraient pu accueillir le jour. Elizabeth regarda autour d'elle avec inquiétude. Cette pièce semblait n'avoir pas toujours les mêmes dimensions. L'étrange particularité l'avait frappée à plusieurs reprises depuis son arrivée à Kinloch, mais elle préférait ne pas y réfléchir.

Miss Llewelyn était entrée, marchant à quelques pas derrière sa maîtresse avec une affectation de respect qui touchait à la provocation. Il se passa un moment avant qu'elle n'ouvrît la bouche, et, drapée dans son grand châle écossais, Elizabeth avait pris le parti d'attendre sans avoir l'air de faire attention à elle.

— Miss Elizabeth, fit la Galloise, vous devriez vous étendre et vous reposer. Vous paraissez fatiguée. Je vais vous préparer votre potion.

En disant ces mots, elle s'approcha d'Elizabeth qui retint un cri. Le phénomène qu'elle redoutait se produisait soudain sous ses yeux : insensiblement, avec une précision qui ne laissait de place pour aucun doute, la pièce se rapetissait et prenait l'aspect d'un lieu de détention. On pouvait se figurer que par une mesure de clémence le confort n'avait pas été aboli, et plus sensible alors apparaissait la privation de liberté.

Dans un effort pour retrouver son calme, elle se dit que la carrure presque masculine de la Galloise et toute la lourdeur de son corps pouvaient expliquer cette hallucination, mais si adroit que fût le raisonnement il n'excluait pas un très profond malaise. Quand on ne les surveillait pas, les murs se rapprochaient, pareils à des ombres de murs; de même le plafond, mais là, elle ne supportait pas l'abaissement subtilement progressif de la surface d'un blanc grisâtre qui faisait mine de remonter au moindre signe d'alarme sur le visage trop attentif.

Par un sursaut de bon sens, elle mit ce délire de l'imagination sur le compte du laudanum qu'on lui administrait jour après jour, selon les traditions du Sud, pour calmer la détresse du cœur et du corps. Derrière ces bonnes intentions se cachaient les vues personnelles de la Galloise qu'elle soupçonnait de toutes les trahisons possibles. Alors, pourquoi avoir accepté ses services ? Elle avait eu peur devant le visage grimaçant de la mort quand Mike s'était jeté dans ses bras en criant le nom de Billy, mais, aujourd'hui, elle se ressaisissait et, d'une voix qui tremblait un peu d'agacement, elle déclara :

— C'est fini, je ne prends plus de laudanum.

Miss Llewelyn eut tout à coup un visage de pierre.

— Bien, dit-elle, mais vous allez souffrir.

Elizabeth lui lança un coup d'œil glacial.

— Je n'ai pas peur, j'en ai assez de ce jeu de cache-cache avec la mort. Billy...

Dans un tournoiement de toute sa personne, elle tomba évanouie devant la Galloise qui, d'un bras puissant, la saisit par la taille et la traîna sans égards jusqu'au lit. Là, elle l'étendit sur le dos.

— Du cran, fit-elle entre ses dents. Et pas mal d'orgueil, ajouta-t-elle.

D'une main sèche, elle gifla le beau visage blême où des ombres noircissaient le coin des yeux. Un tressaillement imperceptible parcourut Elizabeth et elle rouvrit les yeux.

— Quoi ? fit-elle en regardant la Galloise. Que m'est-il arrivé ?

— Rien, Miss, un peu d'émotion.

— Je vois. C'est ridicule. Aidez-moi à me relever.

Miss Llewelyn la mit debout, puis l'installa dans un fauteuil.

— Le verre de laudanum arrangeait tout. On peut tricher un peu avec la vie et gagner la partie.

— Je ne sais ce que vous voulez dire. Laissez-moi tranquille avec votre laudanum et faites-moi une tasse de thé.

Sans un mot, Miss Llewelyn la quitta et disparut dans le couloir qui menait à la cuisine.

Elizabeth ne bougeait pas. Son attention se fixait sur les rayons qui passaient à travers les volets de la fenêtre, répandant une lumière pleine de gaieté. Elle regardait, doucement fascinée par ces taches d'or pâle qui l'empêchaient de penser à autre chose qu'à cette bonne humeur matinale de la nature. Pour la première fois depuis son arrivée à Kinloch, elle se sentait la tête vide et toute sa personne éloignée du monde quotidien.

Lorsqu'elle vit Miss Llewelyn reparaître avec une théière et une tasse sur un plateau, elle éprouva le choc d'un réveil subit. D'un œil critique, elle observa la Galloise en train de préparer sur une petite table un semblant de petit déjeuner à l'anglaise et ne put se retenir de trouver à cette femme un air tout à coup servile bien différent de son arrogance habituelle. Peut-être s'avouait-elle battue dans la différence d'opinion au sujet du verre de laudanum ? Depuis des années, il n'y avait de rapprochement entre elles deux que pour se retrouver dans une lutte sourde et confuse à qui serait la plus forte, la mieux obéie. Aujourd'hui, c'était le tour de la plus jeune. Elle pouvait, d'un geste, d'une parole suffisamment dédaigneuse, piétiner moralement sa rivale.

— Laissez tout cela là où vous l'avez mis et retirez-vous, ordonna Elizabeth, et, comme un souvenir des bons usages, elle laissa tomber : Miss Llewelyn.

Pareille à un soldat, la lourde personne tourna les talons et s'éclipsa en faisant craquer le plus sec et le plus fort possible les lames du parquet sous ses semelles. Sur le pas de la porte, elle articula d'une voix ferme :

— En cas de faiblesse inattendue, je suis à côté.

Elizabeth fit non de la tête.

VI

Plus tard, un bruit de pas sur la terrasse la mit debout en une seconde et elle courut vers la porte de sa chambre. Tout sourire comme la veille, levée tôt, Mrs Turner venait vers elle, les deux mains tendues en un geste qui abolissait le temps, car la promenade nocturne sous les arbres, la cavalcade devant la maison aux premières lueurs de l'aube, tout s'effaçait pour Elizabeth devant cette femme à la voix diseuse de choses aimables.

— Ma chère enfant, j'ai pensé à vous cette nuit...

Elizabeth coupa court.

— Vous êtes trop bonne, Mrs Turner, ne vous souciez pas de moi, je me sens tout à fait bien.

Il y eut dans les grands yeux noirs comme une ombre d'hésitation et la bouche au dessin pur demeura si peu que ce fût entr'ouverte. Prises d'une gêne subite, ces deux personnes se regardèrent comme des actrices qui ne savent plus bien leurs rôles. Ce fut l'aînée qui dans un élan plein de jeunesse se jeta une fois de plus dans les bras de la cadette.

— Je ne peux me retenir de vous embrasser, vous voyant si malheureuse, fit-elle d'une voix chargée d'émotion.

Un sourire triste fut la réponse.

— Maintenant que nos garçons ont pris la route, continua Mrs Turner, vous allez avoir la paix.

Elle lui saisit la main.

— Je veux vous mener à la chambre qui sera la vôtre pendant tout votre séjour.

Elizabeth se laissa faire et toutes deux se mirent à marcher d'un même pas résolument tranquille dans le tumulte amoureux des oiseaux qui lançaient leur cri à la lumière retrouvée.

La porte s'ouvrit sur une salle à manger dont un Noir à cheveux gris torchonnait une longue table de chêne tachée de bière. Des chaises maintenaient ouvertes deux fenêtres pour chasser dans un courant d'air des odeurs de tabac qui collaient encore aux murs et aux rideaux.

— Zekiel, allez vous reposer, fit Mrs Turner. Un jeune serviteur finira votre travail.

Zekiel salua et disparut.

— Il s'est tenu la nuit entière auprès de nos invités, et nous l'aimons beaucoup. Vous m'excuserez de vous faire traverser par ici, mais c'est plus court.

Elizabeth n'eut aucun commentaire et suivit Mrs Turner jusqu'à un escalier de grand style, dont les marches un peu raides poussaient de brefs gémissements qui parlaient d'usure deux fois centenaire. Mrs Turner le montait d'un soulier rendu alerte par la récente victoire initiale du Sud.

La porte qui s'ouvrit enfin découvrit à Elizabeth la chambre qu'elle eût rêvé d'avoir dans des temps de bonheur. Aussi se retint-elle d'un cri étouffé dans la main. En un instant sa vie d'amoureuse se précipita entre ces murs dans une bousculade de sa mémoire, vers le lit d'abord. D'une largeur extrême, il portait presque au plafond un baldaquin soutenu

45

par des colonnes d'acajou aux renflements sculptés à la mode d'une Angleterre de jadis. Par un élan de tout son être, elle s'y vit prisonnière du corps qui l'éblouissait à chaque fois que tombait le drap bleu et rouge.

Mrs Turner la regarda d'un air amusé.

— Vous le trouvez bizarre, ce vieux lit ? Énorme, n'est-ce pas ? On peut vous en trouver un de dimensions plus modestes qu'on installerait ailleurs, si vous voulez.

Elizabeth secoua la tête. Le sang s'était retiré de ses joues. Elle suivait dans un brouillard Mrs Turner qui détaillait les coins de la pièce.

— Là, vous serez bien pour lire, près d'un rayon d'ouvrages sérieux ou autres. Ailleurs, ce grand fauteuil à oreilles, qu'on vous tournera vers la fenêtre, vous permettra de rêver, les jours de beau temps. Aujourd'hui, par exemple, la matinée s'annonce sublime. Vous ne jouirez nulle part en Virginie d'un paysage aussi fastueux. Cette ferme coiffée de brique rose au milieu des prés, elle est à nous. Et là-bas, là-bas, ces bois à perte de vue...

Mais depuis un instant l'Anglaise se sentait prête à crier d'exaspération. Par amour-propre elle se domina en s'appuyant à une des colonnes du baldaquin. Ce fut alors qu'elle saisit dans un regard de Mrs Turner un élan de compassion qui lui révéla le vrai sens de son bavardage. La dame de Kinloch cachait son désarroi devant l'éclatante beauté d'une Anglaise aussi sauvagement arrachée à sa joie terrestre. Pour cette aumône de sympathie humaine, Elizabeth lui fit l'ombre d'un sourire qui lui fut rendu avec empressement, et le monologue reprit, mais Elizabeth fut aussitôt ailleurs. Le lit lui apparut comme une maison, demeure rendue secrète aux plus secrètes pensées quand la drapaient les plis de ses rideaux blancs. Déjà l'imagination y eût enfermé l'incorrigible amoureuse si le babillage de son hôtesse ne l'eût parfois tirée dehors comme par une ficelle.

« La nuit, pensa-t-elle, me le rendra. »

Et elle se souvint de leur Georgie à eux seuls et des parois de silence où griffonnaient les cigales.

Ici, il fallait vivre et faire semblant d'accepter le monde où elle ne se retrouvait plus parce que sa place était avec les songes de la torturante absence.

La chambre lui parut obscure, tout autour d'une croisée ouverte par où montait le jour dans les blés et les bois. Émergeant de profondeurs lointaines, ce paysage évoquait une terre promise et l'image paradisiaque se présenta aussitôt à l'esprit d'Elizabeth ; pour un peu elle s'y fût vue, mais non seule ni vêtue à l'excès.

Mrs Turner l'observait, maintenant immobile et perdue dans des rêveries dont on ne devinait rien. Cependant, la maîtresse de Kinloch entendit soudain un bruit familier qui ressemblait à une suite de gros miaulements de chat. Elle en fut soulagée : le tête-à-tête avec Elizabeth devenant difficile, les marches de l'escalier grimpant vers elles lui tenaient un langage rassurant et presque n'importe qui eût été le bienvenu.

Sans qu'on frappât, la porte s'ouvrit sur Miss Llewelyn. Un peu rouge de visage autour des pommettes, elle eut un coup d'œil qui balaya la présence d'Elizabeth et se dirigea vers Mrs Turner avec un mouvement de tête pour le respect.

— Je désirais parler à Miss Elizabeth, dit-elle avec force.

Mrs Turner eut un petit rire de bonne humeur.

— Elle est à deux pas de vous.

— Excusez-moi, Mrs Turner, il fait un peu sombre dans cette pièce et la fenêtre ouverte éblouit quand on entre. Miss Elizabeth a-t-elle besoin de mes services ?

Cette phrase n'eut d'autre réponse que le *non* d'une bouche dédaigneuse.

— Il se passe pourtant des choses au *Grand Pré*, déclara tout à coup la Galloise.

VII

Les trois garçons se tenaient debout près de la calèche de Mrs Harrison Edwards et trompaient l'ennui en échangeant des informations en grande partie fausses.

On leur avait dit d'être patients et ils ne savaient comment s'y prendre. Plusieurs fois, de courtes batailles s'annonçaient entre un Emmanuel ébouriffé de tous ses cheveux roux et Ned son cadet, un Ned tout glorieux de ce qu'il appelait sa course à la vie à la mort avec un cavalier nordiste qui voulait l'attraper. « Je me suis battu, moi, j'ai sauvé Whitie. » Ni l'un ni l'autre ne savaient que Billy était mort. Seul le petit John pressentait la vérité et dirigeait vers Ned un regard plus profond encore que d'habitude.

Cependant, la voiture fraîchement lavée s'étalait spacieuse au soleil. Derrière ses deux chevaux noirs donnant parfois du sabot, elle gardait un air hautain de citadine que la guerre ne dérange pas. Il s'agissait pourtant d'une expédition à Centerville pour voir le défilé des soldats vainqueurs. Le matin, les trois patriotes avaient réclamé à grands cris l'honneur d'être menés là-bas avec Mrs Harrison Edwards, et elle les avait regardés longuement sans tout de suite répondre.

Leur joie de vivre la poignait au cœur où veillait

un jeune mort de la veille, le charmant Algernon qu'elle avait aimé en vain sans que jamais il feignît de comprendre. Elle n'était pas dupe de son détachement et le charmant visage la suivait à ce moment même où elle se tenait debout près de la portière ouverte. Dans sa robe de taffetas violet, immobile, elle se sentait belle et capable encore de séduire. A leur façon, ces petits visages le lui disaient.

— C'est bien, fit-elle enfin, nous partons tout à l'heure, préparez-vous à attendre encore un peu.

Un hourra sauvage lui fut lancé en pleine figure et elle s'éloigna dans le chuchotis affairé de ses volants.

Vers quatre heures, James, en noir pour l'occasion et son haut-de-forme en bataille sur un dédaigneux profil café-au-lait, fit avancer la calèche jusque devant le porche. Aussitôt Miss Charlotte se montra dans la robe noire qui annonçait la fin du monde en toute saison. Cette fois pourtant elle souriait avec indulgence, parce qu'elle se voyait débarrassée de deux dames d'une élégance jugée frivole en de tels moments : Mrs Harrison Edwards, dans une robe de toile à fines rayures grises, sous un large chapeau de paille ne laissant voir que la bouche et le bout du nez, alors que Maisie de Witt, moins prospère et peu soucieuse d'une beauté robuste, s'était enveloppé la tête d'un voile transparent.

Les dames s'enfoncèrent dans les profondeurs des places maîtresses, les garçons en tas sur la banquette en face d'elles, et la voiture s'élança dans un coup de fouet tapageur. Laissant la route de Newmarket qui, croyait le cocher, longeait le champ de bataille, les voyageurs s'engagèrent plus au nord vers Gainesville. Là, ils suivirent un instant la route du chemin de fer. Après un moment, ils traversèrent le Young Branch sur un pont couvert, et, tout à coup, Ned reconnut la grange qui abritait les dormeurs aux visages couverts de mouchoirs, qui de blanc, qui de rouge.

A mesure qu'on avançait, les enfants ouvraient des yeux énormes. Par un chemin encaissé la calèche se mit à descendre jusqu'à un pont de pierre ; des branchages en travers du chemin ralentissaient les chevaux. D'arbres coupés en deux à hauteurs inégales ne restaient que des troncs de colonnes assemblés comme par un bûcheron fou. Aux flancs des collines s'amoncelaient des masses de chevaux à moitié enfouis. On voyait parfois se lever hors du sol une patte raidie. Des tumulus se dressaient çà et là, surmontés d'une croix. Il s'exhalait de tout ce coin de terre un relent indéfinissablement douceâtre, si bien que les mouchoirs se plaquèrent aux narines. Maisie de Witt dut se pencher par la portière et crut discrètement rendre l'âme pendant que l'attelage à demi calmé prenait le galop. Des bonbons à la menthe firent leur apparition. Maisie en distribua à la ronde et les petits papiers froissés allèrent se perdre dans les touffes d'herbe.

Tant bien que mal ce cauchemar prit fin dans la minute qui suivit, personne ne voulut avoir eu peur et d'héroïques sourires furent échangés par les dames. Mû par un élan subit, le petit John se jeta d'un coup entre elles et leur prit à chacune la main. La stupeur les rendit muettes, leurs yeux se cherchèrent par-dessus la petite tête résolue, et des larmes brillèrent.

Après Stone Bridge, la route était encombrée d'attelages militaires et les champs paraissaient

51

semés de soldats dans un va-et-vient incessant. Quoi qu'il en fût, la matinée s'avançait quand ils atteignirent au pas les abords de Centerville. Des canons, muets maintenant, étaient sagement rangés sur les bas-côtés, « pris à l'ennemi », lança un soldat aux enfants curieux.

Les régiments devaient défiler avant le chaud du jour. Des deux côtés de la longue rue qui formait la petite ville, la foule grouillait ; pour le moment c'était à peu près tout ce qu'elle pouvait faire, un cordon de soldats barrait le passage vers la mairie où, entre les colonnes du porche, on avait improvisé une estrade. Dans leur uniforme gris-bleu, les jeunes hommes maintenaient un ordre bon enfant avec la voix gouailleuse du Sud, et ce qu'ils repoussaient d'une force incertaine, c'était tout le monde, mais surtout des garçons encore trop jeunes, seize ans au regard de feu, vêtus n'importe comment pourvu qu'un bout d'uniforme rappelât l'état militaire, brassard, ceinturon, képi déchiré, et tous le foulard écarlate. Dans cet accoutrement vengeur, ils clamaient si fort qu'on croyait déjà les voir courir à l'assaut. Des Noirs dansaient sur place au coin des venelles conduisant vers la campagne, et ainsi, à leur façon, elles étaient de la fête.

Quand à l'entrée de la ville parut la calèche, des soldats l'arrêtèrent : on ne passait pas, il fallait descendre là, le cocher n'avait qu'à ranger la voiture en suivant la flèche. Mrs Harrison Edwards protestait déjà quand une voix tonnante couvrit la sienne : Toombs en uniforme, regard de braise, épaules jetées en arrière, considérable.

— Accompagnez la voiture de Mrs Harrison Edwards, commanda-t-il, et brusquement radouci : Lucile, fit-il, vous ici !

— J'arrive du *Grand Pré*, s'écria-t-elle joyeusement. Je veux voir le défilé avec mes voyageurs.

Toombs l'aida à descendre tandis qu'un des jeunes officiers qui le suivaient tendait le bras à Maisie de Witt. Déjà les enfants s'égaillaient, il fallut les retenir.

— Charlie Jones serait-il rentré ? demanda Toombs.

— Pas encore, il est où vous savez...

— Pour ce que vous savez, coupa Toombs en riant. Arrivé hier trop tard pour voir Manassas, j'amène mes deux régiments de hussards de Georgie. J'en avais assez d'être assis dans les bureaux du gouvernement.

— Splendide ! fit Mrs Harrison Edwards.

Il éclata d'un rire faraud.

— Et notre belle Anglaise ? demanda-t-il galamment.

Sans répondre, elle abaissa le regard sur Ned tout près d'elle, mais occupé de tous ses yeux à ne rien perdre des soldats.

— Elle va être seule, murmura-t-elle enfin.

Quelque chose passa dans le regard de Toombs, sa main chercha celle du jeune garçon qui devina qu'on parlait de Billy.

— Mon papa, dit-il, a un bel uniforme. (Avec un éclair vainqueur dans tout le visage il regarda les boutons du général pas très astiqués.) Ses boutons brillent, ajouta-t-il.

— Ton papa brille, dit Toombs fièrement.

Et il les guida vers l'estrade où se tenait déjà une petite fournée d'officiers généraux.

Maisie donna aussitôt de la voix :

— Si j'emmenais les enfants au premier rang ?... Ils veulent tout voir et tout entendre.

L'idée fut jugée excellente et elle s'éloigna avec les garçons. Alors Toombs prit Lucile par le bras.

— Billy a été enterré dans le petit cimetière de famille à Greenwich, près du *Grand Pré*, dit-elle très vite. Elizabeth est à Kinloch. Des doses de laudanum ont amorti le coup, mais elle finira par savoir. Algernon...

Elle ne put aller plus loin et Toombs lui serra doucement le bras.

— Tiens, dit-il la voix changée, notre président a presque l'air heureux et Alexander Stephens sourit. Je l'aime bien, mais il est si austère. Demain, nous serons à Washington. Enfin, si nous avons l'inconscience qu'il faut pour bousculer ce qui reste des gens du Nord. Venez, ça commence.

A peine étaient-ils sur l'estrade que les clairons retentirent, le First Virginian Infantry s'avança. De toutes parts des drapeaux de toutes tailles, cousus de bribes et de morceaux, s'agitaient aux fenêtres et surmontaient la foule attentive qui tout à coup couvrait de hourras la musique militaire.

Les premières troupes se succédaient dans les cris et les applaudissements, le régiment de Richmond, les Georgiens, les Caroliniens, les Tigres du Mississippi, mais, au fur et à mesure, ces uniformes étaient moins brillants, des pièces apparaissaient aux coudes, des hommes n'avaient qu'une tunique ou qu'un képi militaires, mais tous portaient le foulard sang qu'empoussiérait le combat et qui ne parvenait plus à être rouge vif comme si la sueur l'avait éteint.

Parut Jeb Stuart dans sa cape rouge, à la tête de ses cavaliers. Juste derrière lui, Sweeney grattait son banjo. Il y eut un tonnerre de bravos, les Noirs hurlaient de joie vers le musicien couleur d'ébène. L'officier étendit le bras, on crut qu'il allait parler et le silence se fit. Alors Sweeney joua *Dixie*. En une seconde, tout le monde chantait, les soldats, les officiers, les femmes, les Noirs, les gamins, tous, et les drapeaux chantaient, et les feuilles des arbres, les prés, les bois, toute la terre rouge de la Virginie, tout le Sud, d'un seul élan. La lumière avait l'air d'emporter le chant sur ses ailes transparentes et d'en couvrir là-bas le champ de bataille comme pour empêcher les morts d'être morts à jamais.

Deux fois les couplets furent repris, tant que les cavaliers défilèrent.

— Ils vont nous entendre jusqu'à Washington, lança un soldat.

— A Washington! A Washington! cria la foule.

Vinrent ensuite des régiments de jeunes recrues, et parmi ceux-là les canonniers où se trouvait Mike. Ils avaient leur chant à eux :

> *I come from old Manassas*
> *with a pocket full of fun —*
> *I killed forty Yankees with a*
> *single-barreled gun —*
> *I don't make a niff — a stifference*
> *to neither you nor I*
> *Big Yankee, little Yankee, all*
> *run or die.*

Les tuniques avaient tant bien que mal été brossées, mais beaucoup d'hommes portaient toujours leur pantalon de civil et des déchirures dévoilaient ici des genoux, là des mollets. Certains avaient des pièces sur le derrière, d'autres pas même. Les femmes les applaudissaient encore plus. On reprenait sans fin *Dixie* qui unissait tous les cœurs.

Sur l'estrade, quelques invités de marque avaient pris place non loin des généraux, notamment deux Européens que par courtoisie on n'avait pas écartés bien que leurs sentiments pour le Nord fussent connus. L'un de ceux-ci, le prince Jérôme Napoléon, était venu par curiosité, on n'oserait dire pour rendre compte à ses amis nordiques. Il ressemblait étonnamment au grand Napoléon, mais de façon presque caricaturale à celui de la fin, la peau flasque, des poches sous les yeux, l'air gonflé et jaune. Grand et fort, ses manières communes n'avaient rien de celles de son oncle que son visage seul rappelait par éclairs.

En vieux gandin des Champs-Élysées, il remarqua aussitôt les pantalons troués et se permit une remarque ironique.

— Quelle importance, lui répliqua sardoniquement le vieux colonel chargé de l'accompagner le temps de sa visite, l'ennemi ne leur verra pas ce côté-là !

Les enfants avaient aperçu Mike, et Ned courait le long de la colonne. « Mike, on a gagné, on a gagné ! » criait-il, et les jeunes canonniers ajoutèrent ça dans leur refrain : « *Mike, on a gagné* » devint leur rengaine.

Enfin la musique s'éloigna, on se mit à danser dans la rue, on croyait la guerre finie à la première victoire, les généraux devaient conférer le soir même avec le président Jefferson Davis, et chacun croyait que demain les treize étoiles éclaireraient le ciel de Washington. On avait improvisé des banquets sur des tréteaux avec ce que ceux du Nord avaient abandonné derrière eux dans leur fuite, jusqu'aux paniers de pique-nique de leur bonne société.

Les garçons couraient partout et il fallut les chercher un long moment ; même John avait le visage d'un enfant de troupe grisé de gloire.

Ils partirent au crépuscule. Les deux femmes gardaient le silence, mais les enfants surexcités par les défilés, les sonneries de clairons, les chants, les grands discours héroïques, échangeaient à tue-tête des opinions fougueuses.

Une lune rose se levait au-dessus des champs qu'embuait une brume bleutée. Les soldats à leur tour semblaient des ombres autour des bivouacs, leurs feux à peine visibles dans le jour mourant. Des bruits de métal, chaudrons ou corvées d'eau, arrivaient jusqu'à la route; quelques chants aussi, déjà étouffés par la montée de l'ombre. « A Washington ! » crièrent les garçons debout sur leur banquette; leurs voix claires déchirèrent un instant le soir qui effaçait peu à peu les champs, les arbres, les bruits lointains.

Lorsqu'on dépassa le pont de pierre, il y eut dans le petit groupe un effondrement général avec trois têtes dodelinant sous les cahots de la voiture.

La lune montait, plus orangée, quand la calèche se mit à rouler en vue du *Grand Pré*, et le cocher fit piquer à son attelage un léger temps de galop. Une seule lumière brillait dans la maison au milieu des prairies. Les enfants se laissèrent emmener sans phrases.

Donnant gants et ombrelles, d'un commun accord, avant de rentrer, les deux femmes allèrent s'asseoir sous le grand cèdre. Les Noirs leur apportèrent du thé glacé. Puis Miss Charlotte descendit vers elles. Elle allait prononcer une de ces sentences dont elle avait le secret, lorsque le bruit des glaçons que Mrs Harrison Edwards fit tinter dans son verre la retint. La lune en disait davantage. Sa lumière répandait sur les prés des vagues de silence et la maison tout entière parut rêver. Tout se taisait, comme s'il n'y avait jamais eu de guerre au monde.

VIII

— Il se passe pourtant des choses au *Grand Pré*, reprit Miss Llewelyn.

Elle avait en disant ces mots une voix qui ne lui était pas habituelle et que Elizabeth n'aimait pas, parce qu'elle s'accompagnait d'une certaine fixité du regard dirigé vers quelqu'un derrière l'Anglaise. D'un subit geste de tête, celle-ci s'assura qu'il n'y avait personne et se mordit les lèvres.

— Miss Llewelyn, fit-elle, je ne sais si Mrs Turner est disposée à entendre une longue histoire.

La repartie fut immédiate :

— Une histoire peut sembler longue jusqu'au moment où elle finit, et alors on l'aurait souhaitée moins brève, moins abrupte.

Mrs Turner leva des sourcils batailleurs.

— Qu'entendez-vous par là ? Vous avez appris quelque chose ?

— Non, mais j'ai certaines dates en tête et je connais par cœur les réactions de Miss Charlotte qui gouverne là-bas en l'absence de Mr Charlie.

— Et alors ? s'inquiéta Mrs Turner.

— Eh bien, je me figure en ce moment le cimetière presbytérien derrière la maison. Un petit bois de frênes le cache aux yeux des habitants du *Grand Pré* comme aussi à leur mémoire, mais on y est bien pour se recueillir.

Le sang se retira du visage d'Elizabeth et elle avança d'un pas vers la Galloise.

— Qu'est-ce qui vous prend ? demanda-t-elle. Vous rêvez ?

— Mais non, bien au contraire, c'est vous qu'il faut tirer du sommeil. Vous ne le croyez pas, mais c'est pour vous, pour vous-même que je me suis battue.

A présent elles étaient si près l'une de l'autre qu'elles faisaient presque mine de s'embrasser, mais dans la prunelle de la Galloise se laissait voir une lueur sauvage. Elle poursuivit :

— Maintenant que vous ne prenez plus de ces boissons calmantes, vous redevenez enfin vous-même face à la simple vérité.

Ici Mrs Turner intervint en saisissant Elizabeth par la main.

— N'écoutez plus, ma chère enfant. Je ne comprends rien à vos discours, Miss Llewelyn. Vous voudriez briser le cœur que vous n'agiriez pas mieux.

— Si, madame.

Elle reprit à l'attention d'Elizabeth :

— Je renonce à vous aider. Cette tisane est bonne à jeter à l'égout. Pendant des années, dans leur Sud, j'ai secouru des femmes épouvantées comme des petites filles devant le malheur de la vie.

— Assez ! lança Elizabeth. Je suis anglaise et vous savez très bien que je ne suis pas une petite fille. Ce que vous essayez de me dire dans votre langage embrouillé est que mon mari est mort.

Elle fit un geste pour qu'on ne lui prît pas la parole, car sa voix lui restait dans la gorge.

Suivit un silence pareil à un cri. Mrs Turner se

cacha le visage dans les mains, Miss Llewelyn ne broncha pas. Enfin Elizabeth couvrit la Galloise d'un regard de mépris.

— Ce qui se passe au *Grand Pré* je le sais très bien. Le bois de frênes...

Tout à coup Mrs Turner s'écria :

— Je ne sais pas ce qui m'oblige d'entendre ces choses dans ma maison. Miss Llewelyn, je vous prie de vous retirer.

Elizabeth donna de la voix à son tour, mécaniquement.

— Je ne veux plus jamais vous voir.

Miss Llewelyn salua Mrs Turner en inclinant un peu la tête, sortit d'un pas ferme et ferma la porte avec une douceur voulue et on ne sait comment insolente.

Elizabeth sentit immédiatement la lassitude qui l'attendait à s'expliquer avec Mrs Turner.

Celle-ci se jeta aussitôt dans la discussion.

— Je me demande comment vous souffrez qu'une gouvernante vous appelle par votre prénom.

— Pas tout à fait gouvernante. Je ne sais pas vraiment d'où elle vient. Le personnage est énigmatique, mais parler d'elle remue des souvenirs difficiles.

Elle avait prononcé ces quelques mots avec netteté et Mrs Turner approuva de la tête.

— Je comprends, dit-elle doucement. Mais laissez-moi vous distraire un peu en vous faisant voir la maison. Vous n'y trouverez que des amis.

En parlant elle avait glissé un bras sous celui d'Elizabeth résignée. Déjà la vallée montrait les champs qui en couvraient le fond et la pièce où se trouvaient les deux femmes s'emplissait de rayons de soleil, effaçant politesses, paroles et colères, tout sauf une ombre.

Ensemble elles redescendirent l'escalier noble et grinçant.

— La maison n'est pourtant pas si ancienne, cent cinquante ans tout au plus, mais les marches ont servi à trop de bottes de militaires et de forcenés de la chasse au renard. On a banqueté là... et bu comme dans l'Angleterre de jadis.

— La nuit dernière aussi, remarqua Elizabeth.

— Oh ! c'était un cas exceptionnel, nos jeunes soldats se distrayaient avant l'aube et sont partis ensuite pour leur régiment.

— Je sais. Je les ai vus.

— Eh bien, ça devait être amusant, tous des garçons de Virginie.

— Pas tous, fit la jeune femme.

Se retournant aussitôt, Mrs Turner planta sur elle un regard perplexe et s'arrêta sur une des dernières marches.

— Je ne comprends pas.

— L'un d'eux venait peut-être d'ailleurs.

— Mon enfant, je n'aime pas ce que vous dites.

— Pas tous de Virginie, si vous voulez.

Pendant deux ou trois secondes elles se considérèrent sans bouger, puis Mrs Turner risqua un effort pour sourire.

— Je ne sais pas ce que nous faisons là, dit-elle aimablement. Je me proposais de vous montrer un peu la maison et...

Elizabeth lui coupa la parole.

— Et me voilà toute prête à vous suivre.

Redevenues en apparence sereines, elles traversèrent un vestibule décoré de bois de cerfs. D'amusantes remarques furent échangées sur la bizarrerie des passe-temps masculins, puis la salle à manger s'ouvrit devant elles.

La pièce était vaste. Elizabeth eut l'impression que face à la campagne les fenêtres s'envolaient vers les moulures sous les ailes de velours prune des rideaux drapés, alors que du côté de la véranda elles se trouvaient aveuglées par des jalousies intérieures. Des chaises droites et lourdes, mais capitonnées en cuir sombre, alternaient avec de riches consoles aux ornements en boucles d'acajou, et le plancher fidèle aux coutumes du pays était peint en noir absolu.

La tête jetée en arrière, Elizabeth promena les yeux autour d'elle.

— Belles proportions.

— Vous les retrouverez partout dans la maison, fit Mrs Turner. Kinloch est l'œuvre d'un architecte anglais.

La table en bois massif s'allongeait fièrement dans une ceinture de sièges d'une raideur sérieuse, la grande affaire étant de boire et de manger.

— Ici, les réjouissances de cette nuit, fit Mrs Turner doucement comme pour ne pas déranger un souvenir.

« Tout cela enveloppé d'un silence de mort comme dans le châle d'un lord écossais » : cette pensée traversa l'esprit d'Elizabeth et la tint immobile, tandis que Mrs Turner promenait à petits pas une admiration de propriétaire.

— Voulez-vous voir le salon ?

Un dernier coup d'œil aux effervescences de juillet, derrière les vitres où verdoyait le paysage, puis la réponse vint d'une voix absente.

— Le salon... mais oui.

Contrairement à la salle à manger, le salon était

presque tout entier assombri par d'opulents rideaux tirés bord à bord. Passait malgré tout un filet de lumière, ici et là, comme pour espionner le mystère entre ces murs.

— Les domestiques ne sont pas encore venus par ici, fit Mrs Turner. Je vais vous donner un peu de jour.

Et elle avança, la main tendue vers une tenture, mais Elizabeth l'arrêta.

— Laissez, dit-elle.

— Mais vous n'y voyez pas.

— Oh! si... on s'habitue très vite.

— Que vous êtes étrange!

— Vous trouvez? Moi, j'aime cet éclairage. Pour un peu on se croirait dans un bois... Vous en avez un près de la maison.

Mrs Turner eut un petit rire.

— Le *Bois Tranquille*, *dear*, venir dans un salon pour y retrouver un bois... Avouez...

— Je sais... Mais cela m'aurait plu de rester ici un instant.

— Oh, mon enfant, vous faites ce que vous voulez. J'ai des ordres à donner — je reviens tout à l'heure.

Levant discrètement les yeux au plafond, elle disparut d'un pas affairé tandis qu'Elizabeth s'aventurait à tâtons entre des chaises et des fauteuils aux somptueux dossiers, puis gagna une région où se dissimulait un piano droit.

Elle imagina une dame chantant là, accompagnée d'un jeune homme, devant un public d'invités semé de militaires. D'un doigt elle appuya sur une touche et laissa le son se prolonger et mourir.

Elle rêva. Baissant à moitié les paupières, il lui sembla qu'un homme au visage anxieux la regardait

63

du fond de la salle, mais quand elle relevait les yeux il n'y avait personne. Après une incertitude, elle s'éloigna. Le souvenir de la nuit sous les arbres du *Bois Tranquille* revint avec persistance et lui fit mal. C'était la souffrance qu'elle connaissait le mieux, une torture aux raffinements monotones. Lui manquait plus que tout au monde celui qu'elle avait senti contre elle sans le toucher ni le voir dans un jardin fantomatique aux parfums innocents.

Une fois de plus, elle alla se tenir près du piano et chercha dans les derniers rangs de cette salle vide le regard d'affamé qu'on lui jetait un moment plus tôt. Elle ne vit rien et se jugea naïve d'être là. Le nom de Billy entr'ouvrit sa bouche comme pour confier un secret au silence. Mais la vision ne reparut pas. Elle n'emporterait avec elle que des traits effacés pareils à ceux d'un homme qui se serait trompé d'adresse et s'en irait confus. Et ce n'était pas Billy.

Soudain, elle regretta que Miss Llewelyn ne fût pas là.

Maintenant il lui semblait urgent de quitter le salon. Mrs Turner avait menacé d'y revenir et elle ne voulait pas la revoir dans l'immédiat. Elle ne voulait plus jamais revoir cette femme. Elle ne voulait plus revoir qu'une seule personne qui chassait toutes les autres et elle frappa le parquet d'un talon rageur, puis toussa très vite comme pour escamoter ce bruit déplacé. Dans un vertige d'hésitations, elle compta les trois portes qui s'offraient à sa fuite, mais, ne se souvenant plus de celle par où Mrs Turner l'avait quittée, elle disparut au hasard par une des deux qui ne menaient pas à sa chambre.

Un relent de cigares la fit reculer dès les premiers pas. On avait dû discuter ferme de politique et d'aventures dans cette pièce aux boiseries sombres pareille à un coffre réservé aux secrets et affirmations tonitruantes du sexe fort. L'adorable sexe faible devait y passer quelquefois en jugement, mais silence! Honneur et sabre au clair s'il le fallait sous les acacias du cimetière colonial! Elizabeth respira ces choses en trois secondes et ferma les yeux, la main sur le bouton de porte. Pourquoi ne s'en allait-elle pas? Le savait-elle seulement? Répugnance et fascination la retinrent clouée sur place avant que le bon sens pût lui suggérer doucement qu'elle faisait fausse route, et elle s'en alla.

A présent, inutile de vaciller dans ses rêves au milieu du salon hanté. Traversant le parquet noir sur toute son étendue, elle prit la porte qui menait à l'escalier de sa chambre. Chaque marche lui fut dure et elle monta dans des craquements de bois sinistres, mais quand elle se vit de nouveau en présence du lit aux dimensions excessives elle s'arrêta pour le considérer d'un air de tragédienne, puis enfonça une main dans l'épaisseur du matelas avec un sourire indéfinissable, car là, elle se sentait chez elle, mais bientôt des pensées plus sombres vinrent la troubler. Ce lit qui allait être le sien à Kinloch, elle ne pouvait le toucher sans s'y voir du coup précipitée et prisonnière. Deux bras étouffaient en elle le nom de Billy.

Il lui fallut du temps pour se ressaisir et elle eut un rire d'agacement quand elle s'aperçut dans la glace au-dessus de la cheminée.

— De quoi ai-je l'air ? fit-elle à mi-voix. Ma robe de voile lilas toute chiffonnée...

Et plus bas elle ajouta :

— Pourquoi cette bonne Mrs Turner a-t-elle mis la Galloise dehors ?

De ses doigts en agitation elle tenta de remettre de l'ordre dans la lourdeur cuivrée de sa chevelure et tout à coup elle entendit sa propre voix appeler :

— Miss Llewelyn !

Un silence moqueur lui répondit. Alors, prise de colère contre elle-même et contre tout le monde, elle ouvrit la porte et, plus fort, appela de nouveau Miss Llewelyn.

C'était là une humiliation, non la première du genre depuis les lointains échanges de petits secrets à Dimwood. Entre elles, et malgré la différence de classe sociale, durait l'accord tacite qui ne se démolissait que pour se reconstruire à chaque fois, sans explication d'aucune sorte. Ainsi aujourd'hui... Elle oubliait la rebuffade silencieuse de la gouvernante pour jeter son nom comme on crie au secours.

Pendant quelque temps il n'y eut rien, et par une ironie du sort le chant d'un coq monta vainqueur d'un coin perdu de la vallée, puis, presque sous la fenêtre de sa chambre, la réponse allègre d'un coq plus jeune fit tressaillir Elizabeth. Elle eut un petit rire d'énervement et se demanda comment joindre la gouvernante renvoyée.

Que faire ? L'inutilité de tout lui apparut comme une révélation subite. Dans une heure ou deux, on viendrait la chercher pour le déjeuner et elle prévoyait la vacuité des mots échangés, puis la suite des jours s'enchaînerait jusqu'à l'écœurement. Sur le lit, c'était autre.

Comme elle se laissait aller dans un fauteuil, elle entendit l'escalier craquer avec la violence d'un coup de fouet et d'un bond elle se leva.

D'autres craquements suivirent, puis la porte s'ouvrit et la Galloise parut, le visage impassible.

— Vous m'avez appelée, Miss Elizabeth ?

— Oui. Tout à l'heure, Mrs Turner...

Elle s'arrêta, honteuse de ce qu'elle allait dire pour s'excuser.

— Laissons Mrs Turner, fit Miss Llewelyn. Quelque chose ne va pas ?

— En effet. Vous seule pourriez me comprendre, peut-être.

La gouvernante désigna de la tête le lit dévasté.

— Ce que je vois en raconte assez long.

— Et après ? Je me suis reposée.

— Pareille à une jeune amoureuse à ses premières larmes.

— Comment osez-vous ?

— On désire simplement vous aider. Plus de laudanum ? Alors réveillez-vous ! Sortez de vos rêves, et fini les promenades nocturnes au *Bois Tranquille*.

— Je n'y vais plus depuis...

— Vous retrouvez dans ce lit celui qui vous a tenu compagnie sous les arbres.

— ... Vous êtes inhumaine, Miss Llewelyn.

— Je ne suis pas inhumaine, j'ai eu ma part de crève-cœur et je ne crois plus aux histoires de fantômes.

— ... de fantômes ! Je vous déteste, Miss Llewelyn.

— Très bien, c'est ainsi qu'il faut réagir, cela fait partie du deuil. Ne le prolongez pas trop. Il y a ce qu'on appelle la chair, qui n'y comprend rien. Souvenez-vous : je compte un mari, puis un chevalier servant, Jona...

D'un bond, Elizabeth fut debout.

— Je vous interdis de prononcer ce nom.

— Encore très bien. Puis, enfin, le tout récent...

Insensiblement, elles s'étaient rapprochées l'une de l'autre au point de sentir leur souffle à chacune leur chauffer la bouche et les joues.

— Déjà il est loin, ne le retenez pas, Elizabeth, il ne pourra que jeter du crêpe sur une jeunesse provocatrice.

— Laissez-moi tranquille avec vos sales phrases ! s'écria la jeune femme en lui tournant le dos. Vous êtes indécente !

— Oh ! je connais le langage, fit la Galloise immobile. Mais pitié pour celles qui restent les yeux grands ouverts dans la nuit ! Un nom vingt fois soupiré ne vaincra jamais le silence désertique d'un lit vide...

— Mais quels conseils me donnez-vous là ? demanda Elizabeth d'une voix blanche qu'elle-même ne reconnut pas.

— Aucun, mais j'ai connu la longue horreur des attitudes nobles. Si vous voulez continuer, vous irez seule. Je vous ai tirée du premier pas trop difficile. A présent, je redeviens la gouvernante officielle et cesse d'être complice. C'est tout. Le déjeuner est à deux heures. Quelqu'un viendra vous chercher. Moi, je disparais dans mon petit appartement que vous connaissez, au bout du corridor.

D'un air tout à coup goguenard, elle simula une petite révérence et gagna la porte, mais, la main sur la poignée, elle se retourna.

— Qu'allez-vous faire maintenant, tout de suite ?

— Aucune idée — mais quelle question !

— Ne restez pas là figée sur place. Je ne vous reconnais pas. Vous, brusque et violente, et tendre aussi, remuez-vous, Miss Elizabeth, remuez-vous, comme à Savannah, comme à Dimwood. Oh, si j'avais votre âge et cette chevelure...

Brusquement elle fut dehors.

Elizabeth demeura la bouche ouverte comme pour crier et demeura muette. Quelques secondes s'écoulèrent, puis les craquements de l'escalier se firent entendre. Elle écouta d'un air attentif, son visage se durcit. Sans hâte, elle franchit l'espace qui la séparait de la porte, et dehors elle observa la personne trapue dont tout le corps parlait d'autorité insolente.

D'un ton égal, elle commanda :

— N'allez pas plus loin, j'ai à vous parler.

De surprise, la Galloise saisit la rampe pour garder l'équilibre et se retourna :

— Qu'y a-t-il encore ? Vous êtes malade ?

— Du tout. Mais remontez.

Une fois de plus, les planches craquèrent, puis, dans la chambre, Elizabeth ferma la porte derrière elle et y appuya ses épaules de toutes ses forces.

— Je voudrais mourir, dit-elle tout à coup.

Miss Llewelyn la tint sous son regard et répondit :

— Oui, Miss Elizabeth.

— Savez-vous pourquoi ?

— Je n'ai pas besoin de vous le demander.

Sans se quitter des yeux, elles laissèrent passer un instant de silence.

— Cette nuit, dit enfin Elizabeth, je vais faire une randonnée dans les bois.

— Les bois d'ici ne sont pas ceux de Manassas. Vous connaissez le pays ?

— Non, mais les bois sont partout des bois.

— Vous aurez besoin d'un guide.

— Je ne serai pas seule.

La Galloise eut un long sourire.

— Elizabeth..., dit-elle simplement.

☆

Une demi-heure plus tard, elles se trouvaient près du piano dans le grand salon et Mrs Turner d'ordinaire si placide parlait avec une légère agitation.

— Mon enfant, répétait-elle, ma chère enfant, le choc a dû être horrible... Vous si jeune... si, si... et lui... Enfin, un coup horrible, horrible... Il n'y pas d'autre mot... et je me mets à votre place... alors une randonnée, oui, pour effacer, n'est-ce pas ?... comme si on pouvait... Seulement, oh, pardon, mon enfant, nous sommes en guerre, et l'armée a mis la main sur nos écuries...

— Sauf sur les chevaux de voitures particulières et les calèches, fit Miss Llewelyn qui se tenait debout près d'Elizabeth comme une alliée prête à porter secours au moindre geste : ravie du changement survenu chez la belle Anglaise, elle applaudissait d'avance à toutes ses lubies.

— Les calèches..., répéta Mrs Turner déconcertée.

— Et pas plus tard que ce matin, poursuivit Miss Llewelyn, j'ai vu deux alezans galoper avec une grâce exquise dans les prés derrière votre maison. Donc encore disponibles, deux admirables animaux.

Mrs Turner se mit alors à bégayer d'émotion :

— Mazeppa et Lady Godiva, le couple idéal. Ils sont à mon oncle... oui, le colonel Turner, absent à Richmond pour le moment... et il tient à eux comme à ses enfants.

La Galloise prit un air de sollicitude.

— Miss Elizabeth saurait les ménager.

— Mais il ne m'en faut qu'un! s'écria celle-ci.

Sa robe de coton amarante lui prêtait un air indéfinissable de cavalière et de veuve à la fois.

— Seule? fit Mrs Turner.

— Non.

D'un petit air amusé, Miss Llewelyn ajouta en se penchant vers Mrs Turner :

— Miss Elizabeth a sa façon personnelle de voir les choses, mais prêtez-lui un cheval et vous l'aidez à guérir du choc moral que vous savez.

— Elle aura un cheval de mon choix, fit Mrs Turner avec un regard humide, et toute seule elle murmura : «Pas Mazeppa ni Lady Godiva», puis tout haut : Elizabeth, mon enfant, nous déjeunerons dans une heure et c'est moi qui viendrai vous chercher. Miss Llewelyn...

D'un geste aimable, la gouvernante fit mine de s'écarter.

— Miss Llewelyn prend ses repas seule, fit-elle.

La grande salle à manger était un peu assombrie par les contrevents à demi clos, mais il passait une douce lumière qui semblait recommander les entretiens à mi-voix. Elizabeth crut deviner une allusion à son deuil et des bouts de phrases de Miss Llewelyn lui revinrent comme pour l'agacer. Elle se contint et prit sa place près d'un monsieur en jaquette noire largement ouverte sur un gilet blanc. C'était le père

71

de Mrs Turner. Un corps alourdi l'obligeait à une certaine lenteur de gestes, mais dans son visage d'un rose bien nourri un regard d'une vivacité provocante pétillait à travers des lunettes à monture d'acier.

— Je suis, dit-il d'un ton affable, le grand-père d'une famille en partie absente. L'armée me prend mes petits-fils sauf un, sauf un, répéta-t-il avec un coup d'œil amusé vers un garçon immobile au bout de la table. Et, bien sûr, je conserve les petites-filles : Phœbé et Roselys.

L'une de dix-sept ans, l'autre de seize, celles-ci offrirent à la belle Anglaise un sourire de martyres bien dressées. Jolies toutes les deux dans un genre convenu, elles pensaient n'avoir rien à envier à personne, mais n'en observaient pas moins la nouvelle venue, et en quelques secondes l'eurent détaillée et jugée dans tous ses aspects visibles avec toute la méticulosité féminine.

— L'ombre au tableau, reprit Mr Turner, est l'absence de Mrs Lee. Les rhumatismes la torturent depuis quelques jours et elle est au lit. Ses deux filles la soignent comme des anges.

D'un ton apitoyé, mais égal, il disait ces phrases comme il eût récité une lettre rendue souvent publique dans la vie familiale.

— Elle descendra peut-être demain, fit Mrs Turner.

— Ah..., dit poliment Elizabeth.

— Oui. Le général Lee est bien entendu à Richmond, ajouta Mr Turner.

Une voix claire s'éleva aussitôt.

— Je l'ai vu ici le jour de mes quatorze ans. Il m'a dit que je serais soldat.

— Un bon petit soldat, rectifia le grand-père. J'étais là, j'ai entendu.

Du coup le garçon fut debout pour défendre son honneur. Ses cheveux blonds en désordre s'ébouriffaient sur un visage d'un rose ardent.

— C'est la même chose, fit-il. Soldat, il l'a dit.

— Tu partiras quand tu auras seize ans. Maintenant, Rolf, assis.

Elizabeth trouva cette courte scène intéressante. Il lui parut que le garçon répondait bien et avec une sorte d'innocence agressive.

Rolf la regarda. Depuis qu'elle était entrée, il multipliait de son côté des coups d'œil furtifs, mais à présent c'étaient des prunelles d'un bleu dévorant qu'il dirigeait vers la belle Anglaise. Elle baissa les paupières pour le remettre à sa place et les joues de l'indiscret tournèrent alors généreusement à l'écarlate.

Avec un air de tendresse heureuse, Mrs Turner se tourna vers son fils.

— Mon Rolf, fit-elle, je le vois chez les tambours.

— Tambour! cria-t-il d'un bond. Des baïonnettes, Ma!

— Encore un mot, fit très doucement le grand-père, et tu es dehors...

Le calme s'établit aussitôt et le jeune interpellé promena la vue autour de lui pour prendre le monde à témoin de sa souffrance, mais lorsqu'il s'arrêta sur Elizabeth, rien ne lui parut lisible dans ces traits immobiles qu'une indifférence absolue, et son cœur ignorant des roueries mondaines lui donna la sensation de tomber dans un puits.

Le déjeuner poursuivit son cours dans un ralentissement voulu du propos. Le deuil s'était assis à table avec Elizabeth et l'incartade du bouillant Rolf avait fait briller les éclairs d'acier de la guerre autour

73

de la veuve en amarante. Dans les moments de silence, le cliquetis bien élevé des couteaux et fourchettes ne faisait que raffiner la gêne et la chose à ne pas dire guettait sa chance pour produire son effet. Ce fut la compatissante Mrs Turner qui fut appelée à briller.

— *Darling*, dit-elle en se penchant un peu vers Elizabeth, dans les jours que nous traversons cœur à cœur avec vous...

— Eh bien, l'interrompit Elizabeth avec un défi dans les yeux, qu'ont-ils de particulier ?

Mrs Turner posa une main sur la sienne et eut un air profond :

— Le nuage le plus sombre cache une doublure d'argent.

Cette affirmation spectaculaire fut suivie d'un mystérieux silence. Puis, avec une précision recherchée, Elizabeth déclara :

— Vous m'en excuserez, Mrs Turner, je ne saisis pas ce que votre nuage veut nous dire.

Tout à coup quelque chose de sauvage se glissa dans ses traits et elle s'écria :

— Si nous demandions à Rolf ?

De saisissement le garçon bondit sur place.

— C'est peut-être une devinette, fit-il.

Elizabeth se pencha vers lui et fixa des yeux d'inquisiteur sur deux yeux ouverts à en loucher, et pendant quelques secondes les regards se noyèrent l'un dans l'autre.

— Bien répondu, murmura-t-elle.

Et se redressant vers le grand-père qui prêtait l'oreille, avec un sourire, elle déclara aimablement :

— Un nuage à doublure d'argent irait à ravir pour accompagner une promenade à cheval dans les bois, vous ne trouvez pas ?

Tout le charme dont elle se sentait capable s'épanouit sur son visage radieux. Dans la lumière incertaine elle eut vingt ans.

— Madame, fit-il avec un plissement d'ironie autour des paupières, ne faites pas rêver des hommes de mon âge. Un peu plus, et j'aurais eu l'audace de vous proposer une fuite vers le romantisme au clair de lune, secoués par le galop d'un...

— ... d'un alezan, suggéra Elizabeth.

Mrs Turner eut un rire faux qui trahissait son inquiétude.

— Papa, vous ne voulez pas rêver, mais que faites-vous d'autre ?

— C'est un plaisir qui ne coûte rien, ma fille, et puis...

D'un œil, il désigna Elizabeth, mais il ne put aller plus loin, quelque chose en lui hésitait à comprendre. La belle Anglaise l'ensorcelait de son regard le plus vertigineux, celui dont elle usait quand il le fallait, jadis, avec son premier mari.

— Ce soir, dit-elle tout bas, vous me confiez Mazeppa...

— Mazeppa, je ne sais pas...

— Mais si. Vous êtes le maître à Kinloch en l'absence des autres, et puis, c'est moi qui vous le demande, moi, Elizabeth.

— Elizabeth...

— Vous voyez bien que c'est oui.

— Papa, je n'aime pas ce que j'entends, gémit Mrs Turner.

☆

75

Ce soir-là, elle mangea une pomme à la place de dîner et descendit les marches du perron, là où l'attendait un alezan d'une beauté rare. Miss Llewelyn avait vu juste : les jambes d'une finesse extrême pouvaient sembler fragiles, sauf aux connaisseurs. Nerveuse et d'une impatience royale, la tête se jetait en arrière, encore et encore. Le lad qui tenait la merveille par la bride avait l'air un peu mystifié, mais également ébloui par la dame inconnue en amazone noire, donnant des indications du bout de sa badine.

L'après-midi touchait à sa fin. L'air était lourd et des appels d'oiseaux commençaient à se faire entendre dans les derniers rayons de soleil qui balayaient l'avenue au pied des grands arbres.

A la balustrade se tenaient côte à côte le grand-père et Mrs Turner, lui les bras croisée sur la barre d'appui, un air moins ironique que d'ordinaire, elle les mains jointes sur la poitrine. Tous deux regardaient la belle Anglaise enfoncer les dents avec force dans un fruit vert.

Tout à coup Elizabeth jeta ce qui restait de la pomme et dit d'un ton net :

— Vous savez très bien que je voulais partir seule.

— Oui, fit le grand-père, mais ne revenons pas sur une promesse. Rolf vous accompagne. Vous n'aurez pas de meilleur guide. Les bois sont par places impénétrables et il les connaît depuis son enfance.

Sans répondre, elle fit signe au lad de lui tenir l'étrier et fut en selle avec une grâce méprisante. A quelques mètres de là, Rolf enfourcha un cheval blanc sans prétention à l'élégance. Le garçon se tenait

76

bien sur un animal vigoureux et un rêve s'emparait de lui. Le petit chapeau d'homme basculant sur les cheveux d'Elizabeth remuait en lui des images qu'il n'aurait pas crues possibles et qui lui mettaient le sang en feu, mais pour le moment il s'agissait de se montrer le parfait gentleman au service d'une grande dame.

Des mains s'agitèrent dans un bref au revoir et ce fut tout. Rolf s'engagea au trot dans un chemin uni et se proposait d'aller plus vite, une fois sorti de la propriété, quand un fracas de sabots le fit tressaillir. Tout près de lui passait l'amazone au galop. Alors, à coups d'éperons, il dut lancer sa monture de nature paisible à la poursuite de la femme dédaigneuse qui faisait fi des recommandations du grand-père. Bien assise sur Mazeppa, elle tenait parole de partir en randonnée avec le garçon de quatorze ans, mais n'en filait pas moins seule avec le vent aux oreilles, et la joie d'assouvir sa volonté rebelle la faisait rire tout haut. Déjà s'annonçait une course frénétique saluée par les derniers arbres à la limite de Kinloch, gigantesques érables dont la cime dépassait de loin les arbres les plus hauts des alentours. Dans leur monumentale indifférence, la cavalière se refusait à déchiffrer le moindre augure, elle était heureuse et elle se prenait d'amour pour tout ce qu'elle voyait, pour ces colonnes sombres qui montaient au ciel, pour la terre couleur de rouille, pour la tête orgueilleuse de Mazeppa qui se tendait éperdument vers un but qu'il ne connaissait pas — et là, elle était d'accord avec lui. « Où allons-nous ? » se demandait-elle. Cette question lui était devenue familière.

Le soleil brillait encore dans le feuillage déchiré par le vent et le chemin disparaissait dans un désordre d'herbes et de plantes sauvages, mais les cavaliers furent en quelque sorte happés par un fouillis d'arbustes qui poussaient n'importe où, entremêlant des branches fragiles. C'était un jeu de passer à travers cette trame végétale aux petits craquements sonores, et des minutes s'écoulèrent jusqu'au moment où tout à coup la forêt profonde s'avança vers eux.

L'alezan se lança entre les arbres dans une sorte de sagesse aveugle que soutenait une main téméraire. On eût dit que les arbres s'écartaient pour céder la place, ou ailleurs se serraient pour mieux voir les intrus. Un crépuscule hésitant errait en lueurs fureteuses que la cavalière suivait d'un œil tout à coup attentif. Sans vouloir s'avouer qu'elle se sentait inquiète, elle manœuvrait les brides avec fermeté et le cheval renâclant finit par s'assagir. On pouvait alors recueillir le calme immémorial de toutes les forêts. Elizabeth poussa un soupir. Brusquement elle n'admettait plus la possibilité de s'ouvrir la tête contre le tronc d'un chêne, par exemple, et le seul fait de vivre lui parut enivrant. Elle se rappela bien avoir dit à Miss Llewelyn qu'elle voulait mourir, mais changer d'avis dans un lieu aussi solennel drapait la décision de noblesse, et du coup elle contraignit Mazeppa de s'arrêter.

Ce fut alors qu'elle perçut le bruit lointain d'un galop : bien malgré elle, son cœur se mit à battre. Le garçon allait la tirer d'affaire, car ce ne pouvait être que lui, et elle en reçut un coup dans son amour-propre. Sa randonnée menaçait de tourner court et de façon piteuse par un triomphe du bon sens qui la ramènerait à Kinloch, mais elle n'eut pas le temps d'explorer cette issue, car déjà arrivait près d'elle, tout essoufflé, le « bon petit soldat » de grand-père Turner. Sur son cheval blanc piétinant devant Mazeppa, il faisait de grands efforts pour parler et n'y parvenait pas. En revanche, Elizabeth y réussit à merveille.

— Vous voilà !

Une chouette se mit à pousser quelques notes prémonitoires. Rolf tenta de s'exprimer :

— ... pas aller plus loin, fit-il d'un ton rauque.

Elle eut un petit rire moqueur. Alors, rendu à lui par l'agacement, il expliqua d'un trait qu'en allant trop vite, elle était passée près d'un chemin facile qui contournait les bois.

— Et alors ? demanda-t-elle intraitable.

L'ombre devenait si épaisse qu'ils ne se voyaient pas, mais dans le silence la voix claire du garçon se faisait innocente. Un mot se présenta à l'esprit d'Elizabeth, qu'elle étouffa ; mieux valait prêter l'oreille au sauveteur bénévole qui répétait plaintivement :

— Le chemin qui contourne les bois...

— Je ne veux pas me retrouver à Kinloch.

— Pas à Kinloch, mais dans les prés qu'on voit de la maison en descendant.

— Et si je veux traverser les bois ?

— Nous sommes partis trop tard. D'ici, il ne faut pas aller plus loin.

Elle fut sur le point de lui demander follement s'il parlait quelquefois aux filles des environs, mais elle se contenta de rire. Il hésita quelques secondes.

— Vous riez pourquoi, Miss Elizabeth ?

La voix timide suppliait.

— Oh ! je ne riais pas vraiment, je riais comme ça.

Pour la première fois elle se sentait prise de court et gênée, imaginant déjà la scène de l'amour impossible, les larmes de l'enfant déçu.

— Vous avez raison, dit-elle doucement, ici on ne peut aller plus loin.

— Pas la nuit, fit-il.

— Que vous êtes sage !...

— Oh ! je connais la forêt. Plus loin les arbres s'éclaircissent. Là, de jour, on peut aller vite.

— Ici, non ?

Il soupçonna qu'elle s'attardait pour une raison qu'il ne saisissait pas.

— Ici non, répéta-t-il. Les arbres ont été plantés plus serrés pour protéger la maison, comprenez-vous ?

Elle comprenait, et tout à coup le plaisir de s'amuser de lui la quitta, elle prévoyait l'ennui. Comme pour se montrer d'accord avec elle, le gracieux alezan se mit à piaffer.

— Nous redescendons ? s'inquiéta le garçon.

— Si vous êtes sûr que le galop est possible ailleurs.

— Dans la prairie, Miss Elizabeth. Nous galoperons ensemble.

Elle rectifia aussitôt.

— Vous derrière moi, n'est-ce pas ?

— Oui, Miss Elizabeth.

Sans ajouter un mot, il fit reculer son cheval comme pour libérer le passage et demeura immobile.

— Qu'attendez-vous ? demanda-t-elle.

— Vous passez la première.

— Non, ici vous allez devant pour me guider. Après, c'est moi. Compris ?

Sans répondre, il obéit, faisant claquer avec prudence les sabots de son cheval, et l'Anglaise put bientôt voir la massive croupe blanche se balancer doucement dans les ténèbres.

Sortis des bois, la descente ne fut pas trop longue. Le chemin s'inclinait sans heurts jusqu'à une route mal entretenue qu'envahissait la broussaille, mais au-dessus de leurs têtes se déployait le ciel nocturne et d'un seul mouvement ils se rapprochèrent l'un de l'autre. Dans la clarté répondant au silence, ils se regardèrent un moment. Ce fut Elizabeth qui se ressaisit la première. Le visage du garçon lui apparaissait dans ses contours et elle vit le bleu ardent des yeux immobiles; un seul mot lui vint à l'esprit : « Non. » Elle fit un effort pour rire et n'y parvint pas.

Alors seulement, elle se rendit compte que les chevaux marchaient au pas et leur lenteur lui donna la phrase qu'elle cherchait.

— C'est pour nous endormir que nous avançons si peu ?

Un petit gloussement à mi-voix se libéra de sa gorge.

— A quoi rêvez-vous, Rolf ?

Il eut un tressaillement à ce nom qu'elle n'avait pas encore prononcé devant lui.

— Excusez-moi, Miss Elizabeth. Nous allons repartir.

— Non, fit-elle. Elle ajouta : Nous galoperons tout à l'heure. Cela me plaît de m'arrêter ici un petit peu. Pas vous ?

— Je suis content de faire ce que vous voudrez.

— Vous ne répondez pas bien.

— Mais comment voulez-vous...

— Est-ce que je sais... On dirait que je vous fais peur.

La réponse vint comme un cri :

— Oh, ne dites pas ça, pas ça, Miss Elizabeth !

Elle ne répondit pas tout de suite. L'absurdité de

la situation les transformait, elle et lui, en deux êtres nouveaux qui parlaient un langage inattendu.

— Je crois que vous devriez vous en aller, Rolf, rentrer à la maison.

— Oh, non, Miss Elizabeth! On m'a dit de vous accompagner.

— A travers les prés?

Elle entendit un soupir.

— Pourquoi pas?

— Eh bien... en effet, mais c'est inutile.

— Non! Je suis là pour vous servir.

— Me servir? Comment ça?

— M'occuper de vous.

— Je peux descendre de cheval toute seule, si c'est ça que vous voulez dire.

— Vous défendre! s'écria-t-il au désespoir.

Elle baissa la tête.

— Je suis sûre que vous le feriez, dit-elle à mi-voix, mais ici, quel danger voyez-vous?

— On ne sait jamais, fit-il bravement. Il y a des gens qui rôdent, qui peuvent vous attaquer.

— En ville, peut-être, mais à la campagne...

— Si. A la campagne. Je serai là, je sais me battre.

— Vous risqueriez de vous faire tuer.

— Pour vous, oui, Miss Elizabeth.

Cet élan juvénile tomba dans le vide.

Soudain Elizabeth revit le visage de Fred dans les jardins de Dimwood avec presque les mêmes mots lui sortant de la bouche.

— Rolf, dit-elle d'une voix calme, nous n'en sommes pas là.

Elle sentit la cruauté de sa phrase d'adulte et fut tentée d'ajouter quelque chose, n'importe quoi de gentil, pour rendre un peu de joie au cœur de quatorze ans meurtri, et ce qu'elle trouva fut pire :

— Il faut que nous restions amis.

La phrase des scènes de rupture... Elle le savait et perdit la tête. D'un coup de badine, elle lança Mazeppa à toute allure et jeta joyeusement :

— Qui m'aime me suive !

Une frayeur soudaine lui fit ajouter en tournant la tête :

— Ça ne veut rien dire, ça se clame pour rire dans les fêtes !

Mais ces explications furent emportées par le vent et Rolf planta ses éperons dans son honnête monture qui s'ébranla de tout son poids.

La route descendait droit vers les prés aux herbes touffues et la cavalière éprouva une joie physique à plonger dans cette épaisseur qui ne résistait pas ; les furieux petits sabots de son alezan faisaient un bruit sourd agréable à entendre aussi.

A la lueur qui tombait du ciel, elle distinguait la nappe des blés d'un jaune éteint mordant sur la grande tache sombre des champs en jachère, mais autour d'elle l'étendue était vaste et elle pouvait s'enivrer d'espace et de vide, la bouche entr'ouverte, sa chevelure menaçant un coquin de petit chapeau de se dérouler comme une oriflamme dans le tapage de la course. L'incident ne se produisit pas, les épingles tenaient bon, pourtant Elizabeth souhaitait le gracieux désordre, ne fût-ce que pour éblouir la nouvelle victime à sa poursuite.

Trois minutes ne s'étaient pas écoulées que les choses se mirent à voltiger dans sa tête : elle ne s'amusait pas autant qu'elle l'aurait voulu ; cette promenade ne comportait aucun risque ; on aurait pu se croire dans un manège, et cela voulait dire qu'elle avait eu peur de la forêt nocturne. De rage, elle en bondit sur sa selle. Avec une précision insupportable lui revinrent chaque mot de sa conversation avec le freluquet et ses conseils de prudence qu'elle avait écoutés, suivis... Sur son gros animal blanc, il devait se trouver encore à une bonne distance et elle décida de lui courir sus pour venger son amour-propre. Tournant bride, elle aperçut le coupable. Il fonçait vers elle à bride abattue dans les herbages et, de surprise, elle retint son cheval. D'un coup, le garçon lui apparaissait tout autre dans cet élan sauvage de l'innocence hors d'elle-même. Un instant plus tôt, elle le voyait mourant de timidité, et l'image qu'il présentait soudain la flatta. Elle sentait sous elle Mazeppa qui dansait d'impatience et cela aussi plut à la cavalière.

Lorsque Rolf fut près d'elle, il haletait un peu et elle prit le parti de lui rendre la paix en adoptant le ton de l'autorité sûre d'elle-même. Avec un zèle éperdu il se prêtait déjà à tout ce qu'elle voudrait lui commander, et le badinage commença.

— Laissons souffler nos montures, dit-elle.

— Oh! oui, et il ajouta : Miss Elizabeth.

Elle eut son petit rire complice.

— Laissons tomber «Miss Elizabeth», fit-elle. Nous ne sommes pas dans un salon.

— En effet, Miss Eli...

— Non! ordonna-t-elle. Je vous interdis... La prochaine fois je me fâcherai.

Silence.

Elle reprit doucement :

— Peut-être cela vous gêne-t-il de parler à une personne qui n'est pas d'ici.

— Mais pas du tout.

— Alors ? Cette voix du Sud — la vôtre —, je la trouve plutôt agréable à entendre.

Il se retint une seconde, puis comme si les mots lui bondissaient hors de la bouche il s'écria :

— Oh, merci... vous êtes très... très...

— Pas de remerciements. Vous parlez comme tout le monde ici... c'est tout ce que je voulais dire. Mais il me semble qu'il fait un peu plus clair.

— Dernier quartier, fit-il en un soupir.

— Oh, pas avant tout à l'heure, mais déjà je commence à vous voir.

— Moi, vous !

Comme si elle n'avait pas entendu ce cri de détresse, elle remarqua d'un ton égal :

— Un peu absurde de rester là sans bouger. Tout là-bas, derrière cet océan de blé, un bois, non ? Répondez.

Il fit effort pour se maîtriser.

— Des arbres plantés en ordre, comme dans un jardin.

— J'y vais, mais quel détour pour y arriver, n'est-ce pas ?

Sans attendre la réponse elle enleva son cheval. Rolf réveilla le sien à grands coups d'éperons et les deux cavaliers disparurent dans les herbages qui leur montaient jusqu'aux genoux, alors que les têtes des chevaux nageaient comme dans un fleuve.

Pendant un quart d'heure ils galopèrent à une faible distance l'un de l'autre, chacun en proie à des pensées très simples qui se répondaient à leur insu. La vue s'étendait si loin que les remous de la prairie sous les assauts du vent prêtaient à leur randonnée une force hallucinatoire. Tout à coup un chemin de terre dure s'ouvrit sous leurs pas, puis une barrière de bois acheva de les arracher à leurs rêves.

Rolf sauta à bas de son cheval pour lever l'obstacle et ils se trouvèrent sous une voûte de feuillage dont les limites se perdaient dans l'obscurité.

Ensemble ils avancèrent. Les arbres, des hêtres magnifiques, se souvenaient des jardiniers anglais qui vécurent assez longtemps pour les voir s'épanouir, une fois qu'ils les eurent plantés. Entre les colonnes massives les deux cavaliers fussent aisément passés côte à côte, mais les derniers scrupules d'Elizabeth s'y opposaient encore. Avec lenteur maintenant, les chevaux frappaient le sol assourdi par des épaisseurs de feuilles mortes et la voix naïve de Rolf s'entendait, répondant à la voix moins innocente d'Elizabeth.

— On se sent bien ici, vous ne trouvez pas, Rolf ?

Un silence quasi tragique étouffa d'abord la réponse :

— Oui... avec vous.

— Ah bah ! *Avec vous*... avec moi, et nous nous connaissons à peine ! Moi, je vous verrais plutôt avec une jolie demoiselle du pays, là, sous ces arbres... Non ?

— Non.

— Mais si, au clair de lune, par exemple ce soir.

Il eut une explosion.

— La pleine lune, c'était avant-hier.

— Il en reste un bout, pas loin des trois quarts. Mais laissons cela. Vous n'êtes pas encore en âge de...

Elle taquina la bride de Mazeppa pour l'écarter un peu du cheval de Rolf.

— Pas encore de quoi ? supplia-t-il dans un cri.

Elle tenta de le calmer.

— Mais, mon petit Rolf, de parler aux personnes de mon sexe.

A ce moment une voix intérieure lui ordonna de se taire alors que le garçon protestait.

— Pas en âge... Un jour, je vais pouvoir m'engager... je vais être soldat... alors, pas en âge !...

Prise de court par la véhémence des paroles, Elizabeth fut tentée de se sauver.

— Je sais, soldat... Vous avez dit cela à table, mais nous sommes là à parler... Sommes-nous loin de Kinloch ?

— Mais non, pourquoi ?

— S'il y a encore de la lumière, je ne rentre pas encore, je préfère rentrer sans être vue.

— Dans le noir ?

— C'est mon idée, Rolf. Si vous voulez vraiment m'être agréable, allez faire un temps de galop de ce côté-là pour voir.

— Vous allez être dix minutes toute seule.

Elle rit comme d'une bonne farce.

— Et alors, j'aurai peur ? Mon petit Rolf, faites ce que je vous dis. Vous me retrouverez ici, à vous attendre.

L'effet de ces derniers mots fut magique. Un soupir, et le garçon tournant son cheval disparut au grand trot. Sans hésiter, Elizabeth chercha une branche où attacher Mazeppa. Un instant plus tard elle était à terre, foulant le tapis de pourriture végétale qui sentait bon. Quelques pas prudents la menèrent à un endroit où la pénombre semblait s'éclaircir, mais l'aventureuse Elizabeth n'osait aller plus loin. Dans le silence elle entendit le cheval s'ébrouer un peu, puis se taire. Maintenant, elle avait hâte de voir le garçon revenir. Les arbres peuplaient la solitude autour d'elle. Pour la première fois depuis son départ de Kinloch cette équipée nocturne cessait de lui paraître amusante et prenait un sens qu'elle saisissait mal. Comme si elle était tombée dans un piège, elle se sentit troublée. Elle n'aurait pas dû parler à Rolf, pas comme elle l'avait fait, pas lui parler du tout... Dès qu'il serait de retour — mais pourquoi ne revenait-il pas ? —, elle lui dirait des choses qui arrangeraient tout, qui empêcheraient qu'il ait eu de la peine, comme si on pouvait... Rendre amoureux un garçon de quatorze ans, c'était si facile à une femme avec un visage comme le sien, cela ressemblait à un jeu. Le mot lui fit peur. Elle essaya de l'abolir en riant toute seule, mais il persistait à revenir. Alors elle se demanda quelle heure il pouvait être et pourquoi Rolf ne revenait pas. Elle lui avait dit : « Je serai là à vous attendre. » Un mot d'amoureuse ! De nouveau elle se mit à rire, mais un peu plus fort que la fois précédente, et la peur fut là aussi. Ce n'était pas pour se moquer de lui qu'elle avait dit cela, expliqua-t-elle à l'air autour d'elle, au vide, à l'ombre.

Peut-être, revenu, la cherchait-il dans la nuit sans la voir ? Quelle idée de n'avoir pas prévu... Elle fut tentée de l'appeler, mais quelle figure faisait-elle dans cette histoire ? Elle finissait par le trouver agaçant, le garçon, gentil, mais trop bête. En imaginant qu'elle eût cédé... Cédé à quoi ? Il n'avait rien demandé. Rien demandé ? C'était alors qu'elle pouvait éclater de rire toute seule. Elle aurait voulu un banc pour s'asseoir et faire tout comprendre à la solitude, aux arbres, à la nuit — mais il n'y avait pas de banc ! Qu'elle était drôle quand elle s'y mettait... Pas de banc ! Billy aurait ri avec elle. Billy... Subitement il fut là, comme le soir où ils s'étaient tous les deux promenés dans le bois près de la maison. Cependant, tout changeait autour d'elle dans l'obscurité évanescente. Les arbres couchaient sur le sol l'ombre de colonnes orgueilleuses et la femme envoûtée par l'effroi revenait doucement à elle. Cachée par l'épaisseur du feuillage, la lumière blanche brillait à l'extrémité du chemin où Rolf avait disparu. Il ne suffisait plus à Elizabeth que de se montrer patiente, et elle ne le pouvait pas. Elle souffrait mal, n'ayant de dispositions que pour la joie ; malgré quoi, elle dut subir encore de lourdes minutes avant d'entendre le pas d'un cheval trottant vers elle. Pour un peu elle eût crié quand le garçon reparut, mais il cria d'abord :

— Les fenêtres sont encore éclairées, nous attendons ?

Elle ne répondit pas.

Alors il rapprocha son cheval et d'un bond fut à terre presque à côté d'Elizabeth. Après une hésitation, il demanda :

— Vous voulez rentrer maintenant ?

Il haletait un peu et elle sentit son souffle sur son visage.

— Non... je ne sais pas.

— Nous pourrions aller à pied jusqu'à l'autre bout du bois... si vous voulez.

— Se promener dans le noir... Vous plaisantez.

— Je serais là pour vous...

Elle le laissa attendre, puis d'un ton moqueur :

— Pour... quoi ? fit-elle. Vous êtes comme un enfant. Rolf, qu'y a-t-il à l'autre bout du bois ?

— La vue est très belle... surtout au clair de lune.

— Je m'y attendais, à celui-là ! Enfin, attachez votre cheval à côté de Mazeppa et revenez ici.

Après avoir obéi, comme par enchantement, il fut

de nouveau près d'Elizabeth qui glissa son bras sous le sien.

— Pas d'histoire, dit-elle avec un petit rire. Je m'appuie un peu sur vous pour ne pas tomber, voilà tout. C'est loin, où nous allons ?

— Mais non. Tout près, tout près.

Il soupira.

D'une lenteur étudiée, les premiers pas leur firent dépasser plusieurs rangées d'arbres, après quoi de minces rayons trouèrent le feuillage, mais Elizabeth n'allégeait pas le poids de son bras sur le bras de Rolf et ils avançaient sans rien dire, quand à la sortie du bois la pleine lumière les frappa en face et, pétrifiés, ils se tinrent immobiles.

Elizabeth fit un effort pour se ressaisir et tout à coup s'écria gaiement :

— Eh bien, le voilà, votre clair de lune !

Mais ces mots tombèrent dans un silence qui en accusait la pauvreté, et elle tourna les yeux vers Rolf comme s'il l'y obligeait de force. Sur l'un et l'autre de ces visages, l'astre vainqueur posait un masque dur. Insensiblement, ils reculèrent. Quelque chose d'impitoyable les jetait face à face et ils avaient peur. Dans l'espace d'un éclair parut et disparut la mort. Enfin, le courage du garçon éclata dans un cri de révolte contre un amour trahi seconde après seconde et il ouvrit la bouche :

— Qu'allez-vous dire encore ? Qu'est-ce que je vous ai fait ?

Elle tressaillit.

— Rien, mais rien... Seulement il ne faut pas rester là.

— Si, fit-il en étendant la main, je veux vous regarder, même si ça me rend malheureux.

Quelle femme avait jamais reçu un hommage plus émouvant ? De bonheur, elle ferma les yeux en saisissant comme une proie la main qui lui était tendue.

— Je ne veux pas que vous soyez malheureux, dit-elle avec douceur.

— Alors regardez-moi, regardez-moi, Elizabeth.

Sans broncher, elle rouvrit les yeux et plongea dans les yeux du garçon un regard de tendresse qui la surprit elle-même. Prise au piège de l'amour elle se défendait mal, comme toujours, mais cette fois elle avait peur et se mit à dire n'importe quoi.

— Nous sommes là comme deux statues dans cette lumière...

D'un coup il dégagea la main qu'elle tenait encore captive et il voulut lui prendre le bras. Elle recula.

— Je ne veux pas, murmura-t-elle. N'essayez pas, ce n'est pas la peine. Je veux rentrer à Kinloch, même s'il y a des lumières.

— Vous n'aimez pas que je sois là, près de vous ?

— Je n'ai pas dit ça, mais maintenant je veux m'en aller d'ici.

— Eh bien, tout à l'heure je vous ai menti quand je vous ai dit qu'il y avait des lumières. Elles sont toutes éteintes, sauf une au dernier étage.

— Au dernier étage... Vous êtes sûr ?

— Sûr.

— Y avait-il quelqu'un à la fenêtre ?

— Personne.

— Tant pis pour cette lumière, Rolf, nous partons.

— Je resterai toute la nuit, si vous voulez. Je ferais n'importe quoi pour vous...

Et tout à coup il s'écria :

— Elizabeth !

Elle parut hésiter, puis baissa la tête :

— Non, fit-elle.

Alors, ouvrant les bras comme pour lui barrer le passage, il dit avec force :

— Je ne veux pas, écoutez-moi, Elizabeth, je vous aime.

Soudain leurs visages se touchèrent, mais elle le repoussa des deux mains.

— Laissez-moi, Rolf, ce n'est pas possible.

Il s'écarta. Dans le bref silence qui suivit, elle chercha en vain quelque chose à dire. Partagée entre le soulagement et la déception, elle finit par lui sourire et murmura :

— Mon petit Rolf, je déteste vous faire de la peine.

— Vous n'avez pas cessé de m'en faire tout le temps depuis qu'on est partis, répondit-il d'un trait.

Sans un mot, ils reprirent le chemin entre les arbres jusqu'à l'endroit où attendaient leurs chevaux. Là eut lieu une nouvelle tentative de Rolf qui voulut aider Elizabeth à monter en selle. Elle l'arrêta d'un geste qu'elle voulait impérieux et de nouveau il obéit, mais dans ses yeux brillaient des larmes de fureur.

☆

Le retour fut lent à dessein. Ni l'un ni l'autre ne voulaient rentrer, mais à l'un comme à l'autre manquait l'audace de céder à leur nature profonde. Le plus qui leur fut possible était de se bâillonner de silence.

Passaient devant leurs yeux des prés, des prairies et des vergers dans un violent éclairage d'argent. Le trot suffisait pour ce voyage pensif, loin du galop passionné du début, mais, enfin, ils arrivèrent en vue de Kinloch dont la lourde masse austère semblait les observer par l'œil d'une seule fenêtre lumineuse. Pour atteindre la véranda, ils traversèrent les herbages où Elizabeth avait naguère cru voir un cavalier fantôme se lancer vers elle en agitant la main, et elle faillit jeter un cri, mais se retint.

A présent, au bas des marches de bois, elle descendait en même temps que Rolf et il y eut un moment où ils furent de nouveau face à face comme s'ils allaient se dire quelque chose d'important ; ils se contentèrent de se regarder, immobiles, et peut-être leur destin se joua-t-il dans cette incertitude, mais ils passèrent à côté.

Un serviteur noir vint s'occuper des chevaux et, déjà un pied sur la première marche, Elizabeth s'avisa qu'elle n'avait pas seulement dit au revoir au garçon. Elle s'arrêta une seconde, puis poursuivit son chemin sans se douter que, nette et noire, son ombre l'accompagnait en se plaquant sur une paroi latérale. Avec une légèreté de chat, Rolf fut soudain sur cette tache où il colla les lèvres comme un fou. Elizabeth se retourna et le vit dressé devant elle.

— Qu'avez-vous, Rolf ? On dirait que vous m'épiez !

Il secoua fortement la tête pour dire non. D'un accord tacite ils s'engagèrent sur la véranda, marchant l'un près de l'autre comme par une réconciliation subite, et tout à coup elle laissa échapper ces mots :

— Nous allons nous quitter maintenant et je crains que demain nous ne nous voyions plus.

D'une main il esquissa un petit geste comme pour parer un coup et les traits de son visage se contractèrent.

— Demain ?...

— Oui, je retourne au *Grand Pré* et je pars de bonne heure.

— Vous ne m'aviez pas dit...

— Non, mais c'est décidé.

— Mais pourquoi ? Pourquoi ?

— J'habite là-bas, pas ici. Je n'ai rien à faire ici.

Devant sa mine d'écolier déçu, elle eut un élan irrésistible.

— Il faut me comprendre. Écoutez... mon petit Rolf. Si nous avions le même âge... ce que je dis est absurde, et pourtant... Il y a aussi autre chose, ce grand malheur que j'ai eu.

Pour la première fois il baissa la tête et, d'un coup d'œil, elle suivit ce geste. Toute l'innocence du garçon était dans sa nuque.

— Pardon, mon petit Rolf.

Ils s'arrêtèrent alors qu'ils atteignaient la porte au bout de la véranda.

— Pourquoi êtes-vous si méchante avec moi, Elizabeth ? murmura-t-il.

— Je ne suis pas méchante, j'ai aussi de la peine... parce que je vous aime bien.

— Moi, c'était beaucoup plus.

Cette phrase ravagea Elizabeth.

— Ce n'est pas ma faute, dit-elle, et elle ajouta : Il vaut mieux que je m'en aille, que je vous laisse ici, mais j'ai de la peine, Rolf.

— Ce n'est pas vrai ! fit-il soudain.

Elle ouvrit la porte et s'éloigna d'un pas rapide. A ce moment, il eut brusquement une voix d'homme et lui lança :

— Je vous retrouverai, vous savez ! Je vais m'engager, vous verrez. Elizabeth...

Mais déjà elle était au pied de l'escalier qui menait à sa chambre.

☆

Devant les marches à monter, elle fut prise d'une hésitation et, sans avoir à tendre l'oreille, elle entendit le bruit des pas qui s'éloignaient sur la véranda dans le martèlement rapide de la colère.

Jusqu'au dernier toc elle écouta et finit par gagner sa chambre où seule brillait une lampe de chevet, et cet éclairage timide lui parut celui même du silence. Par un mouvement soudain elle se jeta à plat ventre sur le grand lit à colonnes, le flot de sa chevelure lui couvrit le dos tout entier d'un ondoiement d'or et de cuivre. Le visage enfoui dans les bras, elle se laissait aller à une frénésie de chagrin qui agitait ses épaules comme si quelqu'un les lui secouait. Des minutes passèrent quand un coup frappé à la porte la retourna.

Miss Llewelyn se tint sur le seuil et demanda :

— Puis-je vous parler ?

Debout, Elizabeth fit signe que oui.

— Fatiguée, je pense, après la randonnée, dit la Galloise.

— C'est possible. Qu'avez-vous à me dire ?

— Mais vous êtes en nage.

— Finissons-en, s'il vous plaît.

— Vous m'avez fait peur, Elizabeth.

— Il ne fallait pas vous inquiéter.

Miss Llewelyn fit un pas en avant vers elle.

— J'ai vu le garçon tout à l'heure, quand il a sauté

de cheval au pied de la véranda. Quel désespoir écrit sur une figure aussi jeune...

— Je le regrette, balbutia Elizabeth.

— Peut-être, mais si la Providence nous faisait mourir cette nuit, l'une et l'autre, avec tout ce que je suis pourtant, j'aimerais mieux être à ma place qu'à la vôtre.

A ces mots, le sang se retira des joues d'Elizabeth qui semblait nue parce que la sueur lui collait la robe à la peau. Dans un effort pour dire quelque chose, sa bouche s'ouvrit à plusieurs reprises.

— Qu'allez-vous faire ? demanda Miss Llewelyn.

Sa voix terne agit comme un coup de fouet sur la jeune femme.

— Demain matin je quitte cette maison.

— Je ferai donc donner les ordres pour la calèche de bonne heure. Vous ne voulez pas que je vous prépare un bain ? Avant de vous coucher... Vous dormiriez mieux — peut-être.

— Allez-vous-en.

— Avec plaisir, mais à sept heures, je viens vous réveiller, car je pense que la vie continue comme à l'ordinaire, ou fait semblant, n'est-ce pas ?

Elizabeth lui tourna le dos.

☆

A neuf heures, le petit déjeuner s'achevait autour des mêmes personnes que la veille, à l'exception de Rolf. Mrs Turner se montrait à la fois tendre et compatissante à l'égard d'Elizabeth qui répondait d'un sourire patient à ses gentillesses.

— Nous nous sommes à peine vus... Rolf sera navré... Je ne vous ai pas entendue rentrer cette nuit.

— Deux heures du matin, fit Mr Turner. Je dors mal.

— Deux heures du matin ! Après cette randonnée... vous avez assez dormi ? Je n'ai pas voulu réveiller Rolf. J'espère que vous serez bien dans cette calèche pour le voyage.

La porte s'ouvrit. Coiffée de son petit chapeau noir, Miss Llewelyn parut et fit un signe de tête.

— Pardon, la calèche attend Miss Elizabeth.

Les adieux se firent vite. Mrs Turner n'en eut pas moins l'œil humide et Mr Turner excusa, légèrement goguenard, l'absence de son petit-fils.

— Qu'on aille voir s'il est debout ! s'écria Mrs Turner qui agita une sonnette.

Un domestique noir fut chargé de la commission.

— La calèche peut attendre une minute, j'espère, dit-elle aigrement.

Elizabeth demeura muette et Miss Llewelyn prit la parole d'un ton respectueux.

— Je me suis simplement permis de dire que la calèche attendait.

— Attendons, fit Mr Turner. Au sud du Potomac, le temps cesse d'exister.

— Vous embrasserez tout le monde pour nous, au *Grand Pré*, ajouta Mrs Turner.

Le domestique revint et déclara que Mr Rolf n'était pas là, que la chambre était vide.

— Parti ! s'exclama Mr Turner. La monomanie de la fuite, comme tous ces garnements.

Mrs Turner jeta un cri :

— Je ne veux pas qu'on me prenne mon Rolf !

— Sois tranquille, fit le grand-père. Avec son air

de bambin, il n'a aucune chance. Autrefois, je l'aurais corrigé à coups de lanière dans le privé, mais maintenant on m'envoie promener dans les treize étoiles.

Un nouveau cri de Mrs Turner :

— Oh, papa, qu'est-ce que tu veux dire ? Il va revenir, n'est-ce pas ?

Elle prit Elizabeth dans ses bras.

— Ce n'est pas la première fois, gémit-elle, et il revient toujours, mais j'ai peur.

Elizabeth émit quelques paroles confuses et, pareille à une somnambule, suivit Miss Llewelyn vers la porte ouverte.

Avec son coffre, ses roues et ses portières frottés à outrance, la calèche prenait un air de fête sous le feuillage d'un arbre criblé de soleil, et, comme pour célébrer le départ, une petite plume de coq ornait le chapeau du cocher noir ; Elizabeth monta sans précipitation dans la voiture et se laissa glisser au fond d'une des deux places les plus confortables. D'un geste vague elle indiqua la banquette à la gouvernante. Ainsi les voyageuses se trouvaient face à face sans aucune nécessité de se parler ni même vraiment de se regarder dans les yeux.

Le fouet claqua et les chevaux partirent.

Sous un ciel tendu de bleu azur et semé de minuscules nuages blancs, la journée s'annonçait radieuse. Comme on quittait la maison pour longer le bois où elle s'était promenée la nuit avec son mari défunt, Elizabeth se contenta de baisser les paupières. Elle les rouvrit en descendant la pente abrupte qui lui valut quelques soubresauts. La gouvernante reçut le même sort et, bien malgré elles, un sourire un peu bête les rapprocha l'une de l'autre, un instant. Un petit cours d'eau fit s'agiter les chevaux entre des murailles de rochers aux tons de rouille, puis le terrain s'assagit peu à peu dans un désordre d'arbustes sauvages où une route se cherchait comme si elle avait perdu la mémoire sous des tapis de cailloux, restes d'une avalanche oubliée. A droite et à gauche se penchaient des arbres dont beaucoup avaient été fauchés au hasard des tempêtes.

Tout à coup Elizabeth poussa un cri. Au grand trot sur un cheval blanc, elle vit Rolf déboucher d'un chemin dans les bois dévastés. Il s'arrêta net, à vingt pas de la voiture, et son cheval fit mine de se dresser en arrière. Le cocher arrêta l'attelage de la calèche, et, du même coup, s'installa un silence qui parut interminable. Comme dans une vision, les yeux d'Elizabeth fixaient ceux du cavalier et ni lui ni elle ne bougèrent. Enfin, pareil à un appel au loin, la voix d'Elizabeth lança :

— Rolf, que faites-vous là ?

Il attendit et fit un geste.

— Je comptais vous voir plus haut, dit-il. Plus près de la maison.

Les mots sortaient difficilement de sa gorge.

— Approchez, voulez-vous.

Il fit avancer son cheval jusqu'à une petite distance de la portière. A ce moment, non sans effort, Miss Llewelyn se leva pour quitter la voiture du côté opposé.

— Faites quelque chose, Elizabeth, jeta-t-elle à voix basse, puis elle disparut.

Suivit alors un fulgurant colloque entre elle, le cocher et le lad. Cependant, avec un sourire, Elizabeth levait la tête vers Rolf.

— Vous vouliez me parler ?

Sautant à bas de son cheval, la bride au poing, il répondit :

— Seulement vous voir encore une fois, c'est tout.
Elle se dressa debout, toute proche de lui.

— Eh bien, fit-elle, me voilà. Que vouliez-vous me dire près de la maison ?

— Rien, je voulais vous regarder une fois encore.

A ce moment, une main noire saisit la bride du cheval et l'ôta des doigts d'un cavalier devenu inattentif.

Il y eut alors une hésitation tumultueuse qui rapprocha les deux visages fascinés l'un par l'autre. Tout à coup Elizabeth serra de ses deux mains la tête du garçon et couvrit ses joues de baisers, au hasard, et soudain sur les yeux qui se fermèrent, puis ailleurs encore sur les joues, dérobant ainsi sa bouche à la bouche avide qui la cherchait. Brusquement essoufflée, elle tourna la tête ; des cheveux lui balayèrent le front.

— Mon petit Rolf, murmurait-elle, je vous aime beaucoup, alors allez-vous-en, mon petit Rolf...

Sans répondre, il ouvrit la portière et allongea les mains sur un corps qui se débattait.

— Moi, je vous aime tout court, fit-il.

Alors Elizabeth se mit à crier d'une voix qu'il lui sembla n'avoir jamais entendue, la voix sans retenue de la peur. Presque immédiatement, l'autre portière de la calèche s'assombrit. Miss Llewelyn de toute sa taille bouchait la lumière, et, d'un ton de commandement qui couvrait tout, elle fit retentir cette phrase :

— C'est fini, nous repartons.

Le silence s'établit d'un seul coup. Rolf se retira de la calèche pendant qu'Elizabeth réparait le désordre de son corsage et que Miss Llewelyn s'effaçait aussi vite qu'elle était apparue. Un instant plus tard, elle se trouvait cette fois devant les deux personnages qui la regardaient avec dégoût.

— Navrée, fit-elle, nous étions au bord du scandale, et les témoins étaient là.

Comme pour confirmer ces mots, la même main noire que tout à l'heure vint placer dans la main de Rolf la bride de son cheval blanc qui avait patiemment attendu sous les arbres en mangeant de l'herbe.

Elizabeth mit les doigts sur sa bouche et les y laissa ainsi, les yeux dirigés vers Rolf qui remontait en selle. Quelques secondes s'écoulèrent, puis, du haut de son cheval, il considéra la femme sans rien dire, attendant, les yeux brillants de larmes ; enfin, il tourna la tête de sa monture vers la route de Kinloch et piqua des deux, mais comme il frôlait la calèche Miss Llewelyn eut le temps de passer la tête et son petit chapeau noir.

— Ne pleurez pas, Mr Rolf, lança-t-elle. On n'est pas toutes comme elle ! Vous verrez...

Elle avait repris sa place sur la banquette et les roues tournaient sans cahots sur une terre ferrugineuse aux riches tons de rouge. Rencognée le plus loin possible dans le confort des capitons, Elizabeth faisait mine de réfléchir, mais elle n'avait jamais su comment s'y prendre et soudain le nom de Miss Llewelyn lui échappa comme un appel de désespoir.

— Eh bien, fit la Galloise, qu'est-ce qui vous prend maintenant ?

— Miss Llewelyn, je ne me sens pas bien.

— Mal au cœur ?

— Non, non... Soyez...

— Soyez quoi ?

— Comme vous saviez l'être, autrefois... à Dimwood.

— Vous, soyez plus claire. Nous ne sommes plus à Dimwood. Que voulez-vous que je fasse maintenant, telle que je suis aujourd'hui ?

101

— Oh, venez vous asseoir près de moi ! s'écria Elizabeth.

Miss Llewelyn se leva aussitôt et prit place à côté d'Elizabeth qui recula tant soit peu, car sa voisine s'élargissait avec l'âge et un sourire satisfait s'épanouissait sur sa face massive.

— Êtes-vous contente ? demanda celle-ci.

Comme il lui arrivait si souvent, Elizabeth jugea qu'elle avait parlé trop vite, elle savait qu'elle ne se corrigerait pas et que ces fautes se multiplieraient jusqu'à la fin.

— Oh ! je voudrais être morte, gémit-elle.

La voix de la Galloise se fit entendre, d'une douceur insolite, maternelle.

— Pauvre petite, vous m'avez déjà dit cela.

— Moi ?

— Oui, vous. C'est le souvenir de Rolf qui vous taquine ?

— Rolf ! s'écria Elizabeth.

Et par un élan qui lui fit horreur, mais qu'elle ne dominait pas, elle se jeta en larmes vers la lourde femme qui la reçut dans ses bras.

— Je comprends votre chagrin, fit celle-ci posément. Il répond au chagrin de votre victime.

D'une voix étouffée, Elizabeth protesta :

— Ce n'était pas ma faute s'il a tant insisté.

— Peut-être, mais vous avez démoli l'amour dans le cœur du garçon.

— Non, non et non !

— Arrangez-vous comme vous voudrez avec vous-même.

— Oh, taisez-vous, je vous en prie !

— On peut dire *Taisez-vous* à Maisie Llewelyn, mais pas à quelqu'un qui ne comprend pas *Taisez-vous*.

En disant ces mots, elle effleura du bout des doigts la tête d'Elizabeth et continua :

— Ne seriez-vous pas mieux, assise comme une lady à votre place ? Nous pourrions bavarder un peu, si vous voulez...

De toute ses forces Elizabeth s'arracha à son attitude d'éplorée et, rose de fureur, fut aussitôt dans un coin de la calèche.

— Aucune envie de bavarder avec vous, fit-elle.

— Alors, permettez à votre servante une simple remarque. On souffre comme on peut, Rolf dans son orgueil, vous dans le vôtre, mais Rolf était tombé amoureux. Vous, non.

— Mais bien sûr que non ! s'exclama Elizabeth exaspérée.

— Bien sûr que non, répéta la Galloise. Chez vous ce sont toujours les sens qui montent à l'assaut. Et le cœur ? Le cœur, dites-vous, êtes-vous sérieuse ?

Elizabeth lui tourna le dos et regarda par la fenêtre. Les dernières aspérités de Fauquier County disparaissaient derrière la calèche qui roulait tranquille le long d'une prairie. Seul le rouge de la route parlait un langage d'une beauté rude et le silence s'installait entre les deux femmes. Des quarts d'heure s'écoulèrent, puis l'une et l'autre se rejoignirent en secret dans une affection muette pour les étendues verdoyantes coupées de bois à demi sauvages. Là cessait la bousculade des intérêts personnels et des passions, là régnait la simple joie de vivre dans une douceur à peine effleurée par un soupçon d'ennui. Bientôt apparurent des maisons isolées qu'entouraient des jardins sans clôtures. Enfin, les voyageuses reconnurent au passage la demeure d'Amelia Jones, la gémissante femme d'Oncle Charlie le tyran, et elles échangèrent un regard qui se perdit tout à coup dans un éclat de rire.

— A quoi bon trimballer nos orages dans la voiture de famille ? s'écria la Galloise. Nous arrivons au *Grand Pré*...

— Au *Grand Pré*... J'y ai des souvenirs... On y était bien, avant la guerre.

— La vieille maison est une sorte de grand-mère qui perd la mémoire. Vous y retrouverez ce qui fait qu'on sourit au temps qui passe.

IX

Les chevaux allaient maintenant d'un trot allègre sur une route bien entretenue. Tout au loin les collines bleues semblaient assoupies de bonheur. Cependant, la calèche se trouva rouler aux abords d'un champ de bataille mal remis de ses convulsions. Des troncs coupés en deux surgissaient au ras du sol. Puis enfin apparurent les grands chênes et la voiture s'engagea dans l'avenue ; à la hauteur du léger acacia qui s'arrondissait au-dessus de l'entrée, la maison de bois demeurait prise dans ses rêves. La voiture s'arrêta et, au bout d'un moment, la porte s'ouvrit. Miss Charlotte surgit dans sa robe noire, ses mains à demi levées manifestaient sa joie avec modération :

— Vous voilà revenues...

Prévoyant une conversation ennuyeuse, Elizabeth se glissa lentement derrière la vieille demoiselle :

— Pardonnez-moi si je monte me reposer, lui jeta-t-elle, je suis fourbue... et cette chaleur...

Miss Charlotte eut un geste d'indifférence.

— Je vous ferai monter de l'eau glacée. Bonjour, Miss Llewelyn.

La Galloise s'inclina.

— Heureuse de pouvoir vous parler seule un instant, dit-elle à mi-voix. Notre voyage n'a pas été inutile.

105

D'un signe de tête, elle indiqua Elizabeth qui montait l'escalier.

— Le Ciel soit loué, fit Miss Charlotte et elle ajouta : Le lad va lui porter ses valises. Nous allons être tranquilles. Mrs Harrison Edwards dort sur son lit et les enfants jouent à la guerre dans les bois. Vous avez faim ?

— Soif. Un thé glacé me remettrait d'aplomb, moi.

Miss Charlotte fronça le sourcil :

— C'est bien. Allons nous asseoir.

Toutes deux gagnèrent la partie la plus ombreuse de la grande pièce et prirent place près d'une table dans de lourds fauteuils, puis Miss Charlotte agita une sonnette et donna des ordres au vieux Tommy dont les cheveux crépus tournaient au gris. Miss Llewelyn lui tapota amicalement la main, et se tournant vers Miss Charlotte :

— De l'eau glacée pour Miss Elizabeth, c'est un peu austère, vous ne trouvez pas, même pour une veuve ?

— Eh bien, du thé glacé. Tommy, vous avez entendu ? Allez et laissez-nous.

Seules, elles se rapprochèrent le plus possible, comme deux complices, leurs épaules se touchant presque par-dessus le bras de chacun des fauteuils.

— Comment est-elle, notre veuve ?

— Vous avez remarqué sa jolie robe couleur de violette ? C'est tout dire. Le noir n'est plus de mise pour le moment. Voyez là un peu mon œuvre.

— Contez-nous ça. La forte dose ?

— Évidemment. Ce qu'il faut pour assommer les douleurs les plus dramatiques.

— L'absent est-il toujours là ?

— Oui, mais, si j'ose dire, apprivoisé. Elle et lui se

106

sont promenés la nuit sous les arbres du petit bois près de la maison.

— Je connais l'endroit, il a fait ses preuves. C'est le rendez-vous des'inconsolables et des amoureux endurcis.

— Tout s'arrange pour le mieux. Elle a le talent de faire bavarder les chers disparus.

— Ah, rien de tel n'est indiqué sur la fiole !

— Passant à cheval devant elle, au grand galop, il lui a lancé : « Elizabeth ! » Comme je vous le dis...

— Intéressant, mais j'aurais aimé de la religion mêlée à tout cela.

— Ne soyons pas trop exigeantes. L'appétit revient. Elle envoie promener le cher laudanum. Discrètement, elle a versé quelques larmes, une ou deux fois.

— Vous voyez bien. C'était une erreur.

— Oh, petites, les larmes, et de circonstance devant la bonne Mrs Turner. Et tout à coup, ô stupeur, une randonnée nocturne dans les bois, avec un cavalier.

— Lui, bien sûr. Je ne sais si j'approuve, mais c'est romantique.

— Rabattez-en un peu. Il s'agit d'un fringant jeune homme en chair et en os.

— Et la morale, Llewelyn, la morale ?

— Fringante, elle aussi. Pas un mot d'amour, pas le moindre petit baiser. Tout est sauf.

— Le Ciel soit remercié. Mais elle en a trop fait. Elle paraît à bout.

— Erreur. Anglaise, c'est une femme de fer.

— Peut-être, mais à l'heure qu'il est, elle se trouve dans la chambre de ses dernières amours, la veille de Manassas.

— Le laudanum aura effacé tout cela.

— Vous croyez ?

A ce moment, le serviteur noir fit une nouvelle apparition avec trois verres autour d'un pichet sur un plateau.

— Le thé glacé, fit Miss Llewelyn. Miss Charlotte, nous nous servons en passant, qu'en dites-vous ?

Miss Charlotte fit non d'un signe de tête, mais la gouvernante se versa un verre qu'elle avala presque d'un trait, puis un autre qu'elle posa à moitié plein sur la table.

— C'est bien, dit-elle à Tommy. Il en reste plus qu'il n'en faut, et Miss Elizabeth vous attend.

— Un choc se prépare pour la pauvre petite, fit Miss Charlotte quand le vieux serviteur se fut éloigné. Pas plus tard qu'avant-hier matin, le corps de Billy a été enterré dans le petit cimetière de Greenwich derrière notre chapelle de bois, et à côté de lui Algernon.

— Mrs Harrison Edwards a bien pleuré ?

— Elle a été d'une dignité royale.

— Le joli petit lieutenant ne lui a jamais fait la faveur d'un tour de valse, et pourtant elle l'adorait.

— Mystère.

— Appelons cela ainsi, fit Miss Llewelyn d'un ton sagace. Allez-vous mener Elizabeth sur la tombe de son mari ?

— Elle choisira elle-même le jour et le moment.

Comme elle disait ces mots, une cloche tinta non loin de la maison.

— Le déjeuner, fit Miss Charlotte. Avez-vous faim ?

— Oui et non. Cela dépend de ce qu'on va nous offrir.

— En attendant, je vous prie de monter rappeler à Elizabeth que nous déjeunons à trois heures.

Miss Llewelyn se leva sans empressement, mais

avec une obéissance massive. Un certain ton de voix lui rendait le sentiment du devoir.

Tout en montant les marches qui gémissaient sous ses larges chaussures, elle fut prise d'un bref mouvement de sympathie pour la femme dont les charmes se languissaient dans la solitude, et quand elle frappa à sa porte, elle se fit une voix douce pour demander si elle ne dérangeait pas.

A sa grande surprise il n'y eut aucune réponse et de nouveau elle frappa, mais plus fort. Le silence qui suivit l'agaça et elle se mit à parler toute seule.

— Impossible qu'elle soit dans la chambre à côté... J'avais dit qu'on la ferme à clef.

Une légère hésitation, et elle se dirigea vers une autre porte au bout d'un couloir. Là, elle s'arrêta en marmonnant :

— Là... leur dernière nuit ensemble.... ça serait un comble...

Elle toqua avec précaution comme si la porte eût dû souffrir d'un coup plus rude. Il y eut un silence, puis des pas vinrent vers elle de l'autre côté de la cloison, et, tout à coup, elle se trouva devant une femme au visage qu'elle eut peine à reconnaître. La dureté de l'expression changeait tout, les joues blanches semblaient s'être creusées comme après une mauvaise nuit.

— Que voulez-vous ? Je n'ai besoin de rien. On m'a apporté du thé froid. Alors, laissez-moi, voulez-vous ? articula une voix sans timbre.

— Non, fit la Galloise en bloquant la porte d'un pied solide. Je suis seule à pouvoir vous aider dans des moments pareils.

— Je ne veux plus vous voir. Je n'aime ni votre

figure, ni votre voix provinciale, et je déteste vos chaussures de troupier.

— Parfait. Quand vous haïssez, vous haïssez bien, mais qu'est-ce qui vous arrive ? Je suis sorcière comme les femmes de chez nous, j'arrange tout quand je m'y mets.

— Avec votre saleté de laudanum !

— Ça, c'est Miss Charlotte, pas moi. Moi, je sais ce qui se passe dans votre chambre.

Elizabeth jeta un cri :

— Ma chambre, c'est l'enfer !

— Erreur, rectifia Miss Llewelyn, l'enfer c'est ailleurs. Si vous me laissez entrer, je fais ce qu'il faut et tout rentre en ordre. Allons, tirez-vous de là, que je vienne voir.

— Je vous interdis...

— Mais non, vous savez bien que vous allez céder. Vous avez besoin de moi. Allons !

Ce dernier mot fut accompagné d'une poussée puissante qui faillit renverser Elizabeth à l'intérieur de la chambre. Miss Llewelyn entra d'un coup et referma la porte derrière elle, puis se tint immobile, le regard attentif.

Il y avait un peu partout un désordre étrange. Des robes de couleurs différentes s'étalaient n'importe comment par terre ou sur un canapé comme des élégantes prises de boisson. Deux chaises étaient renversées, les pieds en l'air, et le grand lit double, sans être défait, portait néanmoins la trace d'un corps qui s'y était débattu.

— Vous étiez seule et pourtant vous aviez peur dans votre chambre, non ? fit Miss Llewelyn entre ses dents.

Debout dans un peignoir blanc, Elizabeth regardait en silence la femme aux épaules carrées qui ne la perdait pas des yeux. La chaleur était forte et toutes deux transpiraient. Miss Llewelyn se passa le revers d'une main sur le front.

— Eh bien, fit-elle, peur de quoi ?

— Peur ! La chambre en est pleine, de peur.

— Alors, pourquoi êtes-vous venue là ?

— Je voulais, j'espérais...

— Vous espériez y trouver quelqu'un.

— Cela ne vous regarde pas.

— A Kinloch, quelqu'un était dans le bois près de la maison, et plus tard à cheval, au galop, non ?

— C'est faux, il n'y avait personne, mais vous m'aviez saoulée de laudanum. Ça fait croire à ce qu'on voudra, aux fantômes. Je ne crois pas aux fantômes !

Miss Llewelyn avança d'un pas.

— Elizabeth, fit-elle doucement, vous voilà devenue raisonnable. On pourrait s'asseoir et parler ensemble, vous ne voulez pas ? Tenez.

D'un geste plein d'une énergie d'homme, elle releva les deux chaises, l'une après l'autre. Sans aucune protestation, Elizabeth prit place sur la chaise où la Galloise la conduisit. Assises l'une en face de l'autre, elles donnaient un air de familiarité aimable à un décor jusque-là désagréablement insolite.

— Voyez-vous, dit Miss Llewelyn, je me méfie comme vous des hallucinations, mais il existe un peuple de disparus qui cherche à se joindre à nous, par tous les moyens, même en plein jour.

— Je n'aime pas ce que vous dites là.

— Moi non plus, mais là où ils sont, ils s'ennuient.

— Je ne comprends plus du tout.

— Nous leur manquons, ainsi vous, vous manquez à...

— Vous n'allez pas dire que quelqu'un est venu ?

— Je ne vous le dirai pas, mais j'en suis sûre.

A ce moment une cloche tinta au-dehors pour la seconde fois avec le son tranquille qui ramenait un monde en paix.

— Le dîner bientôt, fit Miss Llewelyn. Vous avez faim ?

— Non. Je ne veux pas rester ici. Je descends avec vous.

Dans une fureur d'impatience, elle arracha son peignoir qui tomba à ses pieds.

— Aidez-moi à passer une de ces robes, ordonna-t-elle.

Tendue avec déférence, la robe mauve fut tout à coup reçue d'une main rageuse et jetée à terre.

— Je déteste le mauve, je veux... l'autre !

Ces mots se formaient sur ses lèvres quand, par une crispation subite, son visage se fit terrible à voir. Ses yeux s'enfonçaient dans des cernes alors que de chaque côté de sa bouche les joues parurent se creuser.

— Qu'avez-vous ? s'écria la Galloise les mains tendues vers elle.

— Rien... Ici...

La voix était sourde, un peu haletante.

— Voulez-vous vous étendre sur le lit ?

— Non. La robe sombre... vous m'aidez à la passer... La robe sombre...

Elle fit un pas en avant et faillit s'affaler dans les bras de la gouvernante.

Dix minutes plus tard, cependant, elle se tenait debout au haut de l'escalier derrière Miss Llewelyn qui jetait vers elle des regards anxieux. Vêtue de la robe lilas sombre Elizabeth offrait l'image de la veuve idéale aux pommettes à peine effleurées d'un rouge hâtif. Mais peu à peu elle se ressaisissait et toucha les marches d'un pied sûr.

Elle descendit avec lenteur, les doigts d'une main appuyée sur la rampe, sous l'œil attentif de Miss Llewelyn, et posait le pied sur la dernière marche quand la porte d'entrée s'ouvrit d'un coup sous la poussée impérieuse de quatre jeunes garçons fous de joie. Leurs cris se ruaient avec eux dans la lumière de l'après-midi comme une irruption de bonheur.

— On a pas attendu la cloche, lançait le roux Emmanuel, on avait entendu la voiture bien avant, c'est pas vrai, Ned ?

Ned se mit à secouer sa tête aux boucles d'un brun doré.

— On était dans les bois à poursuivre les Yankees.

— Y'a plus de Yankees par ici ! clama Ned.

— Assez ! ordonna Miss Charlotte. Et va dire bonjour à ta maman avec Kit.

Il y eut un silence. Les garçons se tournèrent d'un coup vers Elizabeth et Miss Llewelyn. Celle-ci eut un brusque accès de bonne humeur.

— Bonjour, les enfants. On s'est bien amusé, à Centerville ?

Emmanuel et Johnny répondirent ensemble.

— On a tout vu. C'était plein de généraux.

— Ah non, protesta Miss Charlotte. Vous n'allez pas recommencer à nous parler de la guerre. Je finis par en avoir assez ! Vous venez, Elizabeth ? Nous allons nous mettre à table. Vous autres, les garçons, allez chercher votre maman.

Ned prit Christopher par la main et le mena vers Elizabeth immobile. Une fois de plus Miss Llewelyn vint à la rescousse.

— Miss Elizabeth a un peu souffert du voyage. Par

113

une chaleur pareille... Les enfants, vous ne dites rien ?

— Bonjour, maman.

Elizabeth leur fit un sourire en caressant la tête du plus jeune.

— Kit, dit-elle à voix basse, Kit...

☆

D'une galerie qui longeait les chambres d'invités s'éleva la voix aux inflexions séductrices de Mrs Harrison Edwards.

— Dix mille pardons si je vous ai fait attendre. Bonjour aux voyageuses de Kinloch. Je veux tout voir et tout savoir, je veux être là-bas dans la chère maison.

Le soin mis à détailler ses phrases ne l'empêchait pas de sauter d'une marche à l'autre de l'escalier avec la précision d'une danseuse. Une ample robe de voile mauve la laissait libre de mouvements qu'elle voulait harmonieux et elle courut droit vers Elizabeth.

— Très chère, lui dit-elle et elle s'arrêta, interdite. Laissez-moi vous accompagner jusqu'à la table, puisqu'il faut déjeuner.

Cette douceur atteignit Elizabeth qui la regarda dans les yeux et, avec un air de noble complicité dans la tristesse, elles gagnèrent ensemble la région la plus ombragée de la salle.

Miss Charlotte les y avait précédées, non sans un soupçon d'humeur, car les belles façons de Mrs Harrison Edwards lui portaient légèrement sur les nerfs, mais un instant plus tard tout le monde était attablé autour d'un repas froid. Les garçons se jetèrent sur tout jusqu'au moment où Miss Charlotte les fit rentrer dans l'ordre d'une voix épouvantable. Leur bonne humeur restait cependant invincible.

— On a vu des prisonniers, déclara soudain Emmanuel.

Admise avec les maîtres au bas bout de la table, la Galloise répandait également la terreur quand il le fallait, mais rien ne mettait longtemps au pas la jeune génération mangeant et parlant avec la même furie. Une salade de tomates fut engloutie avec force sandwiches.

— On a vu des prisonniers, reprit tout à coup Emmanuel.

— Oui, fit Johnny, ils marchaient le long de la route, les uns derrière les autres, deux par deux.

Miss Charlotte dressa l'oreille.

— Enchaînés les uns derrière les autres comme les vaincus dans l'Ancien Testament, dit-elle.

— Non, pas enchaînés !

— ... et en loques, poursuivit Miss Charlotte devenue visionnaire.

— Oh, pas du tout ! s'écria Emmanuel. Tous dans leurs uniformes sans une déchirure, mais couverts de poussière... Ça, oui.

— A force de courir, fit Miss Llewelyn d'un ton narquois.

Tout à coup, Johnny sauta sur sa chaise.

— Ils n'avaient pas l'air méchant. Il y en a qui nous ont souri, parce que Kit agitait la main.

— Moi ?

— Oui, toi, comme un bébé, et alors ils ont souri.

— Ils sont comme nous, quoi..., conclut gravement Emmanuel.

— Comment les voyais-tu ? demanda Miss Llewelyn. En Peaux-Rouges ?

115

Trois jeunes voix en une seule saluèrent cette glorieuse idée :

— En Peaux-Rouges ! You-hoo-hoo !

Un petit tressaillement parcourut les épaules de Mrs Harrison Edwards.

— Il me semble que nous faisons beaucoup de bruit, dit-elle, mais d'un ton si bien élevé que sa remarque fut prise pour un compliment.

Des cris de Sioux lui répondirent. Miss Charlotte leva les deux poings :

— Privés de dessert ?

Un silence de mort s'abattit sur les garçons, puis tout à coup une voix tranquille se fit entendre :

— Je demande grâce pour les Indiens.

C'était Elizabeth qui se pencha vers Mrs Harrison Edwards.

— Leur gaieté me fait du bien, pas vous ? dit-elle avec un sourire.

A ce moment Miss Charlotte agita une sonnette de cuivre.

— Le gâteau et les glaces, jeta-t-elle de loin à Tommy qui arrivait en courant.

Dédaigneuse de toute émotion domestique, Mrs Harrison Edwards échangea un long regard avec Elizabeth.

— Même sensibilité, murmura-t-elle. Même cœur supplicié par le monde.

Cependant, l'air s'épaississait autour des convives. A la lourde torpeur d'août s'ajoutait l'ennui propre aux périodes de guerre où il ne se passe rien.

Mrs Harrison Edwards sourit à Elizabeth et fit un léger hochement de tête qui appelait la confidence.

— Me parlerez-vous un peu de notre cher Kinloch ? souffla-t-elle.

La réponse s'exhala dans un soupir.

— Que ne suis-je encore là-bas !

— Plus heureuse qu'ici ?

— Ici, je ne peux plus vivre. Et elle ajouta : Ne me demandez pas pourquoi.

— Très chère !

Mrs Harrison Edwards n'essayait pas de cacher son émotion.

On commençait à les écouter sans en avoir l'air. Elizabeth leva très haut les sourcils pour recommander le silence. Soudain l'atmosphère se fit sereine avec l'apparition des gâteaux et des glaces. Vers Miss Charlotte se levèrent des yeux suppliants, et la vieille demoiselle voulut bien esquisser un petit signe d'indulgence qui rendit la joie aux Sioux devenus sages. Pendant quelques minutes le bavardage affairé des fourchettes et des cuillères courut autour de la table, puis s'éleva la voix un peu rêveuse de Mrs Harrison Edwards :

— Je regrette qu'Oncle Charlie ne soit pas avec nous. Je ne veux pas dire que sans lui nous nous ennuyons, mais sa bonne humeur est... électrisante.

— Oh ! A-t-on de ses nouvelles ? demanda Elizabeth.

— Il est toujours en Angleterre, fit Miss Charlotte. Le Ciel sait pourquoi.

— Moi, je sais pourquoi, lança Emmanuel, il va chercher des armes pour le Sud...

— Tais-toi ! ordonna Miss Charlotte.

Mais le garçon était hors de lui de nourriture et de patriotisme.

— Des fusils, des bateaux pour les transporter...

Miss Charlotte devint rouge de colère.

— Toi, je vais te corriger que tu ne pourras pas t'asseoir !

Mais déjà il était loin de la table. Et, de la porte ouverte sur le jardin, il s'écria avant de disparaître :

— Attrapez-moi d'abord ! Allez, on va tous se cacher dans les bois.

— Qu'est-ce qui lui a parlé des bateaux ? demanda Miss Charlotte d'une voix rauque.

— Ici tout le monde sait tout, fit Miss Llewelyn tranquillement. Rien n'est bavard comme les cochers d'ambassadeur. Celui de Lord Lyons écoute et joue à deux et deux font quatre.

Mrs Harrison Edwards eut un petit sourire amusé et ne dit rien. Elizabeth lui toucha la main.

— Vous savez quelque chose ?

— Par la valise diplomatique. Lord Lyons est au courant de ce qui se passe là-bas. Oncle Charlie compte revenir d'Angleterre en octobre.

— Vous dites cela avec un calme... Pensez-vous que les gens du Nord vont lui faciliter le retour ?

— Que peuvent-ils faire ? S'il y a une puissance qu'on ménage dans le Nord, c'est la couronne d'Angleterre.

— C'est plus fort que moi, fit Elizabeth, je le voudrais là, maintenant, Oncle Charlie.

Et tout à coup, dans un chuchotement d'angoisse, elle se laissa aller :

— S'il était avec nous, tout serait moins... épouvantable. Il ne peut pas changer hier ni la mort, mais il peut enlever les draperies noires d'aujourd'hui.

Ici, la main ferme de sa voisine s'empara de son poignet :

— Chérie, vous allez venir avec moi.

Et, tout haut, elle jeta à Miss Charlotte :

— Mille pardons, j'emmène avec moi notre Elizabeth qui se sent fatiguée.

— J'ai des pressentiments, murmura Elizabeth.

— Les pressentiments sont interdits en temps de guerre, voyons, s'écria Mrs Harrison Edwards avec une gaieté qui sonnait faux.

Ensemble elles traversèrent la salle jusqu'à l'entrée, devant une Miss Charlotte au visage fermé et des enfants silencieux, donnant à cette scène un aspect indéfinissablement funèbre. Peut-être Mrs Harrison Edwards eut-elle la même impression, car elle fit hâter le pas à Elizabeth, et, à peine dehors, eut un gros soupir de soulagement.

— Elizabeth, fit-elle, je vous emmène dans mon buggy. L'armée m'a laissé mon poney roux. Nous allons nous promener dans les champs, toutes deux tranquilles jusqu'à la fin du jour. Avec quelle tendresse j'écouterai vos confidences...

Tout en parlant de sa voix un peu étudiée, elle prit avec Elizabeth le chemin de l'écurie. Là, des ordres rapides furent donnés au cocher, mais soudain Elizabeth se rebella.

— Pas dans les champs, fit-elle.

— Pourquoi donc ?

— J'ai des souvenirs.

— Eh bien, dans le joli bois à un mile d'ici.

— Mais là aussi...

Avec la voix patiente de l'exaspération, Mrs Harrison Edwards articula :

— Elizabeth, je me charge du bois où nous attend une fraîcheur exquise qui chassera les idées sombres. Sommes-nous d'accord ?

D'un signe de tête, Elizabeth indiqua qu'elle se rendait et, quelques minutes plus tard, elles montaient toutes deux dans un élégant buggy noir, et sous leurs yeux brillait la croupe dorée d'un vigoureux poney roux. De temps en temps, il faisait frétiller une queue taillée à l'anglaise et partit d'un bond au premier claquement de fouet.

Dès les premières minutes, la promenade s'annonça distrayante grâce à la bonne humeur de Mrs Harrison Edwards; elle bavardait comme dans un salon. La lumière adoucie déferlait sur des prairies coupées de chemins couleur de rouille qui menaient insensiblement à une masse d'arbres serrés les uns contre les autres.

— Je connais cet endroit, dit Elizabeth.

— Sans aucun doute, vous avez dû vous promener dans ce bois, fit Mrs Harrison Edwards.

— Sans aucun doute, répéta Elizabeth d'un ton qu'elle voulait sinistre.

☆

Un coup d'œil lui avait suffi pour se retrouver dans ce bois avec son mari défunt du temps de leurs premières amours, et, la mémoire illuminant son passé comme par éclairs, des jours et des jours plus tard elle s'y roulait sous les branches dans les bras de son Jonathan...

— *Dearest*, continua Mrs Harrison Edwards, aujourd'hui nous chassons les pensées noires. Arrière les fantômes, n'est-ce pas ? Mais j'avoue que vous avez mis ma curiosité en éveil, et elle souffre, ha! ha!

— Navrée, vraiment.

— S'il s'agit de peines de cœur, je comprends.

— Deux morts, fit doucement Elizabeth.

Elle ressentit un plaisir sensible de sa réplique à

effet. En si peu de mots, une petite leçon pour l'indiscrète !

— Dix mille excuses ! s'exclama celle-ci. Vous et moi sommes deux suppliciées de l'amour. Alors, fuyons le bois mélancolique. On va prendre le chemin en bordure des champs de maïs. Ceux-là n'ont rien à dire que de poétique et de pastoral.

Elizabeth acquiesça d'un sourire et sa compagne toucha du fouet la croupe du poney. On eût dit que Fido attendait ce signal, car la queue à l'anglaise se mit à frétiller et, pris de vitesse, le léger véhicule parut sur le point de s'envoler.

— Qu'a-t-il donc, votre poney ? demanda Elizabeth.

— Il a qu'il est content de vivre.

Tirant à peine sur les guides d'une main experte, elle ramena le fougueux animal à une allure presque tranquille.

— J'admire cette rage de bonheur qu'il a dans le corps, fit-elle d'un ton gaillard. Qu'avons-nous à nous lamenter sur nos infortunes alors que la vie est là avec toutes ses chances ? Chérie, confiez-vous à moi. Qu'aviez-vous à me dire tout à l'heure, au bas de l'escalier ?

— Les mots n'existent pas pour décrire une telle épreuve.

— Essayez toujours. Vous sortiez de votre chambre.

— ... à tout jamais, croyez-le.

— Vous aurez ma chambre et moi la vôtre. Je saurai ce qui se cache entre ces quatre murs. J'imagine quelque chose d'horrible à voir.

Elizabeth porta les deux mains grandes ouvertes à ses yeux.

— Mais qu'avez-vous ? s'écria Mrs Harrison Edwards.

— C'est plus fort que moi. Je ne puis vous parler sérieusement alors que cette sorte de brosse impertinente balaie l'air sous nos yeux.

Mrs Harrison Edwards parut soulagée.

— Oh, ce n'est que ça ? Moi aussi, elle m'amuse quand j'y prends garde.

Elles échangèrent un sourire qui tout à coup céda à un élan de franche gaieté.

— Nous voilà comme deux écolières qui rient sans savoir pourquoi, fit Mrs Harrison Edwards en se passant un doigt sur le coin d'un œil.

Elizabeth s'inclinait d'avant en arrière sans réussir à se maîtriser.

— C'est drôle, disait-elle dans un hoquet, dans ma chambre...

— Oui, *dearest*, dans votre chambre...

— ... j'ai dû crier toute seule...

Un grand éclat de rire la secoua.

— Vous riiez plutôt, comme maintenant peut-être.

Elizabeth tourna vers elle un visage où coulaient des larmes.

— C'était la même chose... parce qu'il était là.

— Vous avez cru voir quelqu'un. Mais la chambre, les meubles, tout vous rappelait quelqu'un...

— Je ne le voyais pas, je ne voyais personne, mais il était là.

Soudain, lui soulevant les épaules, un fou rire la saisit d'un coup.

— Billy ! s'écria-t-elle.

Mrs Harrison Edwards se mit à jouer des guides et du mors jusqu'à ce qu'elle eût arrêté la voiture au bord de la route, mais le poney n'en dansa pas moins sur place avant de se tenir tranquille.

Dans de vains efforts pour calmer Elizabeth, sa

compagne essaya d'approcher son visage du sien, mais la violence du rire rendait tout tragique : les deux femmes, la voiture et le poney qui frappait la terre du sabot.

— Mon Dieu, Elizabeth, arrêtez. Vous me faites peur...

— Il était là... était là... autour de moi.

— Cela ne veut rien dire. Vous n'avez vu personne, parce qu'il n'y avait personne.

— Oh ! il criait... comme quelqu'un... qui souffre...

Soudain Mrs Harrison Edwards lui prit la main avec force comme pour l'immobiliser.

— Vous souffriez et vous étiez seule.

— Pas seule, protesta Elizabeth.

— Si, toute seule avec vous-même, la personne qui tournait autour de vous, c'était vous.

La singularité de cette phrase les cloua sur leur siège et elles se regardèrent, interdites.

— Que voulez-vous dire ? demanda enfin Elizabeth.

— Je ne sais pas, je disais n'importe quoi, cela n'a pas de sens.

— Tout est drôle aujourd'hui ! s'exclama Elizabeth dans un nouvel accès de ce rire saccadé qu'elle n'arrivait pas à vaincre.

Ces petits cris pareils à des jappements s'engloutissaient dans l'énorme silence de la campagne aux approches du crépuscule. Tout autour, les blés en vagues immenses redisaient le mouvement des souffles qui les avaient inclinés, et la paix qui descendait sur la terre finit par atteindre le cœur de ces deux femmes, et le scandale du rire se tut.

☆

Le jour se retirait du ciel quand elles décidèrent de rentrer. Aucun désir ne leur vint de poursuivre leur conversation dont le caractère étrange leur paraissait évident et elles se bornèrent en arrivant à un échange de réflexions vagues sur la fraîcheur du serein. L'une et l'autre semblaient sortir d'un rêve. Quand Mrs Harrison Edwards arrêta le *buggey* devant la porte de la maison, elles se regardèrent dans les yeux, pensives sous le bord de leur vaste capeline, puis la plus âgée murmura :

— J'ai le sentiment que nous nous sommes dit des choses importantes, aujourd'hui. Vous, la grande amoureuse tourmentée, qui vous débattez avec vous-même, et moi...

Pourquoi fallut-il qu'à cette minute le poney fût pris d'une crise de frétillement frénétique ? On ne sait, mais la belle Mrs Harrison Edwards acheva sa phrase d'un long sourire mystérieux.

X

A la maison, les choses se firent vite. On eût dit que le temps en avait assez des langueurs de l'été. Friandes d'émotions nouvelles, Elizabeth et Mrs Harrison Edwards déménagèrent le soir même dans les chambres l'une de l'autre, et, le lendemain matin, se déclarèrent charmées du changement. Elizabeth retrouvait la paix et Mrs Harrison Edwards avait doucement rêvé du délicieux Algernon.

Dans les bois, les enfants se livraient à une guerre de plus en plus savante contre le Nord toujours invisible, et l'héroïsme se respirait dans l'air. On tuait du monde. Seul Ned se tenait tant soit peu à l'écart. Le souvenir lui revenait parfois du jeune mort qu'il avait vu dans une grange, un bout d'étoffe rouge sur le visage. Il aurait voulu n'avoir rien vu. L'avait frappé surtout le silence joint à l'immobilité des soldats étendus, et, au lieu de courir comme ses compagnons, il s'arrêtait, sans bouger lui non plus, mais debout, et cette espèce d'imitation inconsciente le troublait. Johnny passa près de lui, ses cheveux blonds ébouriffés par la course.

— Qu'est-ce qui te prend ? demanda-t-il. Tu ne joues plus ?

— Non. Ça m'embête. Et puis, il y a pas de guerre.

D'un bond hors des fourrés, Emmanuel fut près d'eux.

— Quoi ? Qu'est-ce qu'il y a ?

— Ned ne fait plus la guerre.

Encore plus batailleur qu'à l'ordinaire, Emmanuel mit les poings sur les hanches :

— On refuse de se battre ? Pourquoi ?

Ned restait calme.

— Les morts dans la grange noire...

— On peut pas entrer, fit Johnny. Y a un soldat à la porte.

— Moi, j'suis entré, reprit Ned. J'les ai vus.

Un bref silence. Cela devenait intéressant.

— Comment sont-ils ? demanda Johnny.

— Faut les avoir vus, dit le narrateur.

Agacé, Emmanuel eut un mouvement brusque :

— On en a tous vu de loin, après la bataille, des morts !

— En tas, s'écria Ned. On voyait rien.

— Les tiens aussi sont des morts, quoi ? dit Emmanuel.

— On dit qu'ils ont l'air de dormir, fit Johnny pensivement.

— C'est pas pareil, dit simplement Ned, c'est pire.

De nouveau il y eut un silence, comme s'il flottait de l'horreur dans l'air, puis la petite voix de Christopher monta dans le vide.

— On peut aller là-bas tous ensemble.

D'un geste on le fit taire. Ned reprit :

— Y en a un qui a un morceau d'étoffe rouge sur la figure.

— Pour cacher quoi ? demanda Johnny.

Alors la peur se mit à circuler et par extraordinaire ce fut le roux qui fut pris le premier de prudence.

— Rentrons à la maison, dit-il.

XI

La nuit s'écoula dans un silence que ne troublait de temps à autre que l'appel des chouettes autour de la maison, mais le lendemain se leva sur un temps radieux comme pour célébrer le retour de l'ennui. Déjà venait le moment où, après le petit déjeuner, les uns et les autres se promenaient sans savoir ce qu'ils allaient faire pour tuer le temps, quand un domestique apporta une lettre à Miss Charlotte. Elle l'ouvrit, y promena les yeux et sans un mot la tendit au serviteur qui la remit à Mrs Harrison Edwards. Tout haut et d'un trait, comme on lance un cri, celle-ci lut :

— Rolf s'est sauvé.

Rolf ! Le nom fut répété dans une sorte de tumulte et soudain un autre cri se fit entendre au bout de la pièce. Elizabeth s'affalait sur un divan, évanouie. Miss Llewelyn intervint immédiatement. D'un bras elle releva la jeune femme qu'elle installa à demi couchée dans des coussins.

— A sa manière, elle prend congé de nous, dit-elle entre ses dents.

Et elle la gifla. Mrs Harrison Edwards fut là aussitôt avec une carafe d'eau. Elle eut pour Miss Llewelyn un regard furieux et se mit à asperger le visage d'Elizabeth avec un mélange d'énergie et de tendresse. En très peu de temps la victime de ces soins rouvrit les yeux.

— Rolf, gémit-elle.

— Oui, Rolf, répéta Mrs Harrison Edwards en lui essuyant le visage avec une serviette. Moi aussi j'ai eu peur, mais on va le rattraper.

Miss Llewelyn crut bon de fournir un commentaire :

— Tous les garçons de cet âge ont l'idée fixe de s'engager.

— Trop jeune pour se battre ! s'écria Mrs Harrison Edwards.

— On se fait prendre dans les tambours, expliqua la Galloise.

Elizabeth se laissa aller sur l'épaule de Mrs Harrison Edwards et murmura d'une voix sourde :

— Je ne veux pas qu'il s'en aille.

— *Darling*, vous le connaissez si bien que ça ?

— A Kinloch, reprit Miss Llewelyn, on s'ennuie, comprenez-vous... alors on se lie, on passe la soirée ensemble...

Avec un cri d'indignation, Mrs Harrison Edwards lui coupa la parole :

— Hors d'ici !

Sans répondre, Miss Llewelyn tourna les talons, on la vit marcher d'un pas mesuré vers Miss Charlotte.

— Qu'y a-t-il ? demanda la vieille demoiselle. J'ai entendu des cris.

Miss Llewelyn prit place à côté d'elle.

— Miss Elizabeth est dans tous ses états parce qu'elle voit déjà le jeune Rolf en uniforme.

De sa petite boîte à pilules, Miss Charlotte fit entendre un toc-toc martial sur la table.

— Tôt ou tard il partira pour le régiment. Voilà ce que c'est qu'aimer la guerre. Qu'est-ce qui prend à Elizabeth ? Elle n'est pourtant pas responsable ?

— Elle a un peu perdu la tête.

— Un demi-verre de laudanum, tout à l'heure.

— Si elle veut bien.

— Que cette Anglaise est fatigante... Je vais me retirer. C'est l'heure de ma méditation. Vous allez dire aux domestiques de desservir la table.

Avec un soupçon de hauteur pour la gouvernante, elle secoua ses jupes et disparut en trottinant.

Miss Llewelyn se dirigea vers les cuisines et Mrs Harrison Edwards resta seule avec Elizabeth.

— Ma très très chère, n'y a-t-il pas de l'amour là-dedans ?

Elizabeth tourna vers elle un visage torturé.

— Hélas oui, mais non de mon côté.

— Vous ne voulez pas dire que lui, à quinze ans...

— Tous les mêmes, fit Elizabeth dans une grosse explosion de larmes. Je ne peux pas les en empêcher.

— Ah, ma toute belle, je connais l'horrible problème... Venez me confier tout cela dans ma chambre.

De son bras sculptural, elle l'emprisonna par la taille et l'entraîna vers l'escalier de la galerie. Elizabeth se retrouva un instant plus tard près d'un lit à baldaquin dont les rideaux blancs se nouaient aux quatre colonnes.

— Étendez-vous là, fit Mrs Harrison Edwards, je resterai près de vous.

A sa surprise, Elizabeth se dressa tout à coup en s'appuyant à une des colonnes. D'un geste impatient elle avait écarté une mèche de cheveux qui lui barrait le front, et dans son visage où se lisait une fermeté inattendue, les yeux s'étaient mis à étinceler.

— Je vous remercie de vos consolations, s'écriat-elle, mais j'en ai assez. Chère, j'en ai assez d'être moi-même et de créer des désordres autour de moi. C'est ridicule ! J'ai rendu malheureux ce garçon qui va faire des bêtises.

— Il en fera tôt ou tard, mais de toutes les façons vous n'êtes pas responsable de la guerre, alors... Restez calme. Il y a tout ce qu'il faut pour cela dans la petite pharmacie de la salle de bains...

— Vous vous moquez de moi, je hais le laudanum.

— Moi aussi, mais j'ai mieux. Êtes-vous hostile au champagne ?

Sans répondre, Elizabeth prit un air extasié.

— J'ai compris. Une ou deux caisses de Clicquot me suivent toujours dans mes allées et venues à travers le Sud.

Une sorte de pudeur lui avait fait oublier le mot *Veuve* Clicquot.

Elle fit quelques pas vers la cheminée et tira la sonnette.

— Tom va nous faire monter deux verres et une bouteille, à moins que vous ne préfériez deux bouteilles et quatre verres, mais alors c'est la fête et nous rompons l'intimité.

— Deux verres, ce sera aussi la fête, balbutia Elizabeth.

Elle éclata de rire :

— La fête ! J'avais presque oublié.

— Vous verrez. Ça revient vite et ça balaie tout. Mais le vieux Tom est effroyablement long.

On frappa à la porte. Ce n'était pas Tom, mais un jeune Noir en vêtements de travail de grosse toile bleue. Il s'excusa : Tom souffrait des jambes et ne pouvait monter l'escalier.

— Alors toi, tu vas t'arranger pour nous monter ici du champagne. Tom est au courant de tout. Deux verres et la bouteille habituelle. Et plus tu iras vite, plus tu compteras de pièces dans la paume de ta main.

Dans un sourire de dents blanches, le garçon disparut comme une apparition.

Près d'une fenêtre doucement ombragée par les branches d'un sycomore, les amies s'installèrent dans de larges fauteuils aux pieds à griffes de lion. Sans parler encore de bonheur, elles ressentaient les délices de l'insouciance que soufflait le nom de Clicquot, et elles se regardaient en battant des paupières.

— Oublions, n'est-ce pas, *darling* ? Chacune verrouille ses fantômes et salue bravement aujourd'hui. Je vous choque ?

— Lucile, je respire. Je quitte ma solitude comme on se sauve d'un cachot.

Mais elles se sentirent vite incapables de continuer sur ce ton. Promenant les yeux sur leur entourage quotidien, elles en firent le portrait avec une délicatesse qui faisait frémir. La victime la plus attachante fut Miss Llewelyn, à cause des mille facettes que présentait chez elle la sournoiserie toujours en éveil, mais non moins savoureuse l'édifiante Miss Charlotte qui confiait aux considérations pieuses le soin d'assombrir la jeunesse et de faire rater toutes les fêtes.

Si récréatif fut l'entretien que l'arrivée de la Veuve Clicquot produisit l'effet d'une surprise. On félicita le jeune Noir d'avoir su passer inaperçu au large du salon où sommeillait la vieille demoiselle, et un dollar le rendit heureux.

A présent, le champagne était là, pétillant dans les

verres. Dès les premières gorgées, les cœurs se dila-
tèrent. Elles étaient heureuses, elles feignaient de
s'amuser de riens, comme si elles jouaient aux grandes personnes qu'elles étaient. L'une et l'autre pourtant avaient l'habitude du champagne, mais
aujourd'hui elles se sentaient particulièrement libres
des soucis ordinaires. Le souvenir taquin du poney
roux provoqua de nouveaux fous rires, la brosse frénétique de cette bête innocente balaya la guerre cet
après-midi-là. Elles s'entretinrent de mille choses au-
delà du superficiel. La robe lilas sombre fut l'objet
d'une critique nuancée de la part de Lucile.

— Jetez-vous dans les teintes pâles, champagne ou
gris fumée. Vous passerez pour frivole, mais des têtes
tourneront.

Au crépuscule, elles se quittèrent alors que sonnait la première cloche du dîner. Elizabeth jeta un
grand soupir sans avoir dit tout ce qu'elle gardait
dans le cœur, mais il fut convenu qu'elles se retrou-
veraient presque en secret, comme des conspiratri-
ces qui ne conspiraient que pour la mise à mort de
l'ennui dans ce tous-les-jours de beau temps vide.

Cet engourdissement de la vie facile trouvait un
écho même chez les garçons, qui finissaient par ne
plus croire aux Yankees cachés dans les bois. On les
voyait errant sans but autour de la maison, se dis-
putant parfois sans raison. Mrs Harrison Edwards,
qui pensait à tout, fit commander pour deux d'entre
eux, dans une ville voisine, des panoplies propres
à ragaillardir l'héroïsme. Sabres de bois et fusils
d'étain furent brandis avec une joie sauvage. Le plus
âgé du clan se vit confier un tambour de dimensions
modestes, mais qui résonna profondément après
quelques leçons prises derrière l'écurie sous la direc-

tion du lad. D'autorité, Emmanuel se déclara exécuteur unique du rataplan pour le groupe. On le pria seulement de retentir loin de la maison. Du coup les bois retrouvèrent leur charme pour les quatre garçons et Miss Charlotte put se plonger de nouveau dans ses exercices spirituels.

XII

A quelques jours de là, Lucile parut à déjeuner, agitant d'une main, comme des cartes à jouer, une demi-
douzaine de lettres qu'elle posa sur la table.

— Oncle Charlie et Lady Fidgety, l'un plein de
bateaux de guerre, l'autre pleine de salons et de lus-
tres, Charlie partout, Lady Fidgety à Bath...

— Bath ! gémit Elizabeth.

— Patience, Liza, vous reverrez votre très chère
Angleterre quand nous aurons culbuté Lincoln.

Du bas bout de la table, Miss Llewelyn jeta quelques mots de sa voix sèche :

— De là où il est, s'il regarde par la fenêtre, il peut
voir flotter les drapeaux du Sud au sommet
d'Arlington.

Miss Charlotte soupira.

— Moi, je rêve la nuit que je me promène dans Washington éclairé de toutes ses lumières. Et c'est ça,
leur guerre ! Il ne se passe rien. Je rêve tous les soirs
la même chose.

— Plaignez-vous-en, s'exclama Lucile.

— Au contraire, j'en bénis le Ciel. Mais ça finira
par coûter cher, vous verrez, ces canons et ces
soldats.

Des propos de ce genre circulèrent un moment
autour de la table, et l'ennui retombait. Lucile fit un

vaillant effort pour relancer les milliers d'armes qui attendaient dans les ports anglais l'heure d'embarquer pour le Sud. En vain ! les nouvelles sensationnelles s'émoussaient déjà.

Elizabeth écoutait d'une oreille de plus en plus distraite. La guerre passionnante un mois plus tôt lui paraissait tout à coup ennuyeuse. Miss Charlotte voyait juste ; il ne se passait rien et, tout au fond d'elle-même, la belle Anglaise découvrait que le conflit actuel ne la touchait plus depuis l'absence de Billy. Quelqu'un manquait, à lui seul l'armée tout entière.

Prétextant une fatigue soudaine, elle s'excusa, légèrement dramatique, au moment du café, et déclara qu'elle voulait se reposer. Lucile offrit de l'accompagner, mais y renonça vite devant le visage fermé qui disait non.

Dans sa chambre, Elizabeth se demanda ce qu'elle allait faire. Elle n'était pas mécontente de son geste et, maintenant, elle ne savait comment en profiter. Une fois de plus la vie lui jouait ce tour. La solitude se déployait devant elle dans toute l'horreur d'un désert.

A présent elle était là, indécise. Elle s'assit dans le grand fauteuil près de la fenêtre et se leva presque aussitôt. Une grande glace au cadre richement orné lui offrit l'image d'une très belle femme à la bouche légèrement ouverte. Elle ferma la bouche et admira la femme aux lourds cheveux, mais à quoi bon ces épaisseurs voluptueuses où des mains avides s'étaient plongées comme dans un ruissellement de pépites. Elle rêva. Son corps tout entier connut de nouveau les langueurs de la virginité, puis celles plus impérieuses d'un mariage inassouvi.

— Brûle, disait-elle à mi-voix. Brûle.

Dans un éclair surgit le souvenir de Jonathan. Il tourna un instant autour d'elle comme pour écarter le fantôme en uniforme qui s'était promené avec elle dans le bois hanté de Kinloch. Alors, fermant les yeux avec force, très doucement elle appela :

— Billy, reviens.

Elle crut le voir, mais déjà il n'était plus là et elle demeura immobile. Autour d'elle, tout reprenait son aspect de réalité solide.

Les meubles la considéraient avec une ironie muette. Le gros bon sens anglais la dégrisa. Elle avait voulu s'offrir ce qu'elle-même nommait en style peu noble une tournée de fantômes, et les fantômes n'obtempéraient pas. Avec leur recette particulière de laudanum, la céleste Miss Charlotte et Miss Llewelyn avaient naguère obtenu pour elle des semblants de résultats, mais, là encore, ô misère, rien ne prenait la place d'un grand corps vivant serré dans du drap gris-bleu...

Elle s'arrêta et dans son cœur maudit la vie.

Le moment présent se faisait inacceptable et l'existence n'était qu'une suite de moments présents tous pareils. Elle avait besoin de Billy, sans lui la mort valait mieux, mais elle avait aussi peur de la mort.

Dans son dégoût de tout, elle se jeta sur son lit et se cacha la tête sous son oreiller. C'était son refuge ordinaire dans les heures de détresse. Là, au plus profond de cette nuit factice, elle vit ce qu'elle voulait, puis le sommeil la prit sournoisement et elle dormit jusqu'aux premières ombres dorées du crépuscule.

Vers sept heures du soir, on frappa à la porte, un ou deux coups légers, presque taquins, puis un troisième plus fort, et la porte s'ouvrit, laissant passer la tête de Lucile derrière un sourire. Elle regarda un bref moment, comprit tout, et se retira.

☆

Ce fut la cloche qui la tira de dessous son oreiller, mais elle se dressa sur son lit en criant :
— Je ne dîne pas !
En proie à la mauvaise humeur des grands jours, elle se disait qu'après avoir côtoyé la grandiose tentation du suicide, elle ne souffrait pas l'idée d'une conversation idiote avec Miss Charlotte ou même avec Lucile, sans parler de Miss Llewelyn qu'elle haïssait.
Et puis, elle n'avait pas faim. Glissant du lit, elle fit les quelques pas qui la séparaient de la glace. Là, elle put se consoler en se regardant. A vrai dire ses cheveux s'emmêlaient sauvagement autour de son visage et lui donnaient l'air d'une furie, mais, ce désordre réparé, elle put s'admirer à loisir : le bel écart des yeux indiquait innocence et étonnement, le nez, la bouche, enfin tout, quelle merveille ! Soudain elle bâilla.
Elle ne voulait pas admettre qu'elle s'ennuyait et que sauter le dîner n'arrangeait rien. Dans un moment, la servante noire viendrait ouvrir le lit pour la nuit, tirerait le drap dont elle rabattrait un coin en triangle. Il y avait dans ces gestes une sorte de mécanisme qui s'étendait au plan du destin personnel. De détail en détail, on s'acheminait vers la mort si l'on ne faisait violence à une volonté inconnue. Cela

revenait à dire qu'elle était prise dans un piège et qu'elle ne faisait pas ce qu'elle voulait. De rage, elle tapa du pied.

Un peu honteuse de son énervement, elle retourna vers le large fauteuil près de la fenêtre. Le soleil couchant s'attardait à chaque feuille du sycomore avant de le céder à la nuit, et elle sentait la douceur de cette minute. Dans un petit renfoncement du mur, elle aperçut un livre. Il semblait attendre qu'on s'assît pour allonger la main et s'en emparer. D'ordinaire, elle ne lisait presque pas, mais ce soir...

Le petit volume était relié en cuir mauve orné de ferronneries en forme de lys. A la première page se lisait le titre : *Mais as-tu pensé à ton âme ?*

Avec tout le mépris que peut traduire un geste, elle jeta l'objet dans son renfoncement et se mit à remuer de dégoût dans le fauteuil. C'était peut-être Miss Charlotte qui avait placé là le petit ouvrage édifiant. Il y en avait dans certaines pièces de choix, résultat d'une observation patiente. Ainsi la vieille demoiselle avait pensé à elle dans son esseulement. Elizabeth pouvait passer là-dessus, mais l'indiscrétion de venir toucher à son âme la choquait comme une impolitesse majeure.

A force d'agiter ces pensées dans sa tête, elle eut soudain conscience qu'elle glissait dans des rêveries informes et que le sommeil la guettait. Dormir aussi tôt lui parut absurde et elle fit un effort pour se secouer, quand un léger bruit vint battre dans le silence. Il lui fallut tendre l'oreille pour reconnaître les timides vibrations d'un tambour qui attendaient un peu, puis reprenaient avec une sorte de modestie, comme pour faire mieux. Et, après une hésitation, montait dans l'immobilité de l'air un roulement accompli, mais un peu sourd.

Elizabeth se leva et se dirigea vers la porte qu'elle entr'ouvrit. De là ne parvenait plus le bruit du tambour, mais elle pouvait saisir ce qui se disait dans la salle du rez-de-chaussée. Miss Charlotte et la gouvernante bavardaient ensemble comme deux personnes qui n'ont pas grand-chose à se dire de nouveau, mais qui veulent seulement meubler un silence un peu long.

Le ton de la vieille demoiselle frisait l'agacement.

— Vous m'avez déjà dit trois fois qu'il portait un pli.

— Pour Mrs Harrison Edwards, vous comprenez ? Pour Lucile !

— Et alors, qu'est-ce que vous voulez que ça me fasse ?

Elles se turent et un tintement de cuillères et de soucoupes se fit entendre.

— Une autre tasse de thé ?

— Certainement pas... Ce garçon va me déranger dans l'heure de ma méditation.

— Installez-vous dans votre coin ordinaire, au salon. Il n'ira pas de ce côté.

— Peut-être pas.

— J'y veillerai. J'ai l'habitude de ces situations.

— De même, j'aimerais mieux qu'il attende à demain matin pour saluer Elizabeth, avec tout le monde.

— Quelle finesse, Miss Charlotte !

— Il la regarde trop. Je connais les garçons de cet âge.

— N'ayez crainte. Je le dirigerai droit vers la chambre de Lucile et il glissera son pli sous la porte. Sans plus.

— Et après ?

139

— Après, je vous le mène à sa chambre, au dernier étage. Croyez-moi, je sais me faire obéir.

— Miss Llewelyn, je vous devrai une nuit tranquille. Je ne l'oublierai pas. Bonsoir, Miss Llewelyn...

— Miss Charlotte, je suis votre servante.

Si humble que fût cette parole, elle ne reçut aucun commentaire. Elizabeth entendit alors Miss Charlotte déplacer son fauteuil, puis son pas trottiner vers le salon avec une régularité de petite fille affairée. Ce fut ensuite le tour de Miss Llewelyn de se lever pour s'éloigner pesamment dans une direction différente. La porte s'ouvrit alors un peu plus grande et Elizabeth risqua un regard.

Elizabeth referma la porte et se demanda ce qu'elle devait faire.

S'asseoir d'abord lui parut impératif. Elle choisit une fois de plus le fauteuil de tout à l'heure. Le jeune homme porteur d'un pli pour Lucile ne pouvait être que Mike. Avait-elle envie de le voir ? Trop jeune, trop ignorant des choses du monde. Et puis encore une fois ce n'était pas à elle qu'on l'envoyait. Miss Llewelyn le mènerait sans aucun doute à la chambre que Lucile occupait aujourd'hui...

De nouveau le tambour lança son roulement à la fois expert et contenu. Elle l'écouta un instant et s'efforça de le trouver agréable, mais il la gênait. La chaleur la retint de fermer la fenêtre. Elle haussa les épaules. Emmanuel prenait des leçons pour aller faire le brave dans les bois avec ses compagnons. Par

crainte d'être entendu de Miss Charlotte, on tempé-
rait le zèle des baguettes. Elizabeth savait tout cela,
mais en même temps elle en éprouvait de l'étonnement, comme si on voulait lui dire un secret dans
un langage confus. Quelqu'un...

Sept heures venaient de sonner quand on frappa
à la porte. C'était Octavia, la servante chargée de
faire le lit. Assez grande et robuste, elle portait dans
une tenue grise une poitrine abondante et des hanches massives. Un sourire bienveillant éclairait sa
face noire qui gardait les vestiges d'une jeunesse heureuse, et elle salua Elizabeth avec gentillesse.

— Toute seule, Miss Lisbeth. Vous avez dîné ?

— Ce soir non, mais faites-moi vite mon lit, Octavia. Je veux dormir...

D'un geste expert, Octavia envoya voler le couvre-
lit en coton.

— Dormi' avec ce b'uit, Miss Lisbeth ?

— Pas bien fort, et puis il va cesser.

Le drap fut replié sur la couverture mise en triangle, puis l'oreiller trouva sa place.

— Alo's, Miss Lisbeth, do'mez bien.

Elizabeth eut une de ces inspirations subites qui
lui jouaient des tours.

— Ça vous ennuie, tous ces soldats dans le pays ?

— Miss Lisbeth, ça 'ega'de le Bon Dieu. Nous les
gens de couleu' Il au'a soin de nous. Faites bien vos
p'iè'es, Miss Lisbeth.

— Pourquoi dites-vous cela, Octavia ?

— Pa'ce que vous êtes toute seule. C'est dange'eux,
si vous voulez savoi'. Vous pensez aux soldats...
Voulez-vous que je ti'e les 'ideaux de la moustiquai'e ?

— Oui. Non... Ça m'est égal, Octavia.

Sans un mot, Octavia se mit à clore le grand lit de

141

tous les côtés, sauf le dernier où elle laissa libre un espace assez large. Sa longue main noire semblait écrire comme au milieu d'une page des mots invisibles sur la blancheur de la mousseline.

Lorsqu'elle eut fini, elle regarda Elizabeth en souriant :

— Do'mez vite et do'mez bien, Miss Lisbeth.

— Merci, Octavia.

Le tambour cessa deux ou trois minutes après la disparition de la servante. Sans raison précise Elizabeth en eut du regret. Tant qu'il habitait le silence, il empêchait la solitude de refermer autour d'elle d'impalpables murs.

Ainsi le monde environnant devenait muet comme pour mieux la pousser jusque vers les derniers confins du silence. Sa couche l'attendait, toute prête à l'anéantissement du sommeil où la guettaient les péripéties hallucinées de la chair épuisée de désir.

Pensive, elle ôta sa robe couleur de lilas sombre et fit glisser sur son corps le lin neigeux d'une chemise, c'était le commencement de la nuit, le refuge contre les hasards du jour. Vêtue ainsi, elle ne devait voir entrer personne. La porte fermée à clef rendait la chambre inviolable.

Avec des lenteurs soigneuses, elle alluma une lampe à huile dont la lumière brilla sagement derrière un globe de verre laiteux ; puis elle abaissa le rideau noir de la fenêtre.

Mise ainsi à l'abri des interventions de la vie extérieure, elle se coula dans les draps et se demanda à quoi pouvait lui servir la lampe à globe, puisqu'elle n'avait rien à lire.

Rien à lire... Lui revint à l'esprit le livre qu'elle exécrait, et du coup elle se souvint des recommandations d'Octavia qui lui parurent impertinentes : le seul mot de prières touchait à un domaine interdit. C'était comme si on vous déshabillait l'âme, oui, vraiment !

D'un coup de reins, elle se tourna vers le milieu de ce qu'elle appelait le désert, et elle crut entendre la voix d'Octavia : être seule, pour une femme, c'est dangereux. Elle eut un gémissement qui la surprit elle-même par ce qu'il avait de rauque.

Allait-on prévenir Mike du changement survenu dans l'attribution des chambres ? Sinon, croyant Lucile dans la chambre donnée initialement à Lucile, ce serait elle, Elizabeth, qu'il y trouverait. Et alors ? Pourquoi cette frayeur ? N'avait-elle pas elle-même fermé sa porte à clef ? Le gamin n'aurait qu'à tourner les talons avec son pli pour Lucile qu'il irait trouver dans son ex-chambre à elle, Elizabeth.

A cet endroit de ses raisonnements elle poussa un cri :

— Là où Billy et moi... notre dernière nuit...

Arrachant ses draps, elle sauta à bas du lit et courut vers la porte comme pour tout lui expliquer. Les deux mains à plat sur le vantail où elle appuya aussi le front, elle se mit à parler d'une voix pressée :

— Tiens bon, toi. Je ne veux pas du mioche. En m'annonçant le malheur il m'a prise contre lui...

Des larmes lui venaient aux yeux, mais elle ne s'en aperçut pas tout de suite et elle se mit à murmurer :

— Billy, je serai toujours ta femme, je ne veux pas être une veuve !

Le son de cette phrase la surprit, et elle la répéta comme une invocation magique :

— Je ne veux pas être ta veuve ! Je ne veux plus être la veuve de personne !

Ces mots prononcés avec force la soulagèrent

étrangement. S'affirmer lui rendait les idées plus claires et, regagnant son lit, elle décida de se coucher et de dormir pour laisser les choses se faire toutes seules.

Exténuée, il lui sembla tomber presque aussitôt dans un gouffre. Du temps passa, elle ne put entendre le bruit d'un cavalier qui s'arrêtait devant la grande porte pour frapper deux ou trois coups avec impatience.

C'était Mike. Miss Llewelyn lui ouvrit et le fit entrer. Sans doute était-il venu à toute vitesse, car il haletait encore un peu et elle lui offrit quelque chose à boire, mais le voyageur refusa avec politesse et demanda si Elizabeth était encore debout.

— C'est possible, Master Mike, car elle lit tard, mais ne pourriez-vous attendre à demain matin ? N'avez-vous pas un pli à remettre à Mrs Harrison Edwards ?

— Le pli passera la nuit en paix tout seul.

— Ha ! ha ! Toujours blagueur. Je vous laisse donc aller selon vos idées.

Il y avait dans cette phrase un clin d'œil intellectuel qu'il ne perçut pas. Sans un mot il se précipita vers l'escalier qu'il grimpa d'un pied léger. Enfin, devant la porte qu'il supposait celle d'Elizabeth, il s'arrêta net pour souffler et calmer son cœur. Secondes exquises qu'il savoura en toute innocence.

Tout d'un coup la porte s'ouvrit et il poussa un cri.

— Oh ! fit-il, Mrs Har...

— Mais oui, Mike, et heureuse de vous voir. Je vous ai entendu arriver au galop. Je sais tout. Vous avez un pli pour moi.

Il hocha une tête d'amoureux au désespoir.

— Nous sautons le cérémonial, voulez-vous ? fit la

144

dame en peignoir sévère, mais juste. Vous entrez un instant et vous me tendez ce pli au-dessus d'un verre de whisky... nature ou soda ?

Avant qu'il pût se ressaisir, les joues roses, il fut entraîné dans la chambre éclairée de bougies comme pour une fête. Il reconnut pourtant la chambre d'Elizabeth et, dans son émoi, se sentit incapable de dire un mot. Mrs Harrison Edwards n'avait pas l'air de s'en soucier le moins du monde. Elle dit simplement :

— Le pli, d'abord.

Il plongea la main dans une poche intérieure de sa tunique et en tira une enveloppe étroite et repliée sur elle-même. D'un geste impérieux, Mrs Harrison Edwards la lui prit et fit quelques pas vers un secrétaire où le pli disparut dans un tiroir qui fermait à clef.

Si rapide fut cette opération que Mike eut la sensation d'un étourdissement. Il regardait avec stupeur cette femme qui sentait bon et dont les bras nus s'échappaient du mantelet couvrant son peignoir, et il les suivait des yeux avec une admiration épouvantée. Sans doute la belle dame s'aperçut-elle de son trouble, car elle désigna une chaise au jeune militaire et prit place elle-même dans un ample fauteuil assez proche.

— Au *Grand Pré*, dit-elle, nous sommes tous apparentés par les circonstances, je vous autorise donc à m'appeler Lucile. Du reste, vous n'arriveriez jamais à bafouiller un nom aussi long que le mien. Vous êtes timide, Mike, et cela m'amuse. N'ayez pas peur. Entre nous court le trait de feu des convenances, n'est-ce pas ? Il n'exclut pas un simple badinage. Du whisky ?

— Non merci, Mrs Har...

— Non merci, Lucile, corrigea-t-elle. Eh bien, j'ai

une adorable vieille amie qui en profitera à votre place. Ne prenez pas cet air inquiet quand je vous parle. Je vous trouve charmant, et c'est tout. Si j'ai bien deviné, vous comptiez dire bonsoir à notre Elizabeth.

— Mais... oui.

— Quoi de plus naturel ? Parlez-lui doucement. La solitude lui fait peur.

— Nous nous connaissons depuis si longtemps...

— Je sais, mais il y a cette ressemblance...

— Vous trouvez tant que ça ?...

— Hallucinante. Vous n'avez pas à vous en plaindre. Billy était beau garçon.

— Billy...

— De quoi parlons-nous ? Vous n'entrerez pas seul chez Lisbeth. Elle verra les deux frères confondus en un seul. Ah !

Il se leva et s'appuya au dossier de sa chaise.

— Mrs Har...

— Lucile, n'est-ce pas ? Mais calmez-vous. Je suis là pour vous aider. Demain matin au petit déjeuner, avec du monde tout autour, cela se remarquera moins. Dans le bavardage habituel on n'y pensera pas, alors que...

Un bref silence et le garçon attendit, la bouche entr'ouverte de frayeur.

Puis elle reprit :

— Dans le silence nocturne, voir avancer vers elle son défunt compagnon...

Brusquement il prit son képi et se retourna vers la porte, mais Lucile allongea une main solide qui le retint sur place.

— Mon pauvre enfant...

Avant même qu'il s'en rendît compte, les deux bras

146

nus furent autour de ses épaules et la séductrice continua :

— N'allez pas vous imaginer des choses folles, je ne dévore pas les jeunes gens comme le Sphinx...

Sa voix se fit cajoleuse :

— Savez-vous seulement qui était le Sphinx, cher innocent ?

Tout à coup flotta autour de lui un lourd parfum de fleurs exotiques qui l'immobilisa.

La femme hésitait. Dans un vertige, une phrase lui vint à l'esprit : profiter de ce qui vous est offert est souvent trop triste. Avec son plus joli sourire, elle prit Mike par l'épaule :

— Mon petit Mike, je vous aime beaucoup, mais il faut aller dormir, vous ne trouvez pas ? Alors, à demain matin et bonne nuit.

Et, doucement, elle le poussa vers la porte qui parut s'ouvrir toute seule, comme une porte bien élevée.

Deux minutes s'écoulèrent. Par l'oreille, elle suivit les pas indécis dans leurs grosses chaussures, frappant chaque marche comme à regret. Peut-être avait-elle éveillé en lui des convoitises nouvelles. Le garçon avait des sens.

D'un geste elle rabattit le mantelet de dentelle qui lui couvrait les bras et gagna le fond de sa chambre, éteignit une lampe, en ralluma une autre, puis s'étendit, la tête dans les oreillers.

— Je te souhaite des émotions inédites, ma rêveuse Elizabeth, marmonna-t-elle. Le gamin est pareil à un shilling tout neuf qui ne demande qu'à briller. Il y faudra de l'application...

Soudain les pas s'arrêtèrent et l'accent gallois de Miss Llewelyn se fit entendre, mais soucieux de ne déranger personne.

Lucile releva la tête pour saisir au moins quelques paroles.

« Elle te confisque ton Roméo, ma pauvre Elizabeth », pensa-t-elle. Et dans sa tête se construisirent des drames. Elle imagina Elizabeth cédant à la frénésie du garçon, puis tombant amoureuse, et, le jour venant (mais quand ça ?), un invraisemblable mariage mettant le point final.

Mike alla s'enfermer dans sa chambre sans écouter les conseils de Miss Llewelyn qu'amusaient les badinages nocturnes de garçons. Qu'avait-elle pu saisir de sa conversation avec Lucile ? Il avait été mis à la porte. Dans ces conditions, tenter sa chance auprès d'Elizabeth lui parut hasardeux. La dame capricieuse aux parfums étranges avait endommagé l'image qu'il se faisait de lui-même en amoureux vainqueur dans les bras d'Elizabeth.

Jetant ses vêtements de tous les côtés, il se plongea dans son lit et bascula dans le sommeil.

A six heures précises, le clairon ne sonna pas à ses oreilles, mais il l'entendit malgré tout par la tyrannie de la discipline. Dans les ténèbres de l'inconscient, il avait pris une décision. Sage ou démente, elle le trouva tout propre et tout habillé frappant à la porte d'Elizabeth. Sous le drap gris-bleu, un cœur ingénu battait ferme et n'obtint pas de réponse. Tout dormait encore dans la grande salle au bas de l'escalier. Mike écouta le silence, puis frappa d'une main nettement autoritaire.

A l'intérieur de la chambre, une tête échevelée s'agita dans l'ombre, et, brumeuse encore, une voix posa la question qui annonce tous les drames ou toutes les comédies.

— Qu'est-ce que c'est ?

— C'est moi, c'est Mike.

— Mike...

— Mais oui, voyons, il faut que je te voie.

Instinctivement, elle fit mine de ramener ses cheveux derrière la tête.

— Tu es fou, observa-t-elle.

Il tourna le bouton dans la porte.

— J'entre, tu veux bien...

— Tu ne peux pas, c'est fermé à clef. Mike, tu as bu, il faut t'en aller.

Tout en parlant, elle alluma la lampe de chevet, puis demanda :

— Qu'est-ce qui te prend ? Qu'est-ce que tu veux ?

La tête appuyée contre la porte, il dit à mi-voix :

— Tu sais très bien que je t'aime, Elizabeth.

Elle passa son peignoir et s'approcha :

— Je ne sais pas ce que tu dis, je n'entends pas. On se verra tout à l'heure, à déjeuner.

— Alors, tu veux que je m'en aille maintenant ?

— Non.

— Moi non plus ! fit-il joyeusement.

Tous deux éclatèrent de rire.

Elle était maintenant la tête appuyée au vantail de la porte et soudain le bonheur l'envahit tout entière comme dans les bons jours de son enfance.

— Mike, j'ai l'impression que je rêve et que tu rêves toi aussi le même rêve. Tous les deux nous nous croyons derrière une porte qui n'existe pas.

— C'est drôle, c'est bien drôle, mais ouvre la porte, tu verras si j'existe ou non !

Par un geste qu'elle ne commandait pas, elle tira sans bruit la clef de la serrure et la jeta au milieu de la chambre, loin sur le tapis.

— La clef, fit Mike.

— Il n'y a pas de clef. On m'a enfermée, Mike.

— Ce n'est pas vrai, tu dis ça pour me... me faire languir.

— Tais-toi, Mike. Je t'aime beaucoup.

— Moi, je donnerais ma vie pour t'avoir à moi, alors...

— Tu ne m'as jamais parlé comme ça.

— Tu savais parfaitement, depuis les premiers temps que tu étais là...

— Mike, tu avais six ans !

— Qu'est-ce que ça fait ? J'étais le premier à t'aimer, tu n'as pas le droit de me rendre malheureux, ouvre !

— Je te dis que je n'ai pas la clef.

— Dis la vérité, Elizabeth. Tu as peur de moi, alors tu inventes, elle est idiote, ton histoire de clef !

Il donna un coup de poing dans la porte, puis reprit d'un ton suppliant :

— Écoute, rappelle-toi Mike aux mains sales, les dames se sauvaient devant lui, il courait droit vers toi dans ta robe blanche.

— Quoi, tu te rappelles...

— Tu crois qu'un gamin de cinq ans ne peut pas être amoureux ? Ça a quel âge, le cœur, dis !

Alors, doucement, elle glissa derrière la porte sur laquelle ses mains se mirent à plat.

— Où es-tu ? demanda-t-il. On dirait que tu n'es plus là !

Pendant une minute elle garda le silence, puis se releva en s'appuyant à une chaise.

Mike se mit à l'appeler dans une sorte de cri étouffé.

— Je ferai ce que tu voudras, mais ne t'en va pas.

Elle se rapprocha.

— Je suis là, Mike, mais ce n'est pas possible.

— Qu'est-ce qui n'est pas possible ?

— Tout. Tu ne comprends pas.

— Tu ne m'aimes pas, Elizabeth ?

Elle eut un gémissement de détresse.

— Comme si je pouvais m'en empêcher !

Il voulut parler, mais elle l'arrêta :

— Laisse-moi, mon petit Mike, je te dirai plus tard.

Dans la grande salle, des bruits de ménage commençaient à se faire entendre. Il disparut.

Tout le monde se trouvait à sa place pour le petit déjeuner, sauf Mrs Harrison Edwards qui descendait toujours avec un certain retard.

Accueilli gravement par Miss Charlotte, Mike échangeait des regards tragiques avec Elizabeth qui lui faisait face alors que Miss Llewelyn, au bout de la table, essayait de maintenir l'ordre dans le petit tumulte des enfants surexcités par la présence d'un uniforme dans la maison.

En temps voulu, Mrs Harrison Edwards fit son entrée, plus soignée encore qu'à l'ordinaire, une main agitant le pli reçu de la veille.

— Des nouvelles, lança-t-elle.

— Encore ! s'exclama Miss Charlotte. Il n'y a pas si longtemps...

— Des nouvelles nouvelles, mes amis, d'Angleterre, en direct cette fois.

Puis s'installant au haut bout de la table, l'autre

151

étant occupé magistralement par la gouvernante, elle ouvrit le pli et commença d'une voix importante :

— De Liverpool, par l'intermédiaire de Lord Lyons, Charlie Jones nous fait savoir que la flotte assyrienne sera plus importante que prévu.

Miss Charlotte tressaillit.

— Assyrienne ? fit-elle, flairant la Bible comme un limier de grande race hume le gros gibier.

— Ninive, chère Lady, telle que le Nord un jour en connaîtra la puissance.

— Vous nous mettez sur le gril, dit Miss Llewelyn, soyez plus claire.

— Censure, censure, nous sommes en temps de guerre. Charlie Jones ne sera donc pas de retour avant la fin octobre.

— Octobre ! soupira Elizabeth. C'est mortellement loin.

— D'accord. Aussi vais-je vous quitter d'ici dix jours pour me rendre à Richmond où je dois voir Toombs. Et puis...

Un bref silence chez la narratrice.

— ... et puis à Savannah pour m'entretenir avec Julian Hartridge. C'est lui qui maintenant s'occupe de l'armement, via la Jamaïque, comme faisait mon bien-aimé Algernon...

— Lucile, fit doucement Elizabeth, je pars avec vous.

— Par cette chaleur ! s'exclama Miss Llewelyn.

— L'Histoire se moque du thermomètre, fut le commentaire de Lucile. Et elle ajouta, mystérieuse : Il se passe des choses...

Dans la bouche d'Elizabeth, le mot de *départ* avait brusquement réveillé Mike, mais celui de l'*Histoire* le mit debout.

— L'Histoire nous attend tous les jours. Frémont, leur général de l'Ouest, fait des siennes. Son dernier coup : la libération des esclaves du Missouri — pour commencer. Lincoln désavoue. Mais vous verrez que Frémont va faire la sécession de l'Ouest. A New York aussi, ça ne va pas. Il y a des émeutes. On ne veut pas se battre pour l'Union.

— Correct, remarqua Mrs Harrison Edwards.

Et, de nouveau, elle agita sa lettre.

— Lord Lyons m'a raconté tout cela, mon petit Mike, mais il y a encore ce que j'ose appeler un détail considérable, c'est qu'après le désaveu de Lincoln, Mrs Frémont s'est fait annoncer chez lui, à minuit, — minuit, vous entendez, — pour lui faire des remontrances à sa manière, qui n'est pas tendre. Et savez-vous ce qu'a fait Lincoln ?

— Il l'a flanquée dehors ! s'écria le petit Emmanuel d'une voix perçante.

— Hourra ! opina de toutes ses forces le clan des jeunes.

— Faites-les sortir, ordonna Mrs Harrison Edwards, ils crient sans comprendre rien à rien.

La gouvernante expulsa les manifestants qui hurlaient :

— On va faire la guerre ! On nous empêchera pas de chasser les Yankees !

La porte claqua derrière eux et Mrs Harrison Edwards poussa un soupir d'exaspération.

— Et dire que leur Frémont pourrait faire basculer Missouri, Kentucky et Maryland dans la sécession... Mais tournons les yeux vers Bath, mes enfants. Là, dans un des plus élégants décors d'Angleterre, Lady Fidgety pense à nous tous et surtout à sa chère Elizabeth. Elle demande tous les jours à Oncle Charlie si le Sud n'a pas encore gagné, et puis, autre tourment, penchée sur son pauvre mari, elle ne sait qu'inventer pour adoucir ses derniers jours. Et voilà.

— C'est tout ? ironisa Miss Charlotte.

— Vous voulez rire ? Il y a encore ceci : le général McClellan veille sur Washington et ne veut pas faire manœuvrer ses hommes par temps de pluie, crainte qu'ils n'abîment leurs beaux uniformes tout neufs.

Miss Charlotte salua d'un éclat de gaieté sardonique. Au bas bout de la table, Miss Llewelyn l'accompagna d'un gloussement irrépressible.

— On racontera ça aux enfants... comme un conte de fées... à l'heure de les mettre au lit.

Brusquement agacée, Elizabeth se tourna vers Mike.

— Mike, dites-leur que ce n'est pas vrai.

Masquant un grand sourire, il secoua la tête pour dire : « Si, si. »

L'effet produit par toutes ces nouvelles s'endormit dans la torpeur d'un trop bel été et, peu à peu, la journée se fit morose. On n'osait reconnaître qu'on s'ennuyait. La vraie question qui se posait secrètement était simple : « Ne va-t-on jamais dîner ? »

Les enfants chassaient le Yankee dans les bois, mais ne réussissaient qu'à déranger quelques lapins somnolents.

Les dames se reposaient, chacune dans sa chambre, et Mike, libre encore jusqu'au lendemain matin, souffrait en silence, promenant ses amours malheureuses dans la grande maison moite. Plusieurs fois le désir le secoua d'aller gratter à la porte inviolable, mais jusqu'au déclin du jour il n'osa. Enfin, il alla coller son cœur au cruel vantail et soupira :

— Elizabeth !

A sa stupeur, elle répondit :

— Oui.

C'était à croire qu'elle l'attendait. Il n'eut qu'à appuyer son cœur un peu plus et la porte céda.

Tout d'abord il ne distingua pas autre chose qu'un lit à baldaquin, quelques fauteuils, une table dans une grande pièce assombrie par les rideaux tirés devant les fenêtres.

— Eh bien ? fit une voix. Cessons ce jeu de cache-cache.

Et d'un coup parut Elizabeth fermant la porte qui l'avait cachée. Mike tressaillit. Dans la pénombre, elle lui fit l'effet d'être en deuil et il ne put que murmurer :

— Elizabeth...

— Tu voulais me parler ? Je suis là, Mike.

— En noir, Elizabeth...

— Je ne suis pas en noir. Je porte une robe d'été violet sombre. Mais en noir, pourquoi pas ?

— Je ne veux pas savoir, s'écria-t-il. Je t'aime, c'est tout ce que je sais, le reste n'a pas de sens.

Il lui saisit la main, qu'elle ne retira pas, et la porta à sa bouche comme pour la dévorer. Au-dessus de sa tête inclinée, une phrase fut dite d'une voix sans timbre :

— Trois hommes m'ont aimée avant toi...

— Où veux-tu en venir ?

— La mort me les a tous pris.

— Et après ? Moi, je suis là.

— J'ai peur pour toi.

— Moi, je n'ai pas peur.

Il voulut la saisir dans ses bras, mais elle se débattit avec une violence qu'il n'attendait pas.

— Tu es fou, dit-elle tout bas, il n'y a pas un mois que Billy est mort.

Ces mots l'arrêtèrent.

— Cesse de me parler des morts. Les morts ne m'ont pas empêché d'entrer chez toi, ce soir.

— C'est malgré moi... Toute ma vie...

— Toute ma vie, quoi ? Ça ne veut rien dire.

— Laisse-moi ou j'appelle.

Il se jeta sur sa bouche et de toutes ses forces elle se défendit, mais elle sentit qu'elle allait céder et elle se mit à lui battre le visage avec ses poings. A sa surprise, il s'écarta. Alors elle le gifla autant de fois qu'il fut à sa portée.

— Maintenant je te déteste, Mike.

Il la regarda d'un air si triste qu'elle fut tentée de le prendre dans ses bras.

— Tu es un enfant, dit-elle soudain, un enfant qui se conduit mal.

Mais, alors même qu'elle articulait ces mots, elle se rendit compte qu'elle prenait le langage des parents.

— On va oublier tout ça, non ? fit-elle en riant. Tu me diras au revoir demain matin.

— Je pars à l'aube, j'ai juste le temps.

Elle s'efforça d'accepter gaiement cette nouvelle, mais sa gorge se serrait :

— Alors, à une autre fois, mon petit Mike.

— Comme celle-ci ! s'écria-t-il. Tu es belle, Elizabeth, mais tu n'as pas de cœur.

Et courant vers la porte, il disparut.

Sans un mot, elle se dirigea vers la fenêtre dont elle tira le rideau. La lumière lui fit voir dans une glace un visage où les larmes semblaient jetées plein les yeux et les joues, et pendant un moment elle regarda immobile cette image de détresse :

— Trop tôt pour toi, mon petit Mike, trop tard pour nous deux, fit-elle tout bas comme pour confier un secret au crépuscule.

XIII

En ces derniers jours de septembre à Savannah, Elizabeth éprouvait du soulagement à laisser derrière elle le *Grand Pré* et les difficultés sentimentales. Elle acceptait la chaleur de la Georgie dans cette ville élégante. La plupart des belles demeures restaient encore vides jusqu'à la mi-octobre où les premières familles s'installeraient pour attendre l'hiver et les réceptions. Même dépeuplée, la ville produisait son charme, mais trop de souvenirs hantaient Oglethorpe Square pour la veuve de Billy et elle regardait avec envie la masse Tudor à Madison Square, imposante et carrée comme Charlie Jones lui-même.

Mrs Harrison Edwards avait été laissée, en passant, à Richmond. Ailleurs, que d'événements... Dans le Nord, une levée en masse de cinq cent mille hommes avait été proclamée, mais la jeunesse demeurait indifférente à la guerre de Lincoln, et à New York il y avait eu des débuts d'émeutes. Cependant, le gouvernement payait les hommes mobilisés de force et la plus grande partie de l'armée du Nord était une armée de mercenaires, alors que dans le Sud l'élan de toute la jeunesse pour servir se montrait irrésistible. On mentait sur sa date de naissance si l'on n'était pas encore en âge de partir.

Sous l'œil amusé des officiers, un petit groupe de tambours avait adopté le nom « *Pour Elizabeth* », en souvenir du cri lancé par Billy sur le champ de bataille de Manassas avant de mourir à l'assaut.

Cependant, la guerre continuait avec une sorte de monotonie d'avances et de reculs, sans jamais rien de décisif. Johnston s'installait à Centerville et à Manassas Junction, puis, le 21 octobre, le Sud remportait la bataille de Bull's Bluff.

Elizabeth suivait ces événements de loin et n'osait confier à personne que la guerre si passionnément attendue l'ennuyait depuis que Billy n'en faisait plus partie. Dans sa solitude, il y avait des heures où elle languissait après l'Angleterre, son pays d'au-delà l'océan. Elle promenait sa mélancolie dans un cabriolet avec le jeune Ned dont le bavardage la réconfortait. Le long des nobles rangées d'arbres de Bull Street encore déserte, elle se figurait toujours en compagnie de fantômes attentifs. De retour à Madison Square, en vue du gros palais Tudor, la voix un peu gamine de son petit compagnon lui demandait naïvement :

— Tu l'aimes bien, la maison de grand-père ?

— Bien sûr, disait-elle, étonnée de son insistance.

Et là prenait fin ce dialogue devenu habituel.

A la maison se dressait, d'un moment à l'autre, Miss Llewelyn, presque toujours inattendue, pour s'assurer que l'ordre régnait à tous les étages. Sans faire peur, elle dérangeait. Elizabeth restait sa victime de choix. Tout en se montrant respectueuse, la gouvernante posait sur sa maîtresse le regard supérieur de la Galloise jugeant l'Anglaise, et cela durait depuis dix ans — ne changeait que le décor.

D'Oglethorpe Square, Miss Llewelyn disparaissait

à la tombée du jour pour rejoindre Mrs Harrison Edwards avec qui elle partageait des affinités secrètes, à tel point que, même s'entretenant des choses les plus innocentes, elles avaient l'air de conspirer. La différence de niveau social s'effaçait dans le feu des confidences. Toujours vêtue de gris, Miss Llewelyn affectait le langage du monde avec ses tournures surannées, mais pas trop. Un soir, le gin parut sur un guéridon entre ces deux dames qui l'une à l'autre devenaient doucement indispensables. La vie de tous les jours en temps de guerre faisait d'elles des complices.

Ce soir-là, Miss Llewelyn vint plus tôt qu'à l'ordinaire. A son cou brillaient des ornements de jais, dont une croix annonçant les décisions graves.

Mrs Harrison Edwards lui tendit deux splendides bras nus.

— La chaleur m'assassine, et vous me voyez en peignoir. Vous, ma bonne Llewelyn, vous êtes fidèle à votre robe sombre comme le soldat à son uniforme.

— Vous ne croyez pas si bien dire. Je me bats.

— Contez-moi ça près des rafraîchissements.

Elle glissa dans un fauteuil près du guéridon qui les attendait. Miss Llewelyn s'assit droite dans sa bergère à capitons habituelle.

— Je me bats contre des fantômes. Deux jeunes mâles n'ont pu venir à bout de vains scrupules.

— Vous m'avez parlé du mâle de Kinloch. Ne faites pas de mystère du second. Je l'ai moi-même envoyé promener avec son innocence. Fantômes, disiez-vous. Par quel fantôme le défunt mari défend-il sa femme ?

— Uniquement par la terreur. Une jalousie imaginaire posthume.

— Ah diable ! Et comment savez-vous...

Miss Llewelyn but hardiment une gorgée de gin.

— Je ne suis pas née pour rien en terre galloise. Chez nous, madame, les sorcières ne chôment pas. Elles m'ont appris le b-a-ba.

— Llewelyn, on a délicieusement peur avec vous. Si j'osais, je vous demanderais...

— Osez, madame. Sachez que la vigilance du mari est dure et tourne au supplice. Dans ce qu'elle appelle son désert, notre Elizabeth pousse des gémissements de bête.

— Mais c'est horrible !

— Surtout quand elle cherche à les étouffer dans le creux de son oreiller. Laissez-moi vous dire que les cris de détresse enfouis dans l'oreiller sont de nature à faire trembler l'enfer.

En disant ces mots, elle se leva et parut plus grande, plus large et plus lourde.

— J'en ai entendu, continua-t-elle d'un ton déclamatoire. Dans cette maison même où nous sommes...

— Ma chère, vous devenez indiscrète. Restez plutôt dans les pourtours de l'enfer, si vous voulez bien.

Miss Llewelyn toucha sa croix de jais et se rassit posément.

— J'aime la pauvre affamée, reprit-elle après un silence. Elle ne veut pas le comprendre, parce que je la rudoie pour son équilibre.

— Ah, comme vous êtes passionnante, ce soir ! Vous l'êtes toujours, bien sûr, mais cet oreiller est une trouvaille.

— La tragédie n'en fait pas fi, mais laissons cela. La belle Elizabeth se meurt de faim amoureuse. Cherchons un peu pour elle, sans en avoir l'air. Les bals ne se donnent plus — ou pas encore. Restent les réunions de bienfaisance. Mais l'armée est chiche de ses hommes. Oh, madame, comme nous avons bien fait, vous et moi, de prendre du bon temps quand les circonstances s'y prêtaient !

— Assurément, chère Llewelyn, mais tout à l'heure vous étiez bien plus terrible avec cet oreiller que vous baladiez en enfer.

— A Elizabeth d'opter pour le plus rationnel. Moi, je me borne à lui souffler : « Opte, ma fille, opte ! »

— Mais si vous la perdez ?

— Elle aura toute la vie pour se repentir à temps, je connais l'espèce.

Ces mots dressèrent sur ses pieds Mrs Harrison Edwards.

— A mon tour d'avoir peur ! s'écria-t-elle d'une voix un peu frémissante.

La Galloise s'inclina vers elle avec un large sourire.

— Mille excuses, madame. Mettons que tout ce que j'ai dit s'est écrit sur le tableau noir que nous portons en nous, alors j'efface, j'efface tout (elle fit un grand geste). Contente ?

— Perplexe.

— Scrupuleuse...

XIV

A Bath, debout près d'une fenêtre ouverte, Lady Fidgety regardait le jardin entourant sa maison et, pensive, dans sa robe de soie amarante, elle comparait à un paradis platanes, pelouses et massifs de fleurs. La pièce où elle se trouvait sombrait doucement dans l'agonie d'une fin d'après-midi glorieuse. Tout au fond d'une alcôve, le malade semblait disputer son souffle à la nuit. Plusieurs fois il fit un effort pour articuler le nom de sa femme, mais son appel troublait celle-ci dans sa méditation et elle gardait un silence en quelque sorte religieux. A vrai dire, elle s'ennuyait de voir Lord Fidgety s'en aller lentement vers les difficultés intolérables de la fin ; en un mot, elle détestait les agonies.

Une décision de bon sens fut prise tout à coup : veiller son mari à la place d'une infirmière fut jugé noble. Les soins étaient simples. A la menace d'un spasme, dix gouttes dans un verre d'eau. A ce tournant de sa méditation, elle eut un sourire amer tant le moment lui parut classique dans sa banalité.

Le rôle exigeait qu'elle montrât du remords avant de réduire le nombre des gouttes. Elle supprima six gouttes sur dix.

Quelques jours plus tard, elle écrivit à Oncle Charlie pour l'informer du triste événement : parti comme

163

on le prévoyait, fin très douce. Cette lettre adressée, elle en écrivit une autre à sa bien-aimée fille Elizabeth, par courrier diplomatique.

« Ma chère Elizabeth chérie [*my dear darling Elizabeth*], que le départ de mon vénéré mari ne t'attriste pas outre mesure. Il a beaucoup aimé et, bon et fidèle protestant, est allé droit au Paradis comme il se doit. Quant aux combats qui se livrent en Virginie, les journaux d'ici se montrent avares de détails, mais je pense à ton adorable Billy que le Ciel protège et te rendra couvert de gloire. Tout est en ordre. J'ai fait repeindre mes appartements à Bath en vert tendre semé de papillons bataillant dans des roses. Ta chambre t'attend si jamais tu te décides à me rendre visite après la guerre avec ton mari. Mon cœur voyage vers toi à tout moment. »

La lettre partit le jour même. Lady Fidgety fit alors atteler sa voiture et se rendit à la gare où l'attendait un compartiment réservé dans le train de Liverpool. Le lendemain la trouva dans un salon particulier du meilleur hôtel de cette ville, conversant avec Charlie Jones. L'un et l'autre parlaient avec une passion contenue et les verres de whisky se vidaient sans hâte, mais avec une sorte de fatalité. D'une lourdeur qui se voulait somptueuse, des tentures leur cachaient à moitié un quai de Salthouse Docks envahi par la brume d'octobre au crépuscule. Face aux boutiques où la lampe à pétrole dispensait une fausse apparence de prospérité, des mâts de navires bercés par la houle trouaient le ciel d'un jaune sale et des gens pauvrement vêtus allaient et venaient sur une chaussée luisante d'humidité.

— J'aurais voulu un décor plus aimable pour cette rencontre en Angleterre, dit Charlie Jones avec le sourire complice qui lui valait ses conquêtes. Mais dans cet hôtel, pour nous de second ordre, nous ne risquons pas d'être suivis par les espions de Lincoln. Mes achats d'armements les intriguent comme des enfants qui voient un paquet et cherchent à l'ouvrir.

Lady Fidgety sourit nerveusement et feignit d'entrer dans le jeu des remarques frivoles.

— Ils doivent se ronger les ongles d'impatience à l'idée de vous arrêter, mais où ?

— Excellente question. Réponse : nulle part.

Se faisant glisser en arrière entre les bras du fauteuil, il sourit à son tour en se croisant les mains :

— On ne touche pas à un sujet de Sa Majesté britannique.

— J'admire votre calme, Charlie, mais tous ces armements pour le Sud... ?

— Qui parle du Sud dans cette affaire ? Et si j'avais besoin de fusils, par exemple pour les chasses en Jamaïque ?

— C'est plus fort que moi, s'écria-t-elle, vous me faites peur.

— Chère Laura, fit-il doucement.

— Oh, Charlie, cessez de jouer la comédie.

Du bout des doigts elle frappa le bord de la table.

— Et si le Nord arraisonne le navire en route pour le Sud ?

— Vous supposez que je suis à bord du bateau parce que vous tenez encore à moi.

Soudain elle se leva et le couvrit d'un regard furieux.

— Laissons cela, voulez-vous, et parlons sérieusement.

Comme un jeune homme il fut aussitôt debout devant elle.

— Eh bien, my Lady, s'ils arraisonnent un navire battant pavillon anglais, c'est la guerre. Comprenez-vous ?

— Ah !

— Oui, ah ! Et le Nord n'a pas besoin d'une autre guerre.

Elle baissa la tête dans un effort pour se calmer. Il y eut un long silence, puis elle reprit d'un ton naturel :

— Vous allez pourtant rentrer au *Grand Pré* un jour, et à Savannah.

— Qui m'en empêcherait ? Je compte rentrer avec ma sœur et son mari Alexander Low qui m'accompagnent.

— Un bonjour à eux ! Mais vous avez beau être anglais et intouchable...

— Et alors ?

— Ne riez pas. C'est plus fort que moi, j'ai des pressentiments.

Il lui prit les mains dans les siennes avec tendresse.

— Gardez-les, vos pressentiments, pour les longues soirées d'hiver, et racontez-les aux enfants.

— Que vous êtes moqueur ! Vous pensez aux enfants, moi aussi. A Ned surtout, mon préféré. Vous devriez l'envoyer en Angleterre, oui, en faire un Anglais, le mettre à Eton. Le petit n'est-il pas un peu à nous deux ?

— Asseyons-nous, Laura, j'aime vos rêveries. A Eton, pourquoi pas ?

Plus bas, il ajouta :

— Puisque son père n'est plus là...

La saisissant par la main, il la conduisit jusqu'à un canapé où il s'assit près d'elle. Et de ses yeux où brillait une invincible jeunesse il la considéra d'un air mutin.

— Je sais bien que dans votre Sud un gentleman ne s'assoit pas à côté d'une dame sur un canapé, mais je vous assure que je ne suis pas dangereux, même si mon cœur...

— Silence ! s'écria-t-elle en riant. J'étais venue ici pour vous parler de choses sérieuses.

— Alors sermonnez un peu vos bras sous ces larges manches, ils m'étourdissent.

— Ah ? fit-elle, l'air étonné. Que les hommes sont donc bizarres... Écoutez, Charlie, mon mari est mort.

Il eut aussitôt une mine consternée et se rapprocha d'elle jusqu'à lui respirer au visage.

— Pauvre chérie ! dit-il.

Elle s'éloigna en se redressant.

— Il n'y a pas de pauvre chérie. Herbert est parti sans histoires. Sautons les condoléances, voulez-vous ? Je me propose d'acheter l'hôtel que je loue à Bath pour l'offrir à Elizabeth qui se meurt de nostalgie pour l'Angleterre.

— Vous allez vite. Est-ce pour me dire tout cela que vous êtes venue me voir ? Pas autre chose, Laura ?

En disant ces mots il sourit d'un air si triste qu'elle se leva :

— Je vois que le Sud n'a pas tort de mettre les dames en garde contre les périls du canapé. Pouvez-vous être raisonnable un instant ? Je veux que ma fille épouse un Anglais.

Le surlendemain matin, sous un ciel nettoyé par une bonne tempête nocturne, un des bateaux de

Charlie Jones quitta le port de Liverpool et prit la mer, toutes couleurs au vent. Son nom, le *Brittomart*, révélait des instincts guerriers : Brittomart, le Mars britannique. Dans des temps plus anciens, Brittomart chassait l'Espagnol dans les ports de la Floride en le gratifiant de coups de canon meurtriers. Assagi maintenant, il demeurait un peu rude tout en offrant aux passagers les avantages d'un confort modernisé. Les plus difficiles se seraient plu dans la cabine de Charlie Jones, et les joies du mariage se retrouvaient à l'aise dans la cabine d'Alexander Low. Sa femme, Stella, née Jones, était sœur de Charlie.

Grand, mince, Alexander Low regardait autour de lui avec une hauteur naturelle qui trahissait l'Anglais féru de ses privilèges ancestraux. Un fin collier de barbe blonde encadrait un visage régulier, mécontent, la bouche ouverte.

Tout autre était sa femme, vigoureuse personne dont les pommettes roses révélaient une digestion solide. Elle marchait d'un pas viril et riait un peu trop pour une dame de sa qualité, mais quand elle arrivait on lui faisait place.

Résolus de s'entendre à merveille en dépit des désagréments possibles comme il arrive en voyage, ils furent favorisés le premier jour et la moitié de celui qui suivit. Le soleil brillait sur la mer et, malgré l'air frais, des parasols circulaient aux mains des dames. Stella en avait un de couleur mauve qui contrastait sobrement avec sa robe prune. Son mari en costume gris soutaché de noir s'abritait le front jusqu'au bout du nez avec un large feutre à bords plats taillé en sombrero. Seul Charlie Jones, comme en toutes saisons, allait vêtu de noir, mais coiffé ce jour-là d'une casquette de yachtman.

Cette promenade sur le pont par un temps relativement doux fut qualifiée de divine dès les premières minutes. Au large, l'Angleterre reculait avec des lenteurs d'amoureuse délaissée, et c'est ainsi que la voyait Alexander Low, — mais, ajoutait Charlie, encore méchante, grâce au Ciel, et capable de nous bousculer au fond des flots.

On servait le thé dans tous les coins, l'admirable théière noire des familles versait de la nostalgie anticipée aux voyageurs sentimentaux.

Cependant, la nuit vint, sournoise et plutôt de mauvais augure. Dès le matin, des embruns lavèrent les joues des passagers amateurs d'air frais. De bons gros foulards aux rayures à l'écossaise firent leur apparition, mais avec le vent qui se levait le tangage découragea la plupart, dames et hommes, sauf Charlie Jones et sa sœur toujours vaillante, tandis que son mari vomissait son aristocratie dans la cuvette.

Son absence sur le pont favorisait la confidence que Charlie faisait à Stella en bravant les secousses du navire et les paquets d'embruns qui, à tout instant, se jetaient sur eux.

— Tu te rends compte, disait Charlie, que nous sommes suivis à bord du *Brittomart* même par deux espions du Nord, les plus adroits, les plus subtils. Je les reconnais à ceci qu'ils sont plus anglais que les Anglais. Vêtements à carreaux, voix grimpante et descendante comme s'ils chantaient.

— Aoh! fit Stella.

— Exactement, mais pour l'heure ils sont désemparés parce qu'ils voudraient nous suivre tous les trois et qu'ils ne peuvent pas nous approcher ici, alors qu'Alexander n'est pas là et qu'ils n'ont aucun moyen de pénétrer dans notre coursive.

— Comme c'est triste !

A ce moment, comme pris d'une rage subite, le vent les plaqua contre une paroi et ils se regardèrent en riant.

— Rentrons dans ma cabine, fit Charlie.

Ils s'agrippèrent comme ils purent à tout ce qui pouvait retenir leurs mains et atteignirent un couloir où s'ouvrait une série de portes. Celle de Charlie offrait une cabine où triomphaient acajou, cuivre et tapis de Perse. Le lit disparaissait derrière le rideau d'une alcôve.

— Jette-toi dans un fauteuil, dit Charlie en s'essuyant le visage sur une serviette-éponge. Il est bon que tu saches les nouvelles secrètes du bord. Les cargaisons sérieuses sont déjà parties pour la Jamaïque sur un autre bateau, elles sont remplacées par des caisses de meubles et de statues pour ma maison de Savannah : les gens du Nord sont floués !

Il s'ébrouait en arrachant son manteau.

— J'ai appris tout ça cette nuit, fit-elle. Télégraphe oreiller.

— Bravo. Comment prend-on l'opération en cours ?

— Avec la distance qui se doit. Content de la corvée qui s'éloigne.

— Je n'ai jamais cru qu'il s'en chargerait. Il n'avait aucune envie d'aller en Jamaïque.

Debout l'un en face de l'autre, ils échangèrent un sourire gouailleur.

— Prendrais-tu une tasse de thé ?

— Tu veux rire, Charlie. La situation exige du porto.

Un coup de tangage faillit l'étendre aux pieds de son frère qui la rattrapa dans ses mains en se cognant contre la paroi.

— Asseyons-nous sur le canapé, souffla-t-il, et tant bien que mal ils s'affalèrent dans les capitons de cuir noir. J'ai une question à te poser. Le porto viendra ensuite. Le message sur papier de soie pour le président Davis, tu en prends soin, bien sûr...

— La belle question ! Il ne me quitte jamais d'une seconde.

— Tout prévoir, même une arrestation en route.

— Je les mets au défi.

— Excuse-moi. Une exploration...

— *Shocking !* Mais laissons cela. Le message est là où une femme cache une lettre d'amour.

— Quarante-cinq lignes, d'une importance capitale !

— J'ai aussi une mémoire gigantesque. Veux-tu que je te récite le prologue du *Paradis perdu* ? Ça prend trois quarts d'heure.

— Sous aucun prétexte. Alors, pourquoi garder ce dangereux papier, si tu es sûre, sûre, sûre ?

— Passe-moi ton joli briquet d'or.

— Tu es folle ! s'écria-t-il en tirant de son gilet le précieux objet.

En un clin d'œil, elle le lui saisit des doigts et courut vers la porte.

Soudain, pris d'épouvante, il fit un pas pour la rejoindre.

— Où vas-tu ? cria-t-il.

— N'aie pas peur.

Alors qu'elle s'apprêtait à disparaître, il articula :

— Tu fais peut-être ce qu'il faut, mais si ta mémoire te trahit, elle trahit du même coup...

Elle resta immobile, la main sur le bouton de porte, attendant.

— ... Richmond, finit-il tout bas.

171

Dans un murmure, elle répéta :

— N'aie pas peur.

Soudain il se trouva seul. Il retourna dans sa chambre et se mit à regarder à travers le hublot. La mer se gonflait et se creusait dans des convulsions d'une régularité écœurante. A peine voyait-on à la crête des flots sombres le reflet d'une lumière cuivrée.

☆

Dans le petit salon où ils avaient pris le thé une heure plus tôt, Stella hésita en regardant la porte sans clef ni serrure. Il pouvait rentrer comme il voulait, mais elle haussa une épaule. « Pour la première fois, je le fais trembler, il n'oserait pas », pensa-t-elle. Et, en passant près de la théière et des tasses sur la table ronde, elle mit la main sur la pince à sucre.

Une pièce carrée servait d'antichambre et une fenêtre aux verres de couleur donnait de ce côté tout au bout de la coursive qui leur était réservée.

Maintenant, elle agissait avec une précision sans défaillance. La fenêtre à guillotine fut relevée jusqu'en haut de sorte qu'elle pût voir le pont supérieur sur toute son étendue. A cette heure proche du dîner, on ne s'y promenait pas. Avec un geste empreint d'une délicatesse soigneuse, elle plaça briquet d'or et pince d'argent sur la table, puis, le dos tourné à la fenêtre, elle tira d'entre ses seins un papier roulé sur lui-même. La texture en était assez fine pour que trois pages ne fissent pas d'épaisseur. Elle fut se dissimuler dans un coin à l'écart de la fenêtre, sépara les feuilles l'une après l'autre et lut

172

chacune d'elles d'un œil rapide pour s'assurer qu'elle les emportait dans sa tête avant de les détruire. Ensuite elle les réunit de nouveau et n'en fit qu'un seul rouleau qu'elle serra dans son poing. Le reste fut si rapide qu'elle n'eut pas à contrôler les gestes devenus instinctifs. On eût dit que ses deux mains n'en formaient qu'une seule aux mouvements impossibles à suivre. Bientôt elle fut debout au milieu du salon et une petite langue rouge clair se mit à courir sur le bord noirci du papier. Les pincettes saisirent cette chose noir et rouge encore pleine de rêves de bataillons en marche. Stella se mordit les lèvres tout en agitant la main pour activer la flamme paresseuse, mais dans cette lenteur même la femme commençait à lire un avertissement plein de menaces. Issu des sphères secrètes de Londres, le message était attendu par le président des États confédérés. Son contenu n'avait pour l'espionne bénévole qu'un sens général dont une multitude de détails techniques s'était logée de force dans une mémoire fière de servir, mais qui pouvait être faillible. Il était encore temps de sauver l'essentiel. Elle se vit soudain piétinant le rouleau, appelant son frère, mais en elle l'orgueil remit sur pied l'héroïne du Sud ; alors, de sa main libre, elle remonta la vitre et dans un élan de joie sauvage tendit au-dehors les pincettes avec leur proie. Venu du large, un vigoureux souffle l'enveloppa de fumée : il y eut une flamme plus claire, puis un tourbillon de vent emporta sur la mer les lambeaux calcinés.

Par un de ces énormes caprices auxquels la nature ne résiste guère, le vent tomba d'abord pendant une journée qui fut qualifiée de superbe, puis la tempête se leva du fond de l'océan et fit du *Brittomart* un de ses jouets de prédilection. Les passagers crurent mourir et, en plus des affres du mal de mer, il y eut entre Charlie et Stella des discussions haletantes au sujet du message secret qu'elle craignait de ne plus se rappeler dans tous les détails.

Enfin les vents s'apaisèrent, Halifax apparut dans une brume bleuâtre où flottait l'Union Jack, imperturbable. On savait à bord que la garnison anglaise était en sympathie avec les États confédérés et la joie de nos trois passagers fut extrême. Deux puissantes calèches les attendaient au port, ils s'y installèrent comme pour un voyage de pur agrément. Le bateau continuait sa route vers Savannah, via New York. Des coffres de proportions imposantes dans les cales avaient certes taquiné la curiosité des officiers du port, mais Charlie tirant de sa poche des lettres blasonnées de sceaux, les saluts s'étaient multipliés. On voulait seulement savoir si l'honorable sujet de Sa Majesté transportait des armes et des munitions. Des armes ! Quelle étrange idée ! Non. Il s'agissait de statues et de meubles rares destinés aux salons et aux galeries d'une de ses plus vastes propriétés, dans le Sud. Or, ce qui eût pu paraître mensonge n'était pas autre chose que l'orgueilleuse vérité.

En route donc pour les campagnes du New Brunswick. Elles forçaient une admiration mélangée de stupeur par l'étendue des espaces verts. A perte de vue des prairies et des prairies. L'immensité du ciel allongeait encore ce paysage. La brume d'automne adoucissait le brun violacé des grands érables et Charlie, toujours sensible aux charmes de la nature, se laissait aller aux confidences avec sa sœur.

— La vie redevient délicieuse dans un décor comme celui-ci, n'est-ce pas, ma chère Stella ? Pour ma part, j'éprouve une joie pleine de malice à me dire que les grosses cargaisons qui intriguaient les espions fouineurs du Nord, à Liverpool, filent maintenant vers New York. Qui oserait les ouvrir ? Un vaisseau britannique brave toutes leurs douanes. Et qu'y trouverait-on ? Des meubles rares, des marbres, force peintures d'Espagne et d'Italie, le tout pour orner ma demeure Tudor qu'on vient d'achever...

— Et les munitions, qu'en fais-tu, Charlie ?

— Confortablement installées dans des caisses moins tapageuses, elles sont passées en franchise britannique, sur un autre bateau parti il y a deux jours dans le même port de Liverpool, et vogue la galère !

— A certains moments, ton optimisme me donne le frisson, car enfin, il y aussi les bateaux du Nord, le blocus du Nord...

— Laisse-moi rire. Faussement destiné à la Jamaïque, notre fidèle bâtiment va être arraisonné par des corsaires qui l'attendent sur des bateaux ultra-rapides. Ce sont les briseurs de blocus. Saisis-tu la finesse du stratagème ? S'emparant des munitions, ils vont comme le vent les transporter en Caroline et à Savannah. Les corsaires sont à nous.

Tapi dans un coin de la calèche, le mari de Stella se remettait des horreurs de la nuit. Des bribes de l'entretien sur la guerre lui parvenaient aux oreilles, mais ne l'empêchaient pas de s'assoupir et, bientôt, il se mit très discrètement à ronfler. Une fragilité du cœur révélée par le médecin de famille l'empêchait de revêtir l'uniforme, mais il savait à l'occasion pousser comme un autre la note belliqueuse.

Le ciel se dégageait peu à peu et le voyage prenait dans le soleil reparu les allures d'une partie de plaisir. Un jour passa, puis un autre. On riait de la bêtise du Nord, on souriait au paysage. Enfin parurent les vertes plaines du Québec. Les granges rouges dominaient des fermes plantureuses qui semblaient s'aplatir devant ce qui enfermait leur richesse. Mais il fallait aller vite, car les distances étaient énormes d'une halte à la suivante, et l'ennui guettait avec la fatigue. On passa au sud de Québec et, tout à coup, le froid s'annonça par une neige encore légère. Tout était prévu. Des fourrures sortirent de la calèche aux bagages.

On roula encore et encore. Surgirent des paysages de fin du monde, antres affreux, rochers inaccessibles comme dans les opéras de jadis. La route suivait les rives du Saint-Laurent, mais trop loin pour qu'il leur fût possible de le voir. Quelle déception... Ils espéraient qu'au moins le glorieux tonnerre des chutes Montmorency leur fît ouvrir d'une agréable frayeur et les yeux et la bouche, mais non, la calèche passait au large. Ils roulaient et ils roulaient ferme. Des haltes, plutôt que des nuits dans des auberges qui se ressemblaient toutes, quand vint le jour où se dressa dans le ciel un magistral moulin à vent qui leur rendit leur bonne humeur un peu endommagée. A vrai dire, les grandes ailes trouées immobiles indiquaient que la machine ne fonctionnait plus, mais cette silhouette archaïque réveillait un univers de conte de fées. De quoi rêver un instant, et sourire, si l'on était d'humeur à sourire, car un peu plus loin la frontière américaine était là, plus précisément la frontière du Nord. Tout à coup revenait le sens des réalités. Une longue barrière, des maisons de bois, quelques soldats en uniforme bleu sombre et deux ou trois officiers dont l'un s'avança vers les voyageurs, jeune, la taille cambrée, la voix nasale, l'œil froid. Stella inquiète se demanda pourtant si le garçon valsait bien, car elle le trouvait plutôt séduisant de sa personne, mais il ne la voyait même pas. Seuls les passeports l'intéressaient : trois Anglais, des passeports se dépliant, considérables, couverts de sceaux et de signatures. Le Yankee en demeurait vaguement impressionné, mais rien à dire. Laissez passer les Britanniques.

De nouveau dans la calèche, ils baissèrent un instant les vitres pour respirer plus voluptueusement l'air frais, et les mains se serrèrent dans le bruit des roues qui tournaient plus vite. Bien sûr, personne n'avait eu peur. Un Anglais n'a jamais peur, et tout s'annonçait désormais pour le mieux. Stella, qui était moqueuse, réussit une imitation étourdissante de l'accent yankee du jeune officier, puis soupira malgré tout.

La prochaine étape était Toledo, au bas du lac Érié. Il ne fallut pas moins de deux jours pour atteindre cette ville dont le nom castillan promettait plus qu'il ne pouvait tenir, car l'industrie se trouvait maîtresse de l'endroit, mais la vue sur le lac rachetait la sérénité des architectures modernes. L'œil voyageait par-dessus de majestueuses étendues d'eau qui se souvenaient des pirogues indiennes ; cependant, ce soir-là, il s'agissait bien de pirogues ! Charlie Jones avait découvert un hôtel sans prétention, assez petit, mais d'un confort qui en faisait un nid, selon l'expression de Stella. Dîner parfait, sans vin : Charlie avait heu-

177

reusement apporté ses bouteilles personnelles de bordeaux et même son champagne. On rit beaucoup, on but ce qu'il fallait, et la journée s'acheva dans des lits rien de moins que délicieux.

Ragaillardis par un bon sommeil, ils s'étaient levés tard et se trouvèrent être seuls à la salle à manger. Au milieu des tables vides, la leur, avec sa nappe à carreaux rouges et blancs, les attendait, le journal du jour glissé entre le sucrier et la corbeille à pain. On les servit sans retard. Bacon, thé, toasts et marmelade apparurent en abondance. Charlie Jones s'était rendu maître de la *Toledo Dispatch* et ses yeux se mirent à courir avec une rapidité extraordinaire d'un côté à l'autre de la première page, puis de la seconde. Tout à coup il se tourna vers ses compagnons et prit une mine sournoise.

— Des nouvelles locales, fit-il d'une voix blasée. J'espérais des dépêches d'Angleterre, mais rien. Déjeunons et allons faire un tour dans le jardin.

Tous furent immédiatement du complot. Les cuillères se mirent à tinter dans les tasses et les soucoupes, les banalités volèrent dans les effluves du thé, puis, un moment plus tard, ils déambulaient tous trois le long d'une allée autour d'une pelouse brûlée par le premier gel.

— Ne nous réjouissons pas trop fort pour ne pas éveiller l'attention, fit Charlie Jones. En première page, le Missouri qui fait sécession. Avec une législature *rebelle*, osent-ils écrire ! Les journalistes sont payés par l'Enfer.

— Oui, mais tu as vu la dernière bataille, le Nord battu en Virginie, lança Stella d'une voix extatique.

— Parfaitement, fit Charlie, et la presse demande

la mise en accusation du général responsable de la défaite à Ball's Bluff...

— A vous entendre, on croit rêver, déclara Alexander Low.

A ce moment il éternua.

— ... près de Lynchburg, en Virginie, précisa Charlie Jones, et il ajouta jovial : On est furieux dans le Septentrion.

— A quand la sécession du Kentucky ? demanda Stella.

Il y eut des rires et des remarques gouailleuses. L'air vif fouettait les visages satisfaits. Mais Alexander avait oublié son cache-nez et risquait un gros rhume. Frileuse, la petite promenade, on décida de rentrer.

Six soldats en rang formaient une sorte de mur de drap sombre où brillaient des boutons de cuivre. Casquette en tête, un officier s'avança vers les voyageurs et déclara d'une voix terne :

— Vous êtes en état d'arrestation.

La réponse arriva dans un sourd rugissement de Charlie Jones :

— On n'arrête pas comme ça des sujets britanniques.

— Nous sommes en temps de guerre et nous avons des ordres. Vous avez été suivis et observés depuis Liverpool par nos services. Vous êtes soupçonnés de transport de munitions sur le territoire américain. Sachez que tout ce que vous direz désormais pourra être retenu contre vous. Faites vos bagages. Deux soldats vous accompagneront à vos chambres et vous laisserez toutes les portes ouvertes. Je vous engage à faire vite.

Les trois voyageurs demeurèrent pétrifiés.

— Vous avez vingt minutes, précisa l'officier.

XV

Elizabeth se demandait ce qu'elle allait faire. A Savannah en temps de guerre, les heures prenaient des dimensions jusque-là inconnues de tout système d'horlogerie. Il fallait surveiller la pendule du petit salon qu'on soupçonnait de s'arrêter quand on ne la regardait pas.

Ces rêveries enfantines l'agacèrent contre elle-même et elle prit une décision subite qui secoua son indolence. D'un ordre bref, elle chargea son domestique de faire seller son cheval, puis s'enferma dans sa chambre d'où sortit vingt minutes plus tard une amazone.

En jupe longue, elle se sentait tout autre, libre, hardie. Seul, juché sur le crâne, un petit chapeau lui rappelait qu'elle était encore veuve, car il était mutin, mais noir. Elle s'en rendit compte et l'enroula d'un voile gris. Avec quelle grâce il flotterait au vent sous les arbres de la grande avenue. Mais, par un nouveau caprice, elle déserta la ville et se lança sur la route de Dimwood. Le soleil brillait encore à travers le feuillage des arbres et elle hâta l'allure de son cheval jusqu'à lui faire prendre un galop tapageur. Les dernières petites maisons furent dépassées dans une sorte de griserie insolente. Pour la première fois depuis des semaines, elle éprouvait un renouveau d'espoir dans la vie : sous les sabots de son alezan fuyait une traînée d'heures sombres. Pour un peu elle se fût mise à chanter un de ces airs d'Angleterre qui ensorcelaient sa nostalgie de la terre natale. Bientôt apparurent, pareilles à des géants nocturnes, les rangées de pins au parfum obsédant dont Elizabeth s'emplit la tête avec avidité, mais des souvenirs vinrent l'assaillir qui la troublèrent aussitôt, car derrière ces bois obscurs erraient les âmes des revenants, d'une cruelle douceur. Afin de mieux goûter l'étrange frayeur, elle calma soudain sa monture pour la diriger à pas lents entre les colonnes de bois rugueux, puis, s'arrêtant au bout de quelques secondes, elle demeura immobile. Au cœur du silence qui se refermait autour d'elle, un nom cherchait en vain à se poser sur ses lèvres et elle sentit son cœur battre trop fort. « M'en aller, pensa-t-elle, m'en aller. » Pourtant, elle ne bougeait pas, quand soudain son cheval jeta la tête en haut d'impatience, et elle fut sur le point de tourner bride, mais elle ne faisait plus tout à fait ce qu'elle voulait. Sa bouche cria :

— Billy !

Et dans ce nom elle se sentit le rejoindre tout entière. Sa badine frappa le cheval. Un moment plus tard elle se voyait à nouveau sur la route, mais partie pour une nouvelle aventure qui la menait loin de chez elle. Des souvenirs d'un bonheur ancien l'emportaient au galop vers un paysage alarmant. Peur et désir à la fois la jetaient dans un monde entrevu dix ans plus tôt, et brusquement elle s'y trouva, le temps aboli. Son adolescence revenue, elle regardait une étendue d'eau livide où plongeaient des arbres aux grands gestes indéchiffrables. Une immobilité éternelle régnait sur ce lieu d'où montait la clameur muette du désespoir.

Penchée en avant sous le poids de sa faiblesse, elle tenta de s'appuyer à l'encolure du cheval, mais son corps n'obéissait plus et, dans une invincible torpeur, elle perçut le son d'une voix qui lui soufflait quelque chose tout près du visage. Elle crut comprendre ces mots.

— Sauve-toi d'ici pour toujours...

Le temps de s'interroger lui manqua. Le cheval flairait-il du malsain dans l'air ? Tout à coup, il fit une tentative de virevolte qu'Elizabeth eut peine à maîtriser. Elle réussit pourtant à le remettre face à la direction de la route. A pas comptés, dans une lumière devenue incertaine, ils avancèrent sous les franges d'aiguilles qui les balayaient d'une caresse fantomatique, puis Elizabeth aperçut une lueur rougeâtre et des appels lointains la cherchèrent comme un tâtonnement à travers le silence.

Enfin elle atteignit le bord de la route et reconnut le cabriolet de Miss Llewelyn. Il allait et venait sous l'œil rouge d'un fanal, puis tout à coup des cris s'élancèrent :

— Miss Elizabeth, enfin ! Que faites-vous là ?

— Rentrons, je n'aime pas ces bois. J'ai perdu mon chemin près de l'étang.

— C'est bien là que je vous cherchais, mais quelle envie vous prend de rôder dans ces parages ?

— Cessez vos questions et allez devant. Il fait nuit noire.

— Suivez ma lumière comme vous pourrez, mais on ne va pas réclamer ses morts aux eaux maléfiques d'un étang cherokee !

Elizabeth esquissa un geste de colère avec sa

badine et rangea son cheval près du cabriolet. Le retour vers l'entrée de la ville se fit sans un mot de part et d'autre, mais, arrivées devant la maison, la Galloise quitta son cabriolet pour aider Elizabeth à descendre de cheval.

— Reconduisez-le, fit-elle avec un rire forcé. Vous avez beau me détester, c'est toujours moi qui vous tire d'affaire.

— Je n'ai pas à discuter avec vous. Allez dire qu'on prenne mon cheval, je monte à ma chambre.

— Une bonne tasse de thé ?

— Rien.

Miss Llewelyn prit une voix insinuante :

— Un laudanum des familles peut-être ?

Elizabeth était en haut des marches du perron et la porte venait de s'ouvrir.

— Vous n'êtes pas folle, Llewelyn ?

D'un pas furieux elle entra et referma la porte avec fracas, puis la rouvrit :

— A bien y réfléchir, pourquoi pas ? Mais vite.

Seule dans sa chambre, elle jeta les yeux autour d'elle comme pour s'assurer que le décor était le même depuis toujours, car elle n'avait rien voulu y changer.

La lampe à huile au chevet du lit lui montra ce qu'avait connu l'absent. Telle était dans l'esprit d'Elizabeth l'impérieuse vertu des choses disposées dans un ordre immuable.

Quand la Galloise parut, elle eut la surprise de voir sa maîtresse confortablement installée sous ses draps.

— Déjà, madame ?

Silence.

Sans insister, Miss Llewelyn gagna la salle de bains

183

voisine. Quelques minutes s'écoulèrent avant qu'elle revînt portant un verre à demi plein d'un liquide d'or sombre. Assise dans son lit, Elizabeth l'accueillit avec un sourire qui stupéfia la gouvernante.

— A ce que je vois, nous nous sentons mieux, dit-elle en allant poser le verre sur la table de nuit.

— J'ai un mot à vous dire, fit Elizabeth. Tout à l'heure, sur le chemin du retour, j'ai pu vous paraî-tre hautaine.

— Mieux que le paraître, madame.

— Passons. Ce que vous m'avez dit dans les bois me revient à l'esprit. Je n'ai plus envie de jouer à cache-cache avec un fantôme.

— Qui vous laisse avec votre faim.

— Vous dites les choses d'une façon brutale. Silence sur ce pauvre corps.

— Hé, qui vous parle du corps ? Le cœur a sa faim, lui aussi.

Elizabeth tourna vers elle un visage étrangement embelli d'une tristesse qui le vieillissait pourtant.

— Je connais cette souffrance-là, murmura-t-elle.

Et, comme en un secret qu'elle s'arrachait à elle-même, elle ajouta tout bas :

— Je veux quelqu'un à aimer... quelqu'un à aimer...

Miss Llewelyn demeura parfaitement immobile, et pendant un moment ni l'une ni l'autre ne bougea, comme si un être invisible était entré.

Puis soudain, dans un cri :

— ... parce qu'il n'y a que ça que j'aime dans la vie ! L'amour, l'amour !

☆

Le lendemain matin, elle se trouvait dans le jardin étroit dont les murs disparaissaient sous des nappes de chèvrefeuille. Le bouquet d'arbres au tronc mince s'élançait dans un coin avec élégance et, au plus léger souffle, s'éparpillaient dans l'herbe des poignées de petites feuilles jaunes.

Elizabeth se protégeait du soleil sous un vaste chapeau de paille souple, et, dans sa robe vert pâle, elle se sentait revenue aux années heureuses, parce que tout lui souriait dans le petit paysage autour d'elle. Les cris des enfants lui parvenaient de la maison du jardinier où ils jouaient à défendre un fort attaqué par les Indiens. Brusquement l'un des assiégés sortit, puis deux autres avec un hurlement sauvage qui se termina par deux « Bonjour maman ! ». Enfin, emprisonnée de tous les quatre, elle eut du mal à préserver sa robe de leurs mains sales, mais elle riait malgré tout de joie. Ned, son aîné, était parmi les plus batailleurs et repoussait des deux poings le roux Emmanuel, celui-ci de la tribu de Charlie Jones. Johnny aux cheveux d'or gardait pour lui une haine secrète de la guerre, et le plus petit, le second fils d'Elizabeth, Kit, quatre ans passés, agitait les bras pour faire comme les grands.

Dominant le tumulte, elle lança une question à tue-tête :

— Avez-vous des nouvelles de notre jardinier irlandais ?

— Patrick est dans les zouaves de Georgie, cria Emmanuel.

Cette phrase qui n'apprenait rien à personne fut malgré tout honorée comme une révélation. Mais l'hilarité générale se vit coupée court par une apparition subite.

Debout sur le perron du jardin, Mrs Harrison Edwards levait un magnifique bras nu pareil à lui seul à un événement dans la lumière du soleil, et les enfants suivirent ce geste la bouche ouverte.

— Elizabeth, clama la voix aux intonations mondaines, revenez à vous ! Il ne s'agit plus de se divertir avec les enfants alors que dans le port de Savannah les marins déchargent vos cargaisons d'armes.

— Mes cargaisons... Lucile, vous n'êtes pas folle ?

— Nullement. Des armes, des canons en pièces détachées, tout cela mis à votre nom par Charlie Jones. Il lui fallait un nom anglais, il a pris le vôtre ; en temps de guerre, on se rend ces services-là, *darling*.

— Je vais d'ahurissement en ahurissement.

— Eh bien, cessez immédiatement et sortez de vos rêves. On vous demande seulement de signer chez moi les papiers nécessaires. Le rendez-vous est pris tout à l'heure, nous serons cinq ou six : Julian Hartridge, et le gouverneur de la Georgie, et le capitaine anglais Davidson... et bien sûr Charlie Jones, qui devrait déjà être là.

Prise d'impatience devant la stupeur d'Elizabeth, elle s'écria :

— *Dearest*, ma voiture attend en bas devant la porte et je suis venue vous chercher, alors vous passez vite une robe qui fasse un peu plus... sérieux, et nous partons, n'est-ce pas ?

Obéissante comme par miracle, Elizabeth s'en fut mettre une robe parsemée de roses et de lilas tout en murmurant :

— Qu'est-ce qui m'arrive ? Mais qu'est-ce qui m'arrive ?

Et plus bas encore :

— Mais Oncle Charlie arrangera tout.

XVI

Le salon de Mrs Harrison Edwards s'ouvrait sur une terrasse dominant les jardins et une marée de fleurs qui provoquait toujours l'admiration, y compris celle des visiteurs habituels, aussi Elizabeth eut-elle en entrant un regard ébloui pour les grandes croisées entr'ouvertes, car elles lui semblaient offrir l'image même de la tranquillité. Mais Oncle Charlie n'était pas là.

Elle connaissait bien les interminables canapés, les fauteuils George II avec leurs pieds finissant par des boules prises dans des pattes de lion, les portraits en pied de personnages des deux sexes, parfois d'une beauté saisissante, ainsi la mère de Mrs Harrison Edwards en robe de soie vert changeant, avec près d'elle sa fille d'une dizaine d'années, mais qu'on reconnaissait déjà. Ailleurs, dans un coin, une table ronde en marqueterie précieuse, et au milieu un bouquet de roses rouges souriant à l'arrogance de tous ces visages de jeunes gens sur les murs. Mais Oncle Charlie n'était pas là !

Au fait il n'y avait personne, sauf là-bas, très loin, à l'entrée de la bibliothèque, deux hommes en noir qui se parlaient en tournant le dos.

— La guerre piétine, mon cher gouverneur, et cela malgré nos victoires. Notre éclatant succès à Bull's Bluff a démoralisé le Nord, mais...

— Sans doute, Hartridge, mais le Missouri a beau faire sécession, la moitié de son territoire reste occupée par Frémont, et Frémont a beau être destitué par Lincoln, ses troupes sont toujours là.

— Le Nord perd la tête. J'ai mes informations. J'espère beaucoup de la sécession du Kentucky.

— La Convention se réunit dans quelques jours. Ça va les rendre à Washington plus nerveux que jamais.

— On franchit leur blocus comme on veut.

— Oui, mais j'ai une lettre de Richmond. Charlie Jones ne sera pas là aujourd'hui. Ils l'ont arrêté.

— Arrêté !

— Les gens du Nord le suivaient. Pour le moment, silence là-dessus. Le coup sera dur. Aussi, rien avant la signature des documents.

— Mais voici Mrs Harrison Edwards.

Aux yeux d'Elizabeth, la grande salle s'étendait comme un désert, et ce désert c'était sa vie. Elle se rappela ses paroles de la veille : « Je n'aime que l'amour. » Il lui semblait qu'elle n'était pas entièrement la même à cause de cela et, dans une sorte de méditation confuse, elle se dirigea vers les hautes croisées. Là, les fleurs sur la terrasse la retinrent un moment, heureuse et perplexe à la fois, et tout d'un coup elle s'ennuya. Une violence subite la prit alors au souvenir des livraisons d'armes faites à son nom dans le port de Savannah. Elle jugea cette histoire idiote et le dit tout haut, mais le son de sa voix lui fit peur et elle se laissa glisser dans un imposant fauteuil à oreilles.

A peine avait-elle eu le temps de s'y enfouir qu'un vieux Noir en jaquette rouge ouvrit la porte du salon : précédée et suivie d'un vigoureux parfum d'héliotrope, Mrs Harrison Edwards fit une apparition rayonnante dans une robe en taffetas anglais feuille morte, comme si elle eût porté sur elle la gloire de l'automne. Son œil impérieux fit le tour du salon et découvrit immédiatement Elizabeth.

— Elizabeth, allons, debout ! On nous attend à la bibliothèque.

Elizabeth ne se leva pas de son fauteuil.

— Non, fit-elle avec calme, je reste ici. Oncle Charlie n'est pas encore arrivé.

Mrs Harrison Edwards eut un haut-le-corps.

— Nous ne sommes plus à l'heure des caprices. Oncle Charlie a donné votre nom. Oncle Charlie...

Tout à coup, elles se regardèrent, unies par une même anxiété : Oncle Charlie n'était pas là.

— Nous ne pouvons pas le trahir, murmura Mrs Harrison Edwards.

La phrase tomba dans un lourd silence, puis Elizabeth déclara d'une voix de conspiratrice :

— C'est bien, mais je viendrai la dernière. J'attends ici encore un peu.

Elle eut la satisfaction de voir Mrs Harrison Edwards s'éloigner sans rien dire, domptée pour un moment.

Attendre qui ? Lentement, elle commençait à comprendre que si Oncle Charlie n'était pas là, c'était qu'il n'allait pas venir. Lui seul l'aurait rassurée, mais tôt ou tard elle signerait parce qu'elle n'aurait pas la force de dire non, on ne disait pas non à Oncle Charlie, même absent. Dans chaque femme il réveillait l'amoureuse.

Soudain, elle se laissa de nouveau tomber dans le fauteuil. Le Noir en jaquette rouge venait de rouvrir la porte et elle eut le temps de voir surgir un officier de marine. Sans un regard ni à droite ni à gauche, il se hâta derrière Mrs Harrison Edwards qui s'approchait de la bibliothèque. Les hommes en noir s'inclinèrent sur sa main, mais elle, avec cet instinct qui ne la quittait jamais, risqua une plaisanterie :

— Conspirateurs, vous êtes découverts !

La réponse immédiate fut un grand éclat de rire, suivi d'un autre presque aussi sonore. On se retourna.

C'était le capitaine Davidson. De haute taille, il emprisonnait dans un uniforme bleu sombre une maigreur fière et droite, mais s'inclina très courtoisement devant Mrs Harrison Edwards et demanda :

— Ne sommes-nous pas tous invités aujourd'hui à une *conspiration party* ? Et dans quel décor ! Aïeux d'un côté, fleurs de l'autre.

— Vous, capitaine, fit Mrs Harrison Edwards, vous conspirez en haute mer et à la barbe du Nord, si j'ose dire.

— Plaisir sans danger, madame. Un simple coup de canon d'avertissement. Je bats aussi pavillon anglais et nous franchissons le barrage du soi-disant blocus.

— Voilà qui est parler! Chère Elizabeth, enfin, nous vous attendions! Gentlemen, il s'agissait tout à l'heure d'une *party*. Eh bien, vous pourrez saluer la reine de notre *party*.

— Lucile! fit Elizabeth, terrorisée.

— N'ayez pas peur, ma chérie, dit Mrs Harrison Edwards. On vous priera seulement d'apposer votre signature sur une demi-douzaine de papiers — et cela quand Charlie Jones sera là.

Elle eut un regard autour d'elle et murmura :

— Je ne comprends pas.

Un des deux gentlemen en noir s'inclina vers elle. Dans son visage étroit et pensif, les yeux semblaient agrandis par la tristesse.

— Madame, fit-il, une nouvelle qui va vous serrer le cœur comme à tous dans cet État. Charlie Jones a été arrêté.

— Arrêté! Oh! Gouverneur, êtes-vous sûr?

— On le suivait d'étape en étape à partir de Liverpool. Après un voyage en compagnie de sa sœur et de son mari, Alexander Low, ils ont été tous trois appréhendés à Toledo, sur le lac Érié, et mis en forteresse à Fort Warren.

— Mr Brown, j'ai peine à vous croire.

Il agita une lettre.

— Lord Lyons, madame, fait foi de ce que je vous apprends.

Un cri de colère s'échappa de Mrs Harrison Edwards.

— On n'arrête pas un Anglais!

— Si, fit le second gentleman en noir.

Et il ajouta d'une voix tranquille :

— Nous côtoyons la guerre en grand, madame.

— Il faut délivrer Charlie Jones, Mr Hartridge ! s'écria-t-elle.

Pour toute réponse, deux yeux se fixèrent sur elle, d'un bleu si pâle qu'ils semblaient disparaître dans la lumière. A cause du regard étrange qui en résultait, Mrs Harrison Edwards se sentait mal à son aise avec cet homme dont elle admirait pourtant le visage d'une rare régularité. Instinctivement elle se tourna vers le capitaine Davidson.

— Vous, capitaine, que feriez-vous ?

— Moi ? Un raid, madame.

— Un raid ! clama-t-elle. Vous entendez, Mr Brown, vous, gouverneur de la Georgie ? Un raid sur Fort Warren !

— Cela regarde l'Amirauté, fit Mr Brown.

Suivit alors un début de brouhaha que perça tout à coup la voix nerveuse d'Elizabeth.

— Puisque Charlie Jones ne vient pas, je rentre chez moi.

— Vous ne pouvez pas, déclara Mr Brown. Votre signature est requise par l'officier chargé de surveiller le port. Il devrait déjà être ici, parmi nous.

— Présent, dit quelqu'un.

Elizabeth se retourna.

— Fred !

Face à face, ils échangèrent des banalités alors que leurs yeux se disaient tout.

Les papiers signés sans histoires, le déjeuner fut splendide, le capitaine Davidson fit vingt bons mots. Mrs Harrison Edwards laissa admirer ses bras jusqu'à l'épaule, on battit le Nord à plates coutures, Elizabeth et Fred se serrèrent la main sous la nappe.

☆

Rendue à la solitude du petit salon rouge, elle s'assit près de la fenêtre dans un fauteuil à bascule et se mit à l'attendre. Rien n'avait été convenu entre eux, mais les mots étaient inutiles. Tôt ou tard, il serait près d'elle, cette nuit-là. Elle en était sûre comme une femme peut être sûre d'un rendez-vous d'amour ; cependant, il ne s'agissait pas d'un rendez-vous d'amour, elle se plaisait à se le redire. Malgré tout, elle ôta sa robe violette et mit une robe de soie d'un rose changeant que ne malmenait pas trop le cri des murs écarlates.

Sans quitter la rue des yeux, elle se revoyait dix ans plus tôt à Dimwood... Dans le grand vestibule désert elle cherchait refuge contre la salle à manger où l'on parlait trop souvent de lui faire quitter l'ancienne demeure, parce qu'elle y provoquait des complications familiales. Car elle voulait Jonathan, mais Jonathan était pour Annabel dont la beauté lui avait valu une fortune prodigieuse. Comment cela ? Ô douloureux mystère ! Or, Jonathan ne faisait pas fi de la fortune, mais il désirait d'abord la jeune Anglaise épouvantablement consentante et vierge. A cause de cela, on jugeait sage d'envoyer celle-ci à Savannah où Charlie Jones prendrait soin d'elle en l'expédiant en Virginie avant qu'il ne fût trop tard.

Ainsi, le cœur broyé, méditait-elle sur son destin dans le grand vestibule, quand surgit Fred qui l'avait

194

suivie à pas de loup. Amoureux lui aussi, avec la frénésie d'un garçon de dix-sept ans.

Elle eut un cri.

— Qu'ont-ils donc tous contre moi ?

Il en eut un autre :

— Je me ferais tuer pour te défendre !

Et du temps s'écoula... Mariée en Virginie avec Edward Jones, Ned l'étudiant, le fils d'Oncle Charlie, elle ne s'en laissa pas moins prendre de force, exprès enfin, par son Jonathan, dans l'herbe au bord de l'eau. Souvenirs... Mais la vie est perfide ! Ned et Jonathan ne se connaissaient pas encore. Un méchant hasard les mit face à face au cours de la fête donnée pour elle à Dimwood, et le lendemain, au petit jour, ils se tuaient l'un l'autre à coups de pistolet. Cependant, la fatale Anglaise poursuivait sa route, semant le désir. Ce fut alors le tour du prestigieux Billy sanglé dans son uniforme de hussard. Il conquit la merveille dans le temple où se célébraient les funérailles de son grand-père Hargrove, et trois mois plus tard, sous les voûtes du même édifice, de jeunes officiers sabre au clair saluaient le mariage d'Elizabeth et de leur beau camarade.

Fred avait gardé sur ces choses un silence héroïque à l'École militaire de West Point, et, pendant toutes ces années, il fut l'éternel absent de la famille. Les menaces de guerre le virent cependant de nouveau à Savannah où l'attendait un rôle important dans la surveillance du port. Au cours d'une réunion politique chez Mrs Harrison Edwards, Elizabeth et lui se retrouvèrent ; sans hésitation il embrassa sa belle-sœur. Des banalités furent échangées et on en resta là. Elizabeth nota seulement que Fred avait grossi.

Huit mois encore s'écoulèrent... Entre-temps la guerre avait emporté Billy et, comme Elizabeth se retrouvait seule une nouvelle fois, une réunion politique les mettait nez à nez dans le même décor, mais le climat était autre et il y avait eu ce dîner... Les mains s'étaient serrées sous la nappe...

Elizabeth rêvait à tout cela dans son salon couleur de feu et elle commençait insensiblement à perdre patience. Que Fred la fît attendre lui paraissait inadmissible, parce qu'il avait grossi. Resté mince, il l'eût rendue plus indulgente.

Elle résolut de l'accueillir avec un soupçon d'ironie. Contente, oui, mais modérément, vu qu'il était tard. Tout à coup elle fut prise de rage et, se levant, frappa du pied, sans un mot.

Mais ce visage un peu alourdi changeait tout — ou presque. Qu'était devenu le gamin de dix-sept ans brûlant de passion pour elle, dans le vestibule vide ? « Je me ferais tuer pour te défendre. » A présent, il n'avait plus le visage du rôle. Et pourtant, aujourd'hui même, il lui avait serré la main sous la nappe avec une insistance d'amoureux, — d'amoureux fou, se dit-elle. Elle s'était laissé faire alors, parce que la main d'un homme fou d'amour garde toujours une sorte d'autorité non négligeable. Bien sûr, elle le ferait un peu souffrir de l'insolent retard, elle jouerait l'étonnement. Venir la voir à cette heure ? Le reste suivrait. Si quelque chose devait suivre, car enfin qu'allait-elle faire d'une proie gémissante ?

Il ne vint pas.

☆

A deux heures du matin, elle se déshabilla pour se coucher, très calme. Dans des moments comme celui-ci, elle avait l'impression de passer à côté de la mort. Elle s'était demandé pendant des heures si elle voulait cet homme ou non et, brusquement, il n'existait plus. Tout redevenait simple. Elle était de nouveau elle-même avec son visage, sa chevelure, son corps, elle reprenait tout. Cela ne valait même pas la peine de se préparer un petit verre de laudanum, car alors c'eût été reconnaître qu'il l'avait troublée. Qui ça, il ? Le gros jeune homme ? Elle eut une sorte de fou rire et souffla la petite lampe de chevet. Plus de Fred. Tout était noir. Et le sommeil vint, mais particulier. Elle rêva sans cesse qu'elle ne dormait pas.

Lorsque enfin elle ouvrit les yeux, l'esprit un peu embrouillé, elle eut du mal à remettre en place les souvenirs de la veille qui prenaient la fuite dans tous les sens, et tout à coup une pensée se fit jour dans sa tête avec l'énergie d'une explosion : « Il n'a jamais dit qu'il viendrait me voir. »

Avec un cri de bonheur elle se leva triomphante, réconciliée avec elle-même et la vie.

☆

Dans le courrier de ce matin-là s'était glissé un court billet porté à la main. Elle l'ouvrit une heure plus tard, à son petit déjeuner qu'elle prenait seule.

« Chère Elizabeth, je me proposais d'aller vous saluer chez vous en fin d'après-midi après le départ des invités, mais le capitaine Davidson m'a retenu pour une dernière vérification du port de Savannah et je lui devais obéissance. Tout à l'heure, si vous le permettez... »

Elle jeta la lettre de côté.

— Tout à l'heure, non, fit-elle. Plus de tout à l'heure !

Autour d'elle la petite pièce lui donnait raison avec les vues d'Italie aux murs et, sur la nappe blanche, la théière d'argent ventrue à poignée d'ébène. De même le soleil derrière les stores la débarrassait de ses délirantes absurdités nocturnes. Elle n'avait rien à dire à Fred. Les mains serrées sous la nappe ne modifiaient pas l'opinion qu'elle se formait de son aspect physique. Ce léger trop-plein des joues ne supposait pas la grande énergie du corps qu'elle attendait de ses amitiés masculines. Comment dire cela autrement ? Le cœur parlait sa chanson et les sens la leur. Il lui fallait plus et mieux qu'un aimable attachement sentimental. Et là-dessus, *basta* !

Cette exclamation poussée tout haut coïncida avec l'entrée de Miss Llewelyn qui venait, comme d'habitude, prendre des ordres pour la journée. Elizabeth la considéra d'un œil inquiet, car la Galloise de ce matin-là la rendait perplexe. D'un seul regard, elle découvrait le masque impassible du bourreau et le visage fermé de l'hypocrite qui fait la sainte femme, l'un se confondant avec l'autre.

La voix, en tout cas, était respectueuse.

— J'espère que vous avez passé une bonne nuit, madame.

— Assez bonne, mais je veux une matinée tranquille. Je suis menacée d'une visite ennuyeuse, je ne reçois personne.

— Pas même le capitaine Fred Hargrove ?

— Comment savez-vous ?

— Parce qu'il est là depuis un long moment. Il se promène devant la maison et revient à intervalles réguliers.

— Vraiment ? Eh bien, c'est non.

— Oh, madame, quel dommage !

Entre l'agacement et la curiosité, Elizabeth devenait attentive.

La Galloise poussa un soupir.

— En temps de guerre, l'armée confisque à peu près tout ce qui est présentable. Alors, quand tourne autour de la maison un jeune officier en uniforme...

— Eh bien ?

— On lui accorde au moins la permission de s'expliquer.

— Où voulez-vous en venir ?

— Oh, madame, ce serait à lui à faire le discours.

— Sautez le discours, c'est toujours le même. Quant au physique, il a perdu sa fraîcheur, votre jeune officier, il est joufflu.

— Vous l'aimeriez mieux d'une maigreur aristocratique — puisqu'il est aristocrate.

— Ni gras ni maigre, laissez-moi tranquille.

— Je l'ai bien observé tout à l'heure. Il n'est pas gras, il est bien de sa personne et bien en chair. Cela vaut mieux qu'un fantôme.

Elizabeth bondit :

— Un fantôme ! Quel fantôme ?

— Le fantôme dans le désert du grand lit vide, toutes les femmes le redoutent.

— Vous êtes cruelle, Miss Llewelyn.

— Pas vraiment. J'ai toujours cherché à vous venir

en aide. Rappelez-vous ; c'est dans la Bible : « Il n'est pas bon que l'homme soit seul. » Et la femme, donc !

Elizabeth eut un tressaillement.

— Vous avez dit qu'il rôdait autour de la maison.

— C'est à peu près ça.

— En uniforme ?

— Comme hier. Très soigné, non sans élégance.

Soudain, toutes deux se turent, l'une guettant l'autre. Une incertitude plana dans le silence, puis Miss Llewelyn eut un bon sourire.

— Vous le recevriez au salon à onze heures — car il est près de onze heures —, quel danger ? S'il devenait entreprenant, vous seriez de taille à vous défendre. Et puis, c'est un gentleman.

Elizabeth éclata de rire.

— Ils sont pires que les autres !

D'une voix rapide, elle ajouta :

— Je vais avec vous m'arranger un peu dans ma chambre. Vous ne pensez pas qu'il va s'en aller ?

— Pas si je connais la nature humaine.

Toutes deux disparurent et, un moment plus tard, seule au salon rouge, Elizabeth en robe d'un blanc rosé attendait. Une ceinture de soie noire flottante ajoutait à son aspect l'indéfinissable nécessaire. A présent, il lui fallait encore être patiente, car Fred n'eut pas vite l'inspiration de sonner une nouvelle fois. Pourtant la minute vint où il fut devant elle, l'air aimable et le képi à la main.

Elle se redressa et dit doucement :

— Fred.

Jetant son képi, il lui saisit les deux mains.

— Chère Elizabeth ! Depuis des mois je n'ai vécu que pour cette seconde. M'en voulez-vous de ma brusquerie ?

Il se pencha vers elle et si près de son visage qu'elle sentit son souffle, mais elle ne bougea pas. A la fois furieuse et ravie, elle fut sur le point de crier et se retint.

Elle le trouvait non plus gros, mais un peu massif, comme les hommes que la vie militaire contraint de forcir.

Tout à coup il lui lâcha les mains, puis d'une voix rauque d'émotion il lui jeta :

— Vous savez bien que je vous ai toujours aimée, aimée avant tous les autres. Souvenez-vous. L'escalier dans la grande maison... Et la nuit où j'ai chanté cet air du Sud... pour vous...

Elle eut un rire nerveux.

— Comme vous étiez drôle, Fred !

— Vous trouvez ça drôle, l'amour ? lança-t-il d'un air sombre.

Il y eut un bref silence, puis elle murmura :

— Je n'aime pas ce que vous dites.

— Vous êtes trop belle, Elizabeth. C'est ce qui fait votre malheur.

— Mon malheur... Je ne vous comprends pas.

— Dans ce cas, pourquoi vous ennuyer ? Je me tais et je me sauve.

— Mais non. Dites toujours.

— Eh bien, vous êtes prisonnière de ce qui attire vers vous tous les hommes qui vous voient.

Elle eut un sourire modeste.

Il saisit une chaise, s'assit près d'elle.

— C'est votre beauté extraordinaire qui vous empêche d'être la plus grande amoureuse de votre temps.

Il se tut comme pour mesurer l'effet de ses paroles, mais elle prit un air perplexe et mécontent.

— Oui, fit-il, leur frénésie est ce qui vous aveugle.

Lorsqu'elle a dit tout ce qu'elle avait à dire, les amoureux calmés deviennent nuls.

— Nuls ?

— Banals.

— Que vous êtes désagréable ! C'est dans ces moments-là qu'ils me disent des choses exquises.

— Comme un caporal salue un colonel qui passe après l'exercice. Je connais le langage.

— Oh, je vous déteste, Fred !

— Écoutez. Le gamin de dix-sept en savait plus qu'eux tous, à sa manière. Il était fou de l'Elizabeth inconnue dont il devinait la présence.

— Vous rêvez !

— Non, c'était vous qui viviez dans un rêve, un rêve des sens.

— Je vous comprends de moins en moins, mais un rêve des sens, c'est curieux, où aviez-vous trouvé ça ?

— Je lisais beaucoup, je lisais tout, c'est très simple. Les sens endorment l'amour. Le corps se figure qu'il est tout l'amour. Mais l'amour se cache. Vous ne savez pas encore ce que c'est que l'amour.

Un fou rire d'Elizabeth salua cette révélation.

Il l'observa patiemment, attendant qu'elle eût fini, mais elle se souvint que les crises d'hilarité ne lui seyaient pas, bien au contraire, elles se changeaient en grimaces, et par l'imagination Fred la regarda se détruire sous ses yeux en l'espace d'une minute. Elle s'arrêta.

— Continuez, fit-il, dégrisé. Quel ravissement pour moi qu'une joie aussi pure que la vôtre !

Elle tourna vers lui un visage douloureux.

— Vous dites cela d'un ton si calme.

— Et qu'attendiez-vous, Elizabeth ?

— Rien du tout.

Il se leva.

— Ni rien ni tout n'est admissible dans ce salon rouge où mon frère nous écoute.

— Avoir peur d'une ombre en plein jour dans un salon rouge...

— Ne riez pas. Je n'ai pas peur, mais sa présence me fait mal. Je l'aimais. De toute la famille c'était celui que j'admirais le plus. Quand il vous a épousée, j'aurais voulu mourir et j'ai quitté la maison. Voilà ma vie. La guerre me ramène ici, mais je ne peux pas le trahir.

— Qui parle de trahir ? Il est parti, me laissant dans un monde vide. Veut-on que je sois fidèle à du néant ?

A présent ses yeux cherchaient les yeux de Fred qui soutenaient mal cet appel de détresse. Si je résiste, elle est à moi, pensa-t-il.

Elle attendit, puis, d'une voix qui articulait chaque mot, elle dit lentement :

— Allez-vous-en, Fred Hargrove, vous n'êtes qu'un poltron...

XVII

Du salon rouge d'Elizabeth au salon blanc où se trouve actuellement Charlie Jones, il y a plus de mille neuf cents kilomètres à vol d'oiseau, mille neuf cents kilomètres, entre Savannah et Boston, de fleuves larges comme des bras de mer, de savanes, de forêts impénétrables, de hameaux entourés de champs, de marais, de petites villes et de capitales d'États, de chantiers et de vastes usines, mille neuf cents kilomètres et enfin un fort massif, Fort Warren, plein de soldats, et dans ce fort le salon aux murs nus où Charlie Jones est enfermé. Il n'y est pas seul. Stella, sa sœur, se tient près de lui et l'accompagne dans ses vociférations, car ni l'un ni l'autre n'admet qu'on arrête des sujets britanniques. Également présent, Alexander Low se contente de se morfondre comme le prisonnier classique. Autour d'eux, le décor est simple. La pièce est réservée aux détenus de marque, et Charlie Jones est connu. Chaises, fauteuils et canapé d'une banalité robuste font semblant de se croire de style, mais ils viennent déjà de recevoir plusieurs coups de pied de rage méprisante, quand, subitement, la porte s'ouvre et deux femmes trapues vont droit à Stella. L'une d'elles a le nez et les joues d'un rose qui raconte une longue liaison avec la dive bouteille, elle a l'air rogue, mais affecte un ton de politesse cérémonieuse :

— Si madame veut bien me suivre.

— Jamais ! s'écrie Stella.

Du même coup, elle se voit empoigner par les deux femmes fortes et disparaît. Charlie Jones se rue trop tard sur la porte qui se referme dans un grand bruit de clef. Alors il court à une fenêtre grillagée et aperçoit dans l'angle de la cour la calèche de voyage gardée par des soldats. A quoi bon crier maintenant ? Il crie malgré tout, de sa voix britannique la plus puissante, il appelle, mais seuls lui répondent les soupirs d'un Low accablé.

Stella, cependant, descend un dédale de couloirs entre ses gardiennes qui la font aller un peu plus vite qu'elle n'aurait voulu, et la voilà enfin dans une pièce de dimensions modestes, éclairée au gaz et pourvue de nombreux placards. Une grande glace rectangulaire occupe un coin de ce lieu mélancolique. La porte se referme. Un jeune soldat en armes se tient dehors et, devant la porte, fait les cent pas.

— Madame, dit le nez rose sombre d'un ton ferme, vous êtes soupçonnée de porter sur vous des documents d'ordre militaire. Voulez-vous nous les remettre sans histoires ou devons-nous les chercher sur votre personne ?

Prise d'une joie secrète, Stella éclate de rire.

— Tout à fait inutile, je n'ai rien à cacher, mes petites demoiselles.

Le ton cinglant et moqueur agit aussitôt comme un coup de fouet, et elles se mettent à l'ouvrage avec une virtuosité féroce.

Quand deux matrones du Nord se livrent à une recherche de ce genre, elles fouillent, elles refouillent et elles trifouillent. Celles-ci déshabillent la suspecte anglaise et l'examinent avec un excès de zèle

205

qui leur vaut les insultes de leur victime, mais fi des protestations, puisqu'il s'agit de devoir profession-nel, et Stella multiplie les qualificatifs difficiles à entendre. Dehors, le jeune soldat tout à coup s'arrête, interloqué et curieux, mais la porte s'ouvre et une furie manque le jeter par terre, lui et son fusil. C'est Stella, dépeignée, rugissante et la robe en désordre.

— Reconduisez-moi à ma chambre, hurle-t-elle, je vais me plaindre à mon ambassadeur.

Ô surprise, elle se voit de nouveau empoignée et la grosse voix nasillarde de tout à l'heure lui jette dans l'oreille :

— Fini la chambre, madame, et bonjour à l'ambas-sadeur !

Inutile de se débattre, ses deux compagnes hercu-léennes la laissent à peine frôler le sol en la trimbal-lant le long d'autres couloirs d'une austérité épouvantable. Elles arrivent enfin toutes trois dans la cour du Fort où deux soldats montent la garde devant la calèche de Charlie Jones : elle est là, toute prête à partir avec ses quatre chevaux, et le cocher attend en bavardant avec son lad, sur les pavés. Paraît un officier qui marche droit vers les deux matrones. Un pince-nez lui donne un air pointilleux et sa mine est mécontente.

— Rien ? demande-t-il.

La réponse est un morne signe de tête.

— Sans doute n'est-elle qu'un leurre. Ce sont les autres qui savent tout.

— C'est ce qu'on pense, dit le nez rose qui vire au rouge de la colère cette fois.

L'officier tape du pied une ou deux fois, puis il se tourne vers Stella qui le récompense d'un sourire amusé.

— Madame, dit-il, vous montez immédiatement dans votre voiture qui va vous transporter hors du territoire fédéral. J'ai été désigné pour faire, bien malgré moi, ce voyage avec vous, en compagnie d'un autre officier.

☆

Hors d'elle, Stella tenta de se sauver, mais un lieutenant la rattrapa aussitôt. Il ne passait pas là par hasard : c'était un des deux compagnons de voyage qui lui étaient assignés et elle le vit à travers un brouillard de colère, mais elle le jugea malgré elle tout à fait passable. Néanmoins, elle se mit à crier de toutes ses forces qu'elle était anglaise. Le débat fut bref : en deux minutes elle se vit ramenée à la diligence et là, installée de force dans un coin. Comme dans une hallucination, elle constata non loin d'elle la présence des deux officiers, puis l'invraisemblable cauchemar se mit en route au premier coup de fouet.

Il lui fut expliqué que, suspectée d'espionnage ou d'être la compagne de trafiquants d'armes sudistes, on l'expulsait du pays. La méthode semblait rude, mais la guerre, c'était la guerre. Pour elle, aucune difficulté d'argent, le Nord était trop heureux de se débarrasser à tout prix de sa présence. Nourriture, logement, rien ne lui incomberait, ni nuit ni jour. La calèche devenait sa maison ambulante. On y mangerait, on y dormirait, on y roulerait, et l'armée toujours maternelle favoriserait les haltes raisonnables et nonobstant surveillées. Bref, tout était prévu.

Les États succédaient aux États. On contourna les trop grandes villes. Vingt-quatre heures passèrent, puis encore vingt-quatre, et encore, les plus dures, vingt-quatre. Stella se trouvait de plus en plus horrible à voir chaque fois que le jeune lieutenant lui prêtait sa glace de poche en acier, et pourtant la femme restait belle.

On arriva enfin dans l'État du Maryland qui avait eu la fâcheuse idée d'entourer le territoire de Washington. Par pudeur, on tira les rideaux de la calèche afin que l'étrangère ne fût pas témoin des mouvements de troupes fédérales dans un État neutre. Stella protesta : il faisait chaud dans la voiture, bien qu'en novembre, et elle prétendit étouffer.

— Patience, dit le capitaine. On s'est assez vus, la fin approche.

Pour Stella, les derniers tours de roue furent les plus pénibles.

Tout à coup l'attelage s'arrêta et les rideaux s'ouvrirent. Des chevaux de frise barraient l'entrée du pont traversant le Potomac.

Une certaine agitation se fit autour de la calèche. Le capitaine mit pied à terre et tira de sa poche des papiers immédiatement examinés avec une curiosité extrême par un commandant aussi rude que méfiant. Rares, en effet, étaient les calèches anglaises, aussi tenait-il à savoir si la dame et la voiture avaient été sérieusement explorées.

— Dans tous les coins et recoins, déclara le capitaine au pince-nez.

Questions et réponses furent échangées comme des balles de fusil, puis le permis d'aller tout droit chez les rebelles fut accordé avec hargne, les portières refermées avec fracas.

— Allez au diable! lança le capitaine à Stella.

— Je sors d'un voyage avec un de ses subalternes et son pince-nez! hurla Stella, la tête à la vitre.

☆

Par-dessus le large fleuve, le pont était interminable, car il fallait aller au pas. De bonheur, Stella se mit à chanter et, tout en chantant, elle se peigna, pareille à la naïade des légendes. Mais là s'arrêtait l'analogie, car elle savait trop bien que l'eau n'avait pas ruisselé sur son corps depuis la halte à Toledo. Elle regarda à droite et à gauche et, à mesure, s'étonna de ne découvrir du côté du Sud qu'un terrain désertique qui s'élevait sans âme qui vive depuis le fleuve. Soudain, elle distingua les bords d'une casemate surplombant la route. Or, la route était barrée et les chevaux s'arrêtèrent. Une voix juvénile jeta en l'air le mot :

— Halte!

Parut en même temps un très jeune sous-officier à la tunique ouverte. Il étendit les bras et déclara d'un ton impérieux :

— On ne passe pas.

Alors elle se pencha par la portière et très simplement lui lança :

— Dixie.

Un grand sourire des deux côtés, c'était le mot de passe. Ici, l'accent virginien retrouva ses lenteurs auxquelles on résiste mal.

— Lady, vous pouvez passer, mais vous n'êtes pas de chez nous, à ce que je devine.

— Anglaise. Savannah. Ça vous suffit ?

— Allez ! Roulez.

De ses bras vigoureux il déplaça la barrière :

— Soyez gentil jusqu'au bout : où pourrais-je prendre un bain ?

— L'armée vous fournira tout le nécessaire, mais elle s'impatiente. Alors, fouette cocher !

Stella retomba à sa place. Elle aurait voulu s'éterniser un peu auprès du joli Virginien, mais on l'attendait à Richmond où elle devait réciter le contenu d'une grande page mystérieuse au chef d'état-major du président de la Confédération.

Le salon blanc de Fort Warren ne se reconnaissait plus. Depuis l'enlèvement de Stella par les matrones, les murs d'une austérité rebutante avaient vu leurs taches d'humidité disparaître sous d'admirables verdures. Président d'une des plus grosses banques de Boston, Charlie Jones pouvait se permettre à peu près tout, et il entendait que dans la plus grande pièce de sa prison un confort luxueux s'alliât aux exigences du travail, car il comptait bien continuer à diriger ses affaires malgré tous les obstacles. Malheureusement, le style du Massachusetts lui paraissait lamentable de banalité et de sécheresse, il avait dû faire appel aux antiquaires de la ville et, le troisième jour de son incarcération, une vaste table en bois de Macassar, dont le plateau reposait sur des dauphins dorés, prit sa place au centre du salon. D'une lourdeur majestueuse, elle convenait à merveille au personnage britanniquement résolu, que les circonstances n'auraient pu faire bouger d'un pouce. Déjà, des masses de papier tirées de ses valises s'étageaient sur un coin du meuble; déjà, il pouvait s'asseoir dans un fauteuil à capitons de cuir tournant sur lui-même pour éventuellement donner des ordres à son secrétaire. Manquait seulement le secrétaire. Pris d'une crise de rage contre les méchancetés du sort, Charlie Jones se mit à tempêter en présence de son beau-frère. Celui-ci l'écouta d'un air pensif un assez long moment, puis, ému de cette fureur, il prononça les mots secrètement attendus :

— Ne vous désespérez pas, Charlie. A l'occasion je pourrai vous prêter main-forte.

Monta alors un grand cri d'hypocrisie reconnaissante :

— Oh, mon excellent Alexander, je n'aurais pas osé... Vous, d'un intellect si raffiné...

L'intellect raffiné fut dès lors asservi, et Charlie Jones s'épanouit.

Soir et matin, il allait jeter un coup d'œil dans la cour du Fort et le moindre bruit le trouvait derrière la croisée à barreaux de fer.

C'était de là qu'il avait suivi le départ mouvementé de Stella dans sa propre calèche. Et ses demandes d'explication s'étaient heurtées à du silence. Depuis, ses crises d'humeur devenaient de plus en plus fréquentes. Il supportait surtout très mal qu'ayant écrit tant de lettres, pas une réponse ne lui fût parvenue après dix jours, mais tout à coup la porte s'ouvrit. Le commandant de Fort Warren, un sourire aux lèvres sur son visage sec, ne manquait pas d'une certaine allure dans son uniforme bleu sombre, et il faisait visiblement effort pour paraître humain, le temps d'une visite. Il avait un pli en main.

— Cette lettre est pour vous, Mr Jones. Je l'ai lue en premier, vous comprenez bien, par obligation de censure. J'ai ri, mais ri ! Elle est amusante, votre Amelia.

— Ma femme, si vous voulez bien, Commandant.

Le ton était rogue, la lettre fut dépliée et presque aussitôt repliée.

— Il n'y a pas un mot qui fasse difficulté, dit le Commandant. Le moment le plus drôle est celui où Miss Stella répond aux questions banales qu'on pose toujours. Du reste, vous allez voir. Je vous laisse, Mr Jones. Amusez-vous bien.

Il se retira et Charlie Jones fit signe à son beau-frère qui s'installa pour écouter dans le grand fauteuil à oreilles. Charlie Jones ouvrit la lettre et commença :

— « *Mon cher cœur,*

« *Te savoir en Amérique, à la fois si loin et si près... Et le jour où je pensais que tu allais venir, arrive une tornade, une trombe, un cyclone... Stella! Je lui demande pourquoi elle est seule, et elle m'assène le récit de votre équipée avec des trouvailles d'ouragan. L'interrogatoire fait par des dames qu'elle voit comme des diablesses aux questions à double ou triple sens est malpropre et méticuleux. Shocking! Et elle s'exclame: "Charlie lui-même me demanderait d'oublier ceci et cela — surtout cela. Mais j'ai une mémoire phénoménale, qui n'oublie rien, pas une syllabe, pas une virgule. Quand il s'agit de faire son petit numéro, sa précision éblouit l'auditeur le plus férocement attentif."* »

Ici, Charlie posa la lettre et s'écria :

— Alexander, tu entends ? Te rends-tu compte, elle nous décrit son entretien secret avec Jefferson Davis...

— On croirait y être, fit tranquillement Alexander Low avec un sourire narquois. Je connais ma femme.

— Ne fais pas le malin. Son petit numéro, c'est ça. Elle récite à Jefferson Davis ce que sa mémoire d'espionne lui restitue, le document qu'elle a brûlé. Mots, chiffres, tout y est. L'imbécile qui sort d'ici n'y a vu que le délire verbal d'une Anglaise surexcitée. Admire, mais admire donc !

— C'est ce que je fais, tant que je peux, mais tu devrais changer ta marque de cigares, ceux-ci sont âcres.

Charlie Jones, haussant les épaules, poursuivit :

— J'en suis resté à son *auditeur...*

— ... *férocement attentif.* Évitez les répétitions, élève Jones.

« *Enfin il n'a pas fallu moins de deux* mint juleps *pour l'apaiser.*

« *Avant les premiers froids, nous allons quitter le* cher *Grand Pré pour Savannah. Stella n'a pas voulu m'attendre, elle est partie tout de suite retrouver là-bas ta belle-fille, la belle Anglaise. Celle-ci, nonobstant les canons de la mode, s'est fait venir de nouvelles toilettes par les couturières anglaises de la Jamaïque.* »

Il leva les yeux vers Alexander et demanda :

— Est-ce clair ?

— Transparent.

213

— Pour n'importe qui, sauf pour cette dinde de Commandant. Même le mot de *canons* ne lui a pas fait dresser l'oreille.

— Les dindes n'ont pas d'oreilles à dresser.

— Il y a des moments où je vous déteste, mon cher Alexander !

— Dans ces moments-là, on commande vite deux *juleps*, comme Stella.

— Vous n'aurez pas de *julep*, et je continue : « *Les Noirs sont d'une fidélité exemplaire. Quant à nos amours d'enfants, ils vont bien. Les plus grands sont à Savannah. Les trois plus petits mettent leurs bras autour de ton cou avec les miens.*

« *Au revoir, mon cher cœur,*

« *Amelia.* »

« Et voilà, mon cher beau-frère, comment nos femmes sont des héros.

Alexander se contenta d'envoyer des ronds de fumée vers le plafond.

Et la vie continua sans changements à Fort Warren.

Charlie Jones rageait du soir au matin. Lettres sur lettres s'accumulaient sur son vaste bureau, lettres d'affaires ou de protestations ou d'effusions familiales. Alexander disparaissait dans des bouffées de cigare derrière une muraille de journaux nordistes sans gros événements, car la guerre s'enlisait, disait-on.

Soucieuses de leur cher adversaire et néanmoins

propriétaire de leur banque, les dames de Boston poursuivaient leur offensive de petits napperons brodés de fleurettes et venaient faire de l'occupation chez les prisonniers à l'heure du *five o'clock*.

Tout à coup, le 11 novembre, une nouvelle de taille que les dames s'empressèrent de raconter entre deux scones : le 8, les plénipotentiaires du Sud et leurs secrétaires avaient été interceptés dans le détroit des Bahamas sur un bateau anglais forcé à les livrer. Ils auraient été conduits la veille en grand secret ici même, dans le Fort. Charlie Jones ne put rien apprendre de plus, mais il nota que la garde était renforcée dans le couloir et qu'on ne les faisait plus sortir, son beau-frère et lui, pour leur promenade, dans un coin de la cour, qu'avec d'énormes précautions. Le 19, un autre événement révolutionna la presse : le Kentucky avait fait sécession à son tour. Dans le Nord comme dans le Sud, l'émotion était violente. C'est alors que l'ambassadeur d'Angleterre envoya ses compliments à Charlie Jones pour lui annoncer sa visite à la fin du mois. Seward, le secrétaire d'État, ajoutait-il en post-scriptum, avait pris la décision importante de réfléchir quand lui-même avait protesté, au nom de la reine, contre l'incarcération d'un de ses sujets et l'arraisonnement dans les eaux libres d'un navire britannique. Le moment était bon pour donner de la voix : l'Angleterre ne venait-elle pas d'envoyer un contingent vers le Canada ? Dix-huit mille hommes embarquaient à Portsmouth.

Devant cette situation inattendue, Lincoln et son secrétaire d'État multipliaient les déclarations embrouillées. La confusion des esprits était extrême. Au point que le commandant du Fort ne put empêcher que, prisonniers dans des chambres voisines,

MM. Mason et Sliddel, les deux envoyés du Sud, ne vinssent dîner avec leurs secrétaires chez les détenus britanniques.

Comme les factionnaires avaient sans doute été doublés à la porte et qu'ils devaient coller l'oreille au vantail, Charlie Jones offrit à ses invités de sabler le champagne dans des exclamations de joie; la conversation fut des plus animées, mais ils dirent les choses à faire trembler les murs avec des voix de conspirateurs.

XVIII

On parlait encore de menaces anglaises, cependant, l'ultimatum avait plusieurs fois été retardé de quelques jours. Rien ne vieillit plus vite qu'une nouvelle en temps de guerre. Après le Kentucky, le Missouri avait fait sécession et rejoint les États confédérés.

Le 2 décembre, Lord Lyons vint rendre visite à Charlie Jones et à Alexander Low. Ils se trouvaient tous les trois autour d'un flacon de porto lorsque le Commandant du Fort fit irruption sans s'excuser le moins du monde.

— Un bateau anglais saisi dans le port de Boston !

Chœur des trois Britanniques :

— A d'autres, Commandant. Vous trouvez ça très drôle ?

— C'est ce qu'on va voir. Saisi par la flotte fédérale.

— Si c'est exact, fit Lord Lyons d'un ton calme, c'est la guerre. Or, j'en aurais été avisé par une dépêche comme ambassadeur.

— Eh bien, comme gouverneur de Fort Warren, je vous propose une courte promenade sur l'esplanade de mon fort d'où l'on a une vue superbe sur les docks.

— L'esplanade ! s'écria Low. L'air pur, le ciel, oh oui — loin du bureau du beau-frère !

Charlie Jones ne répondit pas.

— Il y a quarante-huit marches à gravir, hautes, je vous préviens.

Ils montèrent, les marches étaient dures et inégales, mais il leur semblait avoir des ailes aux talons de leurs chaussures. L'arrivée sur l'esplanade fut saluée par un nouveau délire d'Alexander Low :

— Que c'est beau, l'eau noire sous ce soleil frileux, oh, que c'est beau !

— Et ce bateau battant l'Union Jack ? fit le Commandant, sardonique.

Un curieux sourire creusa les lèvres de Charlie et la voix ferme de Lord Lyons se fit entendre :

— Nous protestons de toutes nos forces contre la saisie d'un navire anglais. Je préviens mon gouvernement.

— Protestez, monsieur l'ambassadeur. Le bateau a été suivi depuis Halifax par notre police des mers. Nous avons toutes les raisons de l'avoir forcé à se ranger dans notre port militaire.

— C'est le *Brittomart* que j'ai pris à Liverpool pour rentrer chez moi à Savannah, dit Charlie Jones.

— C'est votre bateau, Mr Jones. Nous savons qu'il vous appartient.

— Et alors ?

— Nous voulons savoir ce qu'il transporte.

— De quel droit ? Le bateau est anglais comme moi.

— Dans le port de Liverpool, des caisses suspectes y ont été embarquées, nombreuses.

— Eh bien ?

— Nous voulons savoir ce qu'il y a dans ces caisses.

— Tant que je serai là, je m'y opposerai.

— Et comme ambassadeur de Sa Majesté, je proteste.

— Comme Anglais, s'écria Charlie Jones, je proteste et je proteste et je proteste et je m'oppose, je m'oppose et je m'op...

Le Commandant leva la main.

— Là, Mr Jones, je vous arrête... enfin, c'est une façon de parler, puisque vous êtes déjà mon hôte, mais vous habitez en Amérique, vous comptez comme Américain.

— Américain comme vous, jamais! rugit Charlie Jones. Je suis habitant de Savannah.

— Dans le Sud, par le fait vous devenez un ennemi. Votre bateau reste où il est. Gentlemen, descendez, s'il vous plaît.

— Et si nous ne voulons pas? fit Charlie Jones.

— Un coup de sifflet et la garde est là. Allons, gentlemen, on descend ou on ne descend pas...

Lord Lyons passa le premier et ils descendirent, écarlates et silencieux. Puis l'ambassadeur se rendit chez les envoyés du Sud.

XIX

L'or du couchant se fondait dans le rouge sombre des rangées de façades aux colonnes blanches, c'était l'heure où la ville se revêtait d'une grandeur tragique, l'heure où Miss Llewelyn venait allumer la lampe de chevet dans la chambre d'Elizabeth. Depuis la guerre, elle s'octroyait comme un privilège dû aux circonstances cette habitude qui la mettait en mesure de rendre service à celle qu'elle appelait intérieurement une femme intéressante. Un moment plus tôt, celle-ci avait jeté aux pieds un journal en désordre, et réfléchissait. Soudain elle déclara :

— La guerre n'est amusante que pour ceux qui la font. Nous, nous la subissons et, à cause d'elle, tout rate : fêtes, réceptions, dîners fins, promenades en calèche et même rendez-vous particuliers, tout !

— Vous déroulez dans les airs la vie délicieuse d'autrefois.

La Galloise affectait une voix douce pour dire ces choses et elle ajouta :

— A présent on remplace le bonheur disparu par des après-midi couture pour l'armée et, sachez-le, on vous y attend.

— Horreur ! Vous me voyez tirant l'aiguille avec des vieilles dames ?

— Elles ne sont pas toutes vieilles, Miss Lisbeth.

— Elles le deviennent par patriotisme. Je hais la guerre.

— Actuellement, ce n'est plus le *ton*, comme on dit dans la bonne société.

— Vous m'agacez. Que savez-vous de la bonne société ?

— L'image que vous m'en donnez vous-même, puisque vous êtes une *lady*, mais aujourd'hui une *lady* méchante.

Elizabeth poussa un cri de désespoir.

— Llewelyn, je suis seule !

Sans prononcer la moindre parole, la Galloise demeura parfaitement immobile et il sembla qu'entre les deux femmes s'élevait un mur de plus en plus massif. Dans la lumière douce de la lampe, elles échangèrent un regard ennemi. Un combat muet s'engagea, mais au bout de quelques minutes le silence se fit trop pesant pour que les langues ne se missent pas en marche. Ce fut Elizabeth qui céda la première, mourant de honte d'avoir manqué aux principes élémentaires du clan.

— Je me rends compte, fit-elle avec un petit rire forcé, qu'il m'échappe des étourderies...

La réponse vint posément :

— J'ai compris que vous aviez de la peine. Vous êtes seule, c'est dur pour toutes les femmes.

— Nous pouvons nous quitter, maintenant, Miss Llewelyn. Réflexion faite, je ne dînerai pas, mais sans doute ferai-je un tour dans l'avenue. Faites préparer le cabriolet pour neuf heures.

— C'est entendu. Si le capitaine Hargrove se présente, je lui dis que...

— Le capitaine Hargrove ? Qu'est-ce qui vous fait croire qu'il va se présenter ?

221

— Rien, mais il serait le seul et dernier, jusqu'à nouvel ordre...

— Soyez plus claire, Miss Llewelyn. Nos relations n'en seront que meilleures.

— Faut-il tout vous expliquer ? En Virginie s'est formé un groupe de tambours *Pour Elizabeth*. Ici, plus doucèment, les Rôdeurs *autour d'Elizabeth*.

— Je soupçonne une insolence.

— Erreur. On a beaucoup rôdé autour de vous à Savannah, puis moins, à cause de règlements plus sévères. Le lieutenant affecté au port est plus libre que les autres. Il en profite.

— J'interdis qu'on rôde autour de moi comme autour... comme autour...

— Passons. Alors, si jamais il sonne à la porte, vous êtes sortie. Ai-je bien compris ?

— Comprenez tout ce qu'il vous plaira. Il y a des jours où je languis d'être en Angleterre où l'on sait se conduire quand on porte l'uniforme.

— Sous l'uniforme, on trouve encore et toujours de l'homme, Miss Lisbeth.

— Quel rapport ? Ce soir, les mots vont de travers pour m'exaspérer. Je crois que j'aimerais mieux dormir. Alors, pas de cabriolet.

— Entendu. Se promener seule... Il ne me reste plus qu'à vous souhaiter une bonne nuit.

— Je n'ai pas dit que je me couchais tout de suite. A sept heures du soir !

— Désirez-vous que je reste ou que je m'en aille ?

— Eh bien, restez, fit Elizabeth avec un soupir.

— Je veux bien. Il y a si longtemps qu'on se connaît. Elizabeth se leva.

— J'aime mieux ne pas compter les années depuis mon arrivée à Dimwood.

— N'ayez pas peur. Vous n'avez pas bougé.

Elles rirent un peu toutes les deux et, par un geste d'autorité subite, la Galloise se laissa lourdement tomber dans le fauteuil à capitons qu'Elizabeth venait de quitter.

— Vous m'excuserez. Des douleurs à crier dans les jambes...

— Je vous plains. Je n'ai jamais eu de douleurs de ce genre, les miennes sont ailleurs.

— Où voulez-vous en venir, madame ? Vous parlez d'une façon désordonnée.

Toute droite, Elizabeth enfonça les mains dans ses cheveux et cette attitude lui inspira les mots qu'elle cherchait :

— On ne sait pas ce que c'est, gémit-elle. Ce vide autour de soi, l'absence, l'horreur, le vertige...

— Les fantômes dont se peuple la couche déserte..., continua Miss Llewelyn d'une voix neutre.

— Que dites-vous ?

— Je reprends le chant funèbre de la veuve éternelle. Sans vouloir vous blâmer, nous l'avons déjà eu à Kinloch.

— Quelle mémoire !

— Pour vous servir, madame. Voulez-vous que nous coupions court en abordant le problème du physique de Fred ?

— Oh, Miss Llewelyn...

— Je vais d'abord baisser la lampe. Vous avez trop de lumière dans les yeux, me semble-t-il.

— Je vais m'asseoir sur le canapé où je vous entendrai tout aussi bien, même sans vous voir.

— A merveille. Vous jugez mal votre admirateur. Il était maigre. Son visage s'est arrondi, son corps a suivi l'exemple.

— Oh, vous dites de ces choses... Et comment savez-vous ?

— Depuis qu'il a pris de l'autorité avec la surveillance du port, il se serre un peu plus dans ses uniformes. C'est irrésistible chez tous les militaires. Observez nos fringants capitaines.

— Oui... non...

— Vous ne m'aidez pas du tout. Revenons à Fred. La dernière fois que vous l'avez vu, tout allait bien, je suppose.

— Pas trop. Il m'a déçue, je l'ai chassé.

— Comment ça ?

— Il n'osait pas m'embrasser. Je le voulais, j'avais besoin de...

— Admirable tactique. Vous allez le transformer en brasier de désir.

— Mais j'attendais quelque chose, une lettre... Et rien...

— Il l'a sans doute écrite, sa lettre, et n'a pas osé l'envoyer. Brasier d'amour timide. Ça existe. Et que pouvait-elle dire, sa lettre ?

— Ah, voilà...

— Imaginez ceci : « Cruelle Elizabeth, que j'adore à en mourir... »

— Il n'aurait dit que ça, je lui aurais écrit tout de suite.

— Lourde erreur. On se tait, on fait languir. Comment ne savez-vous pas ? Une autre lettre aurait suivi : « Mon amour, mon amour adoré, je meurs d'envie de vous serrer dans mes bras... »

— Arrêtez, Miss Llewelyn, vous me faites mal avec vos lettres.

— Dommage, parce qu'il devait y en avoir d'autres, et de jolies. Par exemple : « Votre affreux silence me tue, Elizabeth... »

— Ah non, non. Là j'aurais cédé encore et encore, j'aurais écrit...

— Et s'il s'était remis à rôder autour de la maison, puis à s'arrêter à la porte pour sonner, et qu'on ne l'ait pas entendu ?

— Ah, je l'aurais entendu, moi, mon cœur, mon corps, tout...

— Doucement. Cessons les enfantillages. C'était vrai, tout ce que je viens de vous raconter. J'étais là, j'attendais, il n'avait pas besoin de sonner et je cueillais, l'une après l'autre, les lettres qu'il me tendait avec un gros soupir.

— Ses lettres, ses pauvres lettres ! gémit Elizabeth à pleine voix.

Miss Llewelyn fouilla dans une poche de sa lourde jupe grise.

— Vous allez les avoir, ses lettres, toutes ouvertes et toutes lues. Approchez que je vous les donne. J'ai trop mal aux jambes pour me lever.

Elle n'avait pas fini de parler qu'Elizabeth fut debout, obéissante devant elle et le paquet de lettres dans les mains.

Suivit un bref silence, puis la situation normale se rétablit d'un coup.

— Ne me regardez pas de cet air courroucé, dit Miss Llewelyn. Mettez-moi à la porte, si vous voulez. Vous me rappellerez le lendemain...

Elizabeth lui fit un sourire glacial.

— Parce qu'on ne se passe pas de la Galloise, fut la réponse.

— La prochaine fois, dit Elizabeth, vous le faites entrer au salon.

— S'il vous plaît, rectifia Miss Llewelyn.

Alors que naguère Fred passait un jour sur l'autre avec une lettre, il parut renoncer à cette habitude et ne vint plus. Miss Llewelyn elle-même demeurait perplexe, voyant échouer la tactique du silence opposé aux appels du désir, puis il y eut une sorte d'événement plus mystérieux que tout le reste. Elizabeth l'aperçut un après-midi dans le salon des Steers qui recevaient comme autrefois. Il la vit de loin, lui fit un salut on ne peut plus mondain, mais ne bougea pas, son excuse pouvant être qu'il était en conversation avec une dame, mais quelques minutes plus tard, il s'éclipsait. Sur son visage, elle avait cru deviner un pâle sourire, et ce fut tout ce qu'elle put emporter avec elle d'une image qui lui devenait d'un coup la plus énigmatique du monde. L'orgueil en elle se trouvait atteint en même temps que l'Elizabeth de chair qui désirait un homme dont elle avait secrètement un peu honte. L'adjectif *joufflu* lui revenait sans cesse avec une insistance mauvaise, et pour être d'accord avec elle-même et ses exigences esthétiques, solennellement elle renonçait à ce personnage imparfait. Alors, pendant une heure ou même plus, elle se sentait libre. Libre de chercher ailleurs ? Elle ne voulait pas se poser une question aussi vulgaire, mais sa mémoire lui rappelait qu'à vingt kilomètres de Savannah vivait et remuait un régiment de hussards, et les questions vulgaires arrivaient au grand, au triple galop. Il fallait vingt minutes autrefois à Billy pour franchir la distance et se jeter à ses pieds dans la chambre où elle se trouvait. Aujourd'hui, en temps de guerre, on ne quittait pas la caserne aussi vite. Restait ce lieutenant à la fois dédaigneux et dodu, mais en chair et en os. De rage, elle en frappait du pied, puis le bon sens lui tenait son « damné » langage — ainsi le qualifiait-elle, seule dans sa chambre rouge, mais que pouvait-elle faire sinon attendre, attendre comme une esclave qui vit d'espoir ?

— ... et qui meurt, s'écria-t-elle au creux d'une nuit plus atroce que les autres.

L'ombre d'un désordre s'installait en elle et prenait place dans ses habitudes. Elle demeurait la même aux yeux de tous, sauf aux siens quand elle était seule. Tout germait dans cette tête malheureuse. Noël s'approchant, elle s'en fut trouver Betty. La vieille petite Noire ne jouait plus qu'un rôle restreint dans la maison. On lui laissait encore le soin d'aller voir, la nuit, si les enfants étaient sous leurs couvertures et elle promenait d'un lit à l'autre la petite flamme tremblotante d'une bougie.

Comme elle sortait de la chambre des garçons endormis, elle aperçut sa maîtresse qui lui fit signe de la suivre jusqu'au bout du palier. Là, fixée au mur, dans un coin, brûlait une petite lampe à gaz dont le minuscule sifflement semblait la voix même du silence quand on se taisait pour l'entendre. Ce fut à cet endroit qu'Elizabeth s'arrêta et Betty avec elle. L'une devant l'autre, elles offraient sans le savoir un aspect étrange, car Betty n'arrivait qu'à peine à la taille d'Elizabeth et levait vers elle des yeux qui paraissaient trop grands pour un visage aussi exigu. Son regard un peu étonné cherchait celui de l'Anglaise qui souriait sans rien dire. Le torse pris dans un tricot bleu, la petite servante portait une jupe de drap gris qui laissait libres des pieds chaus-

227

sés de larges sandales, et, par un contraste d'une violence inattendue, la personne d'Elizabeth brillait à chaque mouvement du corps dans une robe de soie aux surfaces luisantes.

S'installa d'abord un de ces silences qui nous viennent chargés d'un mystère que nous n'arriverons jamais à déchiffrer et qui nous effraient.

Par un élan qu'elle ne maîtrisait pas, Elizabeth toucha doucement la tête de la petite femme noire et murmura :

— Écoute, Betty, je suis malheureuse.

— Oui, Miss Lisbeth.

— Tu devinais, peut-être.

— Oui, Miss Lisbeth, quand vous passiez près de moi, vous ne me voyiez pas, mais je vous regardais...

— Gentille Betty ! Tu te souviens du jour où je t'ai vue, moi, avec tes images et la bougie allumée, et tu demandais des choses au Seigneur ?

— Oui, je me souviens.

Elles se turent. Le sifflement continu du gaz emplit le silence.

— Eh bien, reprit Elizabeth, tu vas Lui demander... parce que tu demandes mieux que moi...

De nouveau elle s'arrêta.

— Que voulez-vous que je demande, Miss Lisbeth ?

— ... mais ce que je veux, Betty, le Seigneur comprendra. Il doit comprendre tout...

— Je prierai pour votre âme, Miss Lisbeth.

Elizabeth se cacha le visage dans les mains avec un gémissement.

— Merci, petite Betty, fit-elle. C'est tout, je te remercie, je n'oublierai pas.

Sans ajouter un mot, elle ouvrit la porte de sa chambre où elle s'enferma à double tour.

☆

Elle entendit le bruit de la clef dans la serrure.
« Comme un mot dans une langue inconnue »,
pensa-t-elle. Et cela, elle se le disait depuis son
enfance chaque fois qu'elle tournait une clef dans une
serrure, mais, ce soir-là, elle voulut se persuader que
le cliquetis énigmatique cachait le secret de son
destin.

Quelques pas faits machinalement la menèrent
tout près de son lit et elle s'y assit, car la voix de Betty
résonnait encore à son oreille, et quand on lui parlait de son âme alors que sa chair était en détresse,
une sourde colère montait en elle. Soudain on eût
dit qu'une main violente la poussait en avant. D'un
coup elle tomba sur son lit, le visage dans les couvertures. Du fond de la nuit de ses yeux fermés surgit l'image devenue obsédante depuis qu'elle était
veuve. Un cri intérieur la déchira : « Le désert ! », et
elle se vit dans ce désert.

Par un sursaut de toute sa personne, elle se
retourna sur le dos et s'écria dans un balbutiement
rageur :

— Pourquoi me faites-vous souffrir ? Qu'est-ce que
je vous ai fait ?

Ces paroles dans le silence avaient une sonorité
étrange dont elle-même demeura saisie, comme si sa
voix se fût perdue dans des régions inexplorées. A qui
s'adressait sa colère ? « A Fred » lui parut absurde.
Mais sinon à lui, alors à qui ? La question lui fit
ouvrir des yeux agrandis par une inquiétude qui tour-

229

nait à l'effroi. Elle ne voulait pas de réponse religieuse, pas de cette réponse-là.

Quel rapport entre la fringale charnelle indescriptible qui la dévorait à toute heure et la prière qu'elle récitait encore parfois dans son bel anglais archaïque ? A qui ferait-elle croire qu'un fantôme pouvait être utile dans des rêves savamment dirigés ? Elle avait essayé à Kinloch.

Prise d'un dégoût de tout, elle quitta son lit et alla s'asseoir devant sa coiffeuse où sa glace lui renvoya son désespoir encadré de tresses d'or sombre.

Des larmes lui brouillaient cette image. Elle retrouva au fond d'elle-même la tristesse de l'enfance qu'une déception trop lourde a rendue inconsolable. Pour la première fois elle se sentait battue, et, d'un geste qu'elle n'aurait pu s'expliquer, elle se leva d'un bond et arracha ses vêtements.

A l'autre bout de la chambre, lointaine, mais face au lit, une psyché d'acajou aux bronzes dorés se remit pour la centième fois à lui raconter les splendeurs de son corps.

Elizabeth se considéra longuement dans cette surface qui entourait l'autre Elizabeth d'une eau mystérieuse et la faisait surgir de ses profondeurs ensorcelantes. Les deux belles Anglaises avançaient l'une vers l'autre, puis reculaient sans se quitter du regard, enfin tournaient avec lenteur sur elles-mêmes jusqu'aux approches du vertige, s'arrêtaient là, à la fois éblouies et consternées, car une beauté si parfaite, à quoi bon ? Les entrailles serrées, elle se rappela le sourire absent, distrait, de Fred dans le salon de Mrs Steers.

Une lettre, se dit-elle, était nécessaire. Pourquoi ? Elle ne savait pas pourquoi, mais la logique de son cerveau précisait : une lettre de rupture. Le mot surgi tout d'un coup convenait : rupture.

Telle qu'elle était, elle traversa sa chambre et s'assit au petit bureau qui servait à sa correspondance. Là, un scrupule lui vint, d'une force impérieuse : sans un fil sur le corps, pouvait-elle écrire une lettre à un homme ?

Pareille à l'éclair, elle fut là où attendait son peignoir dont elle s'enveloppa comme d'une nouvelle peau collée à la première, et tremblant de respectabilité, elle écrivit : « Fred, c'est fini. »

Parvenue là, elle posa sa plume. La petite phrase l'horrifia. Elle se demanda comment elle avait pu l'écrire. Fred, c'était malgré tout un homme. Elle reprit sa plume et ajouta : « Cher » au nom de Fred. Là, elle eut envie de pleurer et renifla doucement, mais presque aussitôt une flambée d'orgueil la secoua et au grand galop elle se rua sur lui :

« Ne vous défendez pas, c'est inutile. D'un regard meurtri, vous avez tué l'estime que je gardais encore pour vous. Vos lettres, en effet, vous eussent ouvert ma porte, peut-être mon cœur. »

Elle s'interrompit pour barrer en reniflant ces trois derniers mots qui restèrent malgré tout lisibles, puis elle continua :

« Mais laissons cela. L'indifférence que j'ai lue dans vos yeux est pire que n'importe quel affront. Encore vous fais-je honneur en vous prenant pour un assassin. C'est vous qui êtes mort, monsieur (elle barra *monsieur* et mit *Fred*), mort dans mon souvenir, mort dans mon attention, mort partout, mort dans les salons des Steers ou de Mrs Harrison Edwards, mort si par hasard nous nous y retrouvons. Elizabeth. »

— Na ! fit-elle en signant.

La lettre fut glissée dans une enveloppe qu'Elizabeth tint ouverte à la hauteur de son visage, en proie à une nouvelle crise de perplexité. Deux langues tirées se firent face : celle d'Elizabeth et la langue triangulaire en papier de l'enveloppe, puis la décision fut prise, le fatal coup de langue donné et la lettre laissée en évidence sur le bureau.

☆

Elizabeth dormit comme jamais depuis la minute des mains serrées sous la nappe qui avait mis l'histoire avec Fred en marche, et elle se réveilla presque heureuse quand Miss Llewelyn vint ouvrir ses rideaux.

Questions et réponses ordinaires furent échangées d'une voix neutre.

— Oui, j'ai bien dormi... Je prendrai le petit déjeuner en bas.

Soudain, tout devint plus intéressant.

— Vous trouverez une lettre sur le bureau. L'adresse est dessus. Vous la mettrez à la poste.

— Comme une lettre ordinaire ?

— Quelle question !

— Excusez-moi. Je me demandais si elle ne répondait pas à celles que je vous ai remises, enfin, une lettre qu'on ne confie pas au facteur.

— Ne revenons pas là-dessus. Vous avez mal agi en les lisant et encore plus mal en me les donnant.

— Là, je cesse de comprendre.

— N'essayez pas... Elles sont sous clef et je ne les

232

relirai jamais. Ce monsieur est un menteur et un hypocrite.

— Comme tous les hommes, madame. Mais, ce matin, j'ai une lettre pour... vous et qui vient de loin, par voie diplomatique.

Avec un cri, Elizabeth fut debout :

— D'Angleterre... on me rappelle là-bas !

Miss Llewelyn eut un sourire plein d'indulgence.

— Pas si vite, s'il vous plaît. D'abord, j'aurais dû préciser qu'elle est pour votre fils, mais il vous appartient de surveiller sa correspondance, vu son jeune âge.

— Où est cette lettre ? Je veux cette lettre !

La lettre fort volumineuse fut tirée d'une poche dans les plis de la robe grise. Au revers de l'enveloppe un cachet rouge s'étalait, et de l'autre côté l'adresse tracée d'une main soigneuse mettait en valeur le nom du destinataire, si bien qu'Elizabeth intimidée ne trouva pas possible de suivre le conseil de la Galloise :

— Je ne veux pas le priver de ce plaisir, fit-elle, il m'aime trop.

La réponse fut immédiate.

— Dans ce cas, je descends le chercher.

Restée seule, Elizabeth sauta de son lit pour aller se peigner devant la grande glace avec l'application superstitieuse qu'elle y apportait chaque matin. La grande affaire était d'ensorceler tout le monde pour se venger de l'indifférence d'un seul. Ainsi son petit Ned aurait sa part de séduction supplémentaire et elle fit chatoyer l'or de sa chevelure sur la soie verte de sa robe de chambre, mais d'une main adroite elle saisit la lettre quand elle entendit les pas dans l'escalier.

La porte s'ouvrit. Ned bondit vers sa mère. Un costume de toile bleue laissait nus les bras et les genoux comme s'il venait de la plage. Ses neuf ans annonçaient déjà le jeune homme solide et ses boucles d'un bel auburn s'emmêlaient autour d'un visage rayonnant.

— Bonjour, Mom. Tu m'as appelé ?

— Tu as reçu une lettre. Tu me la donnes ou tu la gardes ? Qui va l'ouvrir ?

L'enfant ne répondit pas, mais l'étonnement lui agrandit les yeux, et, à ce moment, parut derrière lui Miss Llewelyn essoufflée.

— Grimper cet étage me tue ! Lui, vole comme un oiseau. Vous lui donnez sa lettre ?

— Je devrais, fit Elizabeth en agitant gaiement le carré blanc.

La masse sombre de la Galloise fit un pas vers elle, et, dans un chuchotement, elle lui jeta :

— Pourquoi le faites-vous souffrir ?

— Parce que je suis comme ça, parce que je suis peut-être méchante...

Et tout d'un coup elle s'empara de Ned et lui couvrit le visage de baisers frénétiques.

— Je t'aime, lui disait-elle dans les oreilles, sur les yeux, sur les joues, dans les cheveux. Ta lettre prends-la, c'est toi qui vas nous la lire, mon amour.

Ned, stupéfait, lui caressa le visage de sa main libre, au hasard, mais avec une ferveur enfantine qui se réveillait d'un coup. Brusquement, Miss Llewelyn le saisit par le bras et l'écarta d'Elizabeth.

— Lisez, Master Ned, ordonna-t-elle. Lisez tout haut comme un homme.

Éberlué, il prit la lettre qu'il tira sans ménagement de son enveloppe, puis déplia le papier qui faisait du fracas. La voix claire et un peu tremblante se fit courageuse et commença :

— « *Ned, mon cher enfant,*

« *Les murs d'une forteresse me retiennent loin de toi, mais le jour va venir où elles s'ouvriront au nom de la reine d'Angleterre et mon bateau le plus rapide m'emportera vers le Sud. Tu retrouveras alors ton grand-père qui t'a toujours chéri, car tu es le fils de mon fils préféré, Ned, qu'une mort stupide a pris à mon affection et à mon orgueil.*

« *Je te parle comme à une grande personne, mais tu comprendras. Deux hommes tombèrent en ce duel. Un seul comptait pour ta maman Elizabeth. Tu lui restes pour lui rappeler son bien-aimé disparu dont le nom seul la remplira toujours de tendresse.* »

A cet endroit, la lettre s'abaissa comme d'elle-même et les yeux du jeune lecteur se tournèrent vers ceux d'Elizabeth, les deux regards s'arrêtèrent l'un sur l'autre, le temps de compter jusqu'à dix, puis, avec un sourire d'ange, Ned chuchota :

— Jonathan.

Le visage d'Elizabeth devint blême, mais elle ne bougea pas. Ned reprit sa lecture :

— « *La grande maison de Madison Square, je te la confie jusqu'au jour où je reviendrai. Elle a été construite pour ton papa. Si je ne reviens pas, elle sera tout entière à toi, mais je reviendrai, sois-en sûr, et en attendant garde-la. Deux serviteurs noirs très fidèles t'en donneront une clef. Ne laisse jamais entrer personne sans ma permission écrite, car de temps en temps des lettres te seront adressées que tu remettras à une personne de confiance, mais pour le moment je veux que tu entres et te promènes seul sous ces voûtes majestueuses, seul comme chez toi parce que tu y es chez toi.* »

De nouveau Ned leva les yeux vers sa mère :

— Mom, dit-il. Et toi ?

— Sois tranquille, nous y serons ensemble.

— Non, madame, fit Miss Llewelyn. La lettre est formelle.

— Qu'est-ce qui vous prend ? s'écria Elizabeth. Je voudrais bien savoir en quoi ceci vous regarde.

— En ceci que je suis témoin du haut en bas de cette lettre par la lecture qui en est faite par Master Ned, et j'ai la loi de mon côté.

— Je vous trouve odieuse, ce matin.

— Comme d'habitude quand j'empêche que vous ne fassiez une erreur. La tentation de vous installer là-bas et d'y donner des fêtes... et la suite, je vois tout cela par avance.

— Sortez, Miss Llewelyn, je vous chasse !

— Entendu, mais je veux entendre la fin de cette lettre.

— Il n'en reste qu'un petit bout, fit Ned au bord des larmes.

— Lis, dirent les deux femmes en même temps.

— « *Mon cher petit garçon, je te prends dans mes bras pour te serrer sur mon cœur. Je ne sais quand je reviendrai, mais je reviendrai. Ton affectionné grand-père, Charlie Jones.* »

— C'est tout ? demanda Elizabeth.

— Non. Il y a encore quelque chose sur une autre page.

— Eh bien, lis, insista-t-elle.

Bredouillant un peu, il reprit :

— « *Cette lettre est un précieux document. Pour en garantir la sécurité, tu la remettras entre les mains de l'incomparable Miss Llewelyn qui veille à tout.* »

— C'est faux, hurla Elizabeth, tu inventes !

Du coup Ned éclata en sanglots et Miss Llewelyn lui prit la lettre dont elle acheva la lecture d'une voix retentissante :

— « ... *qui veille à tout et de tous côtés dans la famille... depuis des années.* »

D'une main rapide, mais soigneuse, elle replia la lettre qui fit entendre de nouveau son curieux bruit de craquement dans un silence funèbre, puis elle glissa l'objet sous les plis de sa robe et fit un bon sourire aux deux spectateurs muets de cette petite scène.

Les yeux fixés sur Miss Llewelyn comme pour la tuer, le visage d'Elizabeth s'embellissait d'une fureur sauvage. Tout près d'elle, Ned lui serrait le bras pour la consoler, mais elle ne bougeait pas.

— Ma lettre, Mom, soupira très doucement Ned.

La réponse vint pareille à un sifflement entre les dents :

— Volée, Ned, volée devant toi.

— Madame, fit Miss Llewelyn, je m'excuse, mais voilà un bien gros mot.

— Dehors ! s'écria Elizabeth.

Un léger salut de la tête et la Galloise gagna l'escalier qui parut l'engloutir avec l'ombre immense qu'elle projetait.

XX

A Savannah, les roses avaient beau fleurir, en Virginie l'hiver était l'hiver, il avait neigé toute la nuit depuis la veille, les voix humaines n'avaient plus le même son et on disait des choses qu'on ne dit que par temps de neige. Au *Grand Pré*, le silence cherchait patiemment à étouffer la maison. Mike sauta de son lit et courut à la fenêtre. La blancheur des prés envoyait au ciel noir une lumière qui fit rire le jeune homme comme s'il était de nouveau enfant, et, pendant un moment, il se sentit heureux, mais il se lava, puis s'habilla très vite afin d'économiser le plus possible du temps de sa permission. On lui avait accordé deux jours pour affaires de famille à Noël. Tel désignait le langage officiel un problème qui lui déchirait le cœur.

Il pensait à cela en boutonnant son uniforme bleu tirant sur le gris fumée. Par souci d'élégance, il avait fait retailler la tunique et rétrécir le pantalon réglementaire qui flottait tant soit peu. Tous ses camarades de régiment avaient agi de même, et sans fausse honte il se jetait un coup d'œil appréciateur à chaque miroir qui s'offrait à lui.

Dès huit heures du matin, il se trouvait en bas, dans la grande salle. Ce qui restait de nuit se réfugiait au haut des deux escaliers et le jour passait en bas tant bien que mal à travers les rideaux des fenêtres. Une lampe à huile luttait vaillamment au milieu de la longue table où le vieux serviteur noir mettait en place les couverts pour le petit déjeuner.

Depuis son enfance, Mike l'avait toujours vu et il y avait entre eux une sorte de complicité secrète.

— Six personnes, Jarred ? Nous ne sommes que cinq, remarqua Mike.

La tête grise s'agita gaiement.

— Massa Mike, vous ne pouviez pas savoi', vous do'miez, Miss Amelia est a'ivée cette nuit en g'and sec'et.

— Qu'est-ce qui lui prend ? Elle n'était pas bien à Savannah ?

— Il faut c'oire que non. Cette dame si t'anquille... si douce... On ne la voyait p'esque jamais quitte' sa chambre et tout à coup...

— Tout à coup quoi ?

— A la cuisine on finit pa' tout savoi'. La sœu' de Massa Jones est a'ivée à Savannah et s'est enfe'mée avec Miss Amelia.

— Et alors ? Je suis pressé, Jarred.

— Alo's deux jou's plus ta'd, Miss Amelia s'est mise en 'oute pour la Vi'ginie avec ses deux domestiques en g'and sec'et.

— C'est bien, fit Mike subitement agacé. Je veux parler à Miss Charlotte. Tu ne l'as pas vue ? Elle est presque toujours debout avant tout le monde.

— Alo's pou' sû', elle est dans un coin du salon avec son liv'e.

— Ah diable..., marmonna Mike.

Et il disparut. Presque toute la largeur de la salle le séparait du salon et il se mit à marcher d'un air soucieux jusqu'à un rideau rouge qui marquait un interdit.

Là, il s'arrêta pour réfléchir dans la pénombre, car la lampe sur la table était loin et le bas du rideau rouge ne laissait passer qu'un faible trait de lumière qui disait « non ». Mike n'avait jamais pu accepter le pieux langage de Miss Charlotte, mais elle l'aimait bien et peut-être pourrait-elle l'écouter. Un moment encore il attendit, sans autre raison qu'il avait peur de ce qu'il allait dire, puis comme s'il faisait une chose honteuse il tira doucement le rideau et une voix aigre déclara aussitôt :

— J'ai interdit qu'on me dérange.

Mike fut en un éclair devant elle.

— Pardonnez-moi, Miss Charlotte, je voulais vous dire bonjour avant tous les autres.

Au fond d'un large fauteuil, la recluse volontaire du *Grand Pré* lisait près d'un feu de bûches dont la bonne odeur se répandait avec une sorte de bienveillance générale aux alentours, et sur la cheminée un bougeoir éclairait un livre tenu de deux mains fermes comme pour l'empêcher de s'envoler. Avec sa robe noire et son fichu de soie blanche, la vieille demoiselle achevait sans le savoir le portrait idéal qu'elle se formait d'elle-même. Elle regrettait d'avoir les joues un peu trop roses, mais elle n'y pouvait rien, elle avait une bonne digestion.

Fidèle à une solide réputation de charité, elle eut pour Mike un sourire angélique :

— Merci, cher garçon, et qu'avez-vous à me dire encore ? J'écoute.

— Miss Charlotte, je ne sais comment... Vous serez très étonnée.

— Plus rien ne peut m'étonner.

Il se redressa pour prendre courage et dit d'un trait :

— Je suis malheureux à cause d'Elizabeth.

— Comme pas mal de jeunes gens, fit-elle d'un ton calme. Il faut prendre cela doucement et ne pas trop y rêver.

Il s'approcha d'elle et prit une chaise.

— Puis-je m'asseoir un instant ?

— Si vous voulez, mon petit Mike, mais il va venir du monde.

— Justement, je profite de ce que nous sommes seuls. Écoutez-moi. Il y a des jours où je voudrais mourir. Vivre sans elle ne me paraît plus possible, comprenez-vous ? La dernière fois que je me suis trouvé ici en permission, j'ai voulu la voir pour m'expliquer avec elle, elle a eu peur et s'est enfermée.

— Bien. Et alors ?

— Mais j'ai eu envie de mourir ! s'écria-t-il.

— Pas si fort ! On va vous entendre à l'office.

— Miss Charlotte, amoureux, vous comprenez ce que ça veut dire ? Amoureux. Amoureux fou !

— Et qu'est-ce que vous voulez que j'y fasse ? demanda-t-elle en levant les bras. Vous êtes ici ; elle à Savannah.

— Je déserterai pour la rejoindre.

— Seigneur ! Si votre frère vous entendait !

— Billy n'est plus là, moi, je suis vivant, et j'ai aimé Elizabeth avant lui.

— Vous ne savez plus ce que vous dites. Seigneur, calmez-le !

— A six ans, je courais après elle, j'étais Mike les mains sales, et elle se sauvait, mais elle m'aimait bien.

— Mais pourquoi me racontez-vous tout ça ?

— Parce qu'il faut que je le dise à quelqu'un, autrement...

241

— Autrement quoi, mon pauvre Mike ?

— Je ne sais pas. Les choses vont tourner mal.

— Cher, cher garçon, on va essayer de réciter un psaume, vous et moi. Mon favori... Cela nous donnera la paix

Du coup, il se leva.

— Non, non, et non ! hurla-t-il en tapant du pied. Je vous demande pardon, Miss Charlotte, vous avez des tas de beaux sentiments, mais vous ne comprenez pas du tout ce que c'est que le cœur humain.

Elle se laissa glisser dans le fauteuil, les mains sur les yeux.

— Oh ! oh ! gémit-elle, oh ! J'ai été jeune comme vous, Mike. Oh ! oh !

Suivit un silence qui les immobilisa comme s'il leur faisait peur, puis un lointain bruit de clochettes les fit l'un et l'autre se regarder en face. C'était un joyeux tintement qui donnait l'impression de venir de la neige.

— Je vais voir, murmura Mike.

Il bondit vers la porte qu'il ouvrit avec violence, il vit alors avancer vers la maison un chariot que tirait un cheval soufflant de la buée, des clochettes tintinnabulant à son harnais. Un jeune cocher noir trônait victorieusement au-dessus de quelques personnes dans le véhicule, où Mike reconnut tout de suite les deux dames en fourrures : Maisie de Witt et Stella. Elles lui faisaient bonjour avec des gestes enfantins de leurs mains gantées de blanc. A côté d'elles un officier de marine de haute taille inclina un peu la tête avec un sourire. C'était Daniel de Witt, un des anciens soupirants d'Elizabeth, fort beau, — cependant, quand il lui eut confié qu'il était de nature jalouse, elle n'en avait pas voulu, ici même.

Tout ce monde mit pied à terre dans une allégresse de saison et, dans la salle du rez-de-chaussée, Miss Charlotte parut, un peu hésitante, mais les bras ouverts et les yeux pleins d'alléluias.

Il y eut quelques secondes de confusion aimable où les poitrines se rencontrèrent éperdument comme si on échappait à un naufrage. C'était l'esprit de Noël en temps de guerre. La chère Maisie, courte et forte avec un visage de martyre qui lui était habituel, fit de visibles efforts pour étouffer Miss Charlotte d'amour, mais la grande Stella au corps de cariatide arracha la bonne place et couvrit la vieille demoiselle de baisers retentissants.

Cette scène d'effusion laissait sur la défensive l'officier de marine apollonien qui n'avait à offrir qu'une grimace de politesse.

Mike lui-même, d'humeur sauvage après sa prise de bec avec Miss Charlotte, préférait se tenir à l'écart, jusqu'au moment où tous prirent place à la longue table dans un brouhaha joyeux. Il voulut alors s'installer le plus discrètement possible, mais sa mine de collégien fut l'objet de petites acclamations protectrices :

— Salut aux héros en herbe !

Il sourit, s'inclina et s'assit en rageant.

A côté de lui, Tante Maisie lui tapa la main d'un air maternel. Déjà circulait une lourde théière quand Stella leva un bras pour demander le silence :

— Tout d'abord, dit-elle d'une voix pénétrée, je propose une pensée pour nos très chers absents, en cette veille de Noël, l'un d'eux derrière les barreaux d'une forteresse ennemie, l'autre, épouse fidèle dont le cœur s'épuise en méditations conjugales dans le céleste confort de sa demeure savannienne où je l'ai laissée. Il nous semble la voir couchée dans son lit qu'elle quitte si rarement, son visage doux et tranquille encadré d'un chaste bonnet à dentelles.

— Vous allez nous faire pleurer, fit Miss Charlotte à mi-voix.

— Jetez plutôt des cris d'admiration. Elle est l'image de la sérénité confiante, elle attend que se passe quelque chose de mystérieux qui lui rende son tout, sa seule raison de vivre...

Soudain la parole lui fut coupée par Tante Maisie qui se mit à battre des mains en criant :

— Alors bravo et encore bravo ! Voilà notre Amelia bien acclamée, nous la laissons dormir un peu, et vous, Stella, redites-nous ce qui vous est arrivé à Richmond.... Miss Charlotte et vous aussi, jeunes hommes, vous allez voir, c'est splendide !

Stella remercia d'un signe de tête et commença :

— Libérée de l'enfer du Nord, je me fais conduire à fond de train en Virginie, à Richmond. On m'y attendait. Au quartier général du Sud, un officier d'état-major me livre sous ses yeux à des secrétaires qui prennent par écrit le message que j'ai logé dans ma mémoire avant d'en brûler le texte écrit.

Il y eut des hochements de tête des dames autour de la table.

— Ô merveille ! Pas un mot, pas un chiffre ne manquent ! Le texte est porté aussitôt en haut lieu. Et voilà qu'arrive en personne le général Lee. Avec une politesse admirable, il me prie de m'asseoir et d'attendre. Un moment plus tard il revient, me serre les mains dans les siennes, un sourire dans sa moustache grise. « Madame, me demande-t-il d'une voix tranquille, un message aussi particulièrement précis et difficile, et si important pour notre Sud, com-

ment l'avez-vous retenu, comment avez-vous pu ? »
J'ai répondu avec un geste, la main sur la poitrine :
« Par cœur, général ! »

Ces derniers mots furent salués par un gros murmure d'admiration émue qui tout à coup s'arrêta net. Dehors, des grelots tintaient. Les deux hommes se levèrent et coururent à la porte avec une sorte d'émulation puérile, car tout semblait tourner à l'enfance ce jour-là, et soudain le froid entra, les dames jetèrent des cris. Elles n'eurent que le temps de voir se rapprocher une voiture tirée par un cheval au harnais sonore. La porte fut refermée sur un bruit de pelle raclant les pavés du seuil.

— Qui est-ce ? demanda-t-on. Qui est-ce ?

Brusquement, tout changea. Dans un grand désordre de voix, de grelots, de portières ouvertes et fermées, puis ouvertes de nouveau, de commandements et d'éclats de rire, une femme entra. Une fourrure l'enveloppait à peu près jusqu'aux yeux et ne laissait paraître que le haut des pommettes rose vif, et dans la toque qui la coiffait une plume blanche piquée toute droite prenait un air de bravade.

Plusieurs secondes de stupeur l'accueillirent de silence et elle s'écria gaiement :

— Eh bien, bonjour !

— Bonjour, madame, fit Miss Charlotte.

— Enfin, vous ne me reconnaissez pas ?

— Miss Amelia ! s'écrièrent les deux hommes sur ses pas.

— Merci ! s'écria-t-elle en riant.

Fusèrent aussitôt des excuses et des exclamations.

— Quelle fête inespérée !

— Cadeau de Noël surprise !

Et tous en chœur :

— On vous croyait à Savannah !

Elle laissa tomber sa fourrure entre les mains des deux hommes.

— A Savannah, avec mon mari en prison chez l'ennemi !

D'un air impérieux, elle prit place dans le fauteuil vide.

— Rasseyez-vous, fit-elle. Je veux qu'ici, dans notre maison, à Charlie et à moi, nous décidions tous ensemble d'un plan pour le libérer.

Un murmure parcourut le groupe et des regards attentifs se posèrent sur cette femme qui vieillissait à peine, sur son visage aux chairs demeurées lisses et roses comme si une main bénéfique les lui avait caressées tout le long des jours pour la préserver des horreurs de la vie.

— Voulez-vous du thé ? demanda Miss Charlotte d'une voix douce.

Amelia fit oui de la tête et sa tasse fut aussitôt remplie. Ce fut le signal qu'on attendait, car tout sur la table se mit à bouger entre des mains impatientes, dans un tintement léger de cuillères d'argent et de porcelaine.

La théière voyageait beaucoup. On buvait chaud en écoutant celle qu'on n'arrivait pas encore à tout à fait reconnaître. Tous l'avaient vue chez elle dans sa maison du *Bocage*. Ce n'était un secret pour personne qu'elle vivait là pour répondre à l'amour exigeant d'Oncle Charlie dans les intervalles des naissances.

De nature obéissante, elle cédait, non comme une femme éprise de son mari, mais avec un attachement comparable à celui d'une bête. Lui-même la dressait avec une douceur de fer et elle s'y complaisait sans

hésitation. Pour ce qui était de la faim des sens elle
était satisfaite au point que cela lui faisait peur. Elle
flairait l'odeur du péché, mais restait désespérément
captive. Quand son mari la laissait seule elle dévorait une abominable tristesse. Alors, sa conscience
allégée d'une joie mystérieusement coupable tentait
de rétablir une sorte d'équilibre intérieur. On la trouvait belle sous ses bandeaux noirs, mais ses grands
yeux pensifs ne parlaient que de silence. Elle était
amoureuse au point d'en trembler et n'en disait rien.
Si l'absence de son mari en temps ordinaire faisait
d'elle une martyre, sa captivité la rendait féroce.
Devant sa tasse de thé encore pleine, elle se mit à
proférer des choses définitives :

— A l'heure actuelle, tout concourt à perdre le
Nord. L'Angleterre est à la veille de lui porter le coup
qui nous en délivrera. A nous de lui prêter main-forte,
à nous, ici même, autour de cette table.

Sans doute espérait-elle des personnes présentes
une réaction qui stimulât son éloquence patriotique,
mais la consternation les rendait muettes : Amelia
perdait-elle la tête ?

Ce silence lui arracha un cri :

— Moi, je ne peux plus attendre. Je veux libérer
mon mari !

D'un coup, ils se penchèrent vers elle en parlant
tous à la fois :

— On vous aidera... L'ambassade d'Angleterre fera
quelque chose... N'ayez pas peur... on peut toujours
négocier...

Les yeux brillants, elle frappa la table du plat de
la main.

— J'agirai par la force. J'ai tout l'argent qu'il faut.
Je lèverai des volontaires.

— Difficile, fit Mike, ils sont tous mobilisés.

— Pas dans l'Ouest, pas dans le Massachusetts. J'ai tout l'argent qu'il faut. Jeunes gens, je compte sur vous. A l'ouvrage, militaires, il s'agit d'organiser un coup de main magistral sur Fort Warren, comprenez-vous ?

Des regards furent échangés et le mieux parut de laisser poliment Amelia à ses rêveries. Elle parlait maintenant d'une voix calme et mesurée, par cela même d'autant plus inquiétante. Très posément, elle ôta sa toque de loutre, et ses cheveux noirs le long de son visage lui rendirent son air majestueux d'autrefois.

Maisie de Witt se leva soudain.

— Si mon mari était là, il vous aiderait, mais le Commodore est à Norfolk en train de se battre avec les Yankees. Quels conseils il aurait pu vous donner !

— Je ne veux pas de conseils, fit Amelia, je veux des hommes.

Mike et Daniel bondirent comme sous une décharge électrique.

— Moi, le numéro un, s'écria Daniel de Witt.

— Moi, le un aussi, hurla Mike.

Les femmes applaudirent. Stella jeta son appel :

— Toutes pour vous comme un seul homme ! Par où commence-t-on ?

Tous quittèrent la table, les mains se joignirent et avec une spontanéité libératrice une contredanse s'improvisa, pleine d'une inconsciente joie de vivre.

Curieux de tout, les serviteurs noirs vinrent regarder à distance respectueuse, mais leur présence réveilla subitement des scrupules endormis.

— Nous oublions un peu que nous sommes en

guerre, déclara Miss Charlotte, mais vive nos étoiles du Sud !

— A Fort Warren et sus au Nord ! clamèrent les hommes.

Les Noirs se sauvèrent.

XXI

Il neigeait à Boston en ce lendemain de premier janvier 1862. Charlie Jones trépignait de rage dans sa prison : rien n'avait changé depuis novembre et, pourtant, tout était pire selon les vues du prisonnier. Le matin même, une grande et belle boîte lui avait été livrée, pleine d'innombrables cadeaux. Les dames de Boston lui disaient ainsi la fidélité de ses admiratrices du Massachusetts. Malheureusement, la boîte était passée d'abord par le commandant du Fort. Celui-ci, de ses gros doigts de militaire, avait tripoté un monde d'exquis napperons brodés à la main et de somptueux mouchoirs de soie blanche ornés de blasons anglais vus en rêve par une Bostonienne éperdue et secrètement amoureuse.

A présent Charlie Jones plongeait deux poings ravageurs dans l'amoncellement de naïves merveilles et les éparpillait sur le plancher afin de les piétiner.

— Qu'est-ce qu'elles t'ont fait, tes adoratrices ? demandait Low avec des éclats de rire.

— Rien ! hurlait Charlie Jones. Ce n'est pas elles, c'est ce Yankee du Fort que je foule aux pieds et que je trépigne et que je méprise !

— Écoute un peu. Il y a du boucan dehors.

— Qu'est-ce que tu inventes encore ?

— Tais-toi une seconde.

A ce moment, on entendit une voix très claire :

— Place ! Place !

La porte s'ouvrit. D'un bond, un jeune homme entra et la porte se referma derrière lui dans un fracas de clefs.

— Excusez-moi de faire irruption, dit-il. Je n'avais pas le choix.

C'était le joli secrétaire de Lord Lyons. Le nez en l'air dans un visage de collégien, mais la voix d'un garçon résolu, il brandissait un rouleau de papier d'où pendait un cachet rouge.

— Vous ici, Aelred ! Que se passe-t-il ? (Et Charlie Jones ajouta :) Où est Lord Lyons ?

— Il est avec les plénipotentiaires du Sud qu'on relâche en ce moment.

— Et nous ?

— Minute. J'y arriverai, mais le gouverneur s'oppose à ce que Lord Lyons vous rende visite. Vous n'êtes pas prévus par l'accord signé.

— Quel accord ?

Aelred eut un grand sourire.

— Ne nous faites pas languir ! supplia Low. Nous avons beau être anglais, nous sommes impatients.

— Il y a trois jours, reprit le jeune homme, nous étions au bord de la guerre, et Lord Lyons a dû aller voir le Président avec un ultime message de la reine.

Dans l'antichambre ovale de la Maison Blanche, un gros chien frisé au ventre barré d'une longue

251

chaîne de montre attend l'ambassadeur d'Angleterre. Sumner, sénateur du Massachusetts, très ému, court vers Lord Lyons dès que celui-ci entre.

— J'ai fait ce que j'ai pu. Ils sont inébranlables, donc aveugles.

— Je vous remercie. Avec des hommes comme vous, on aurait fini par s'entendre, mais le délai est maintenant très court. Nous sommes au bord des hostilités.

— Ce n'est pas possible !

— Quatre-vingt mille soldats déjà au Canada, la marine est en alerte, prête au blocus de la côte. La reine a signé l'embargo sur le salpêtre.

— Mais nous l'avions acheté ! proteste Sumner.

— Vous avez bien saisi des hommes à bord de nos bateaux.

Sumner hoche la tête et murmure :

— Puissiez-vous les convaincre. Sinon nous voilà entre deux adversaires. Venez. On nous attend.

Dans le salon ovale, l'huissier annonce :

— Son Excellence, l'ambassadeur d'Angleterre.

Seward au grand nez dédaigneux et un Lincoln livide marchent tous deux de long en large.

— Alors, lance Seward, où en sommes-nous, Monsieur l'Ambassadeur ?

— Excusez-moi, c'est à moi à vous le demander ?

— L'Angleterre nous met le couteau sous la gorge.

Lincoln intervient :

— Comme l'Angleterre, nous avons un peuple jaloux de ses droits.

— Monsieur le Président, dit Lord Lyons, les droits des uns s'arrêtent où commencent ceux des autres. Le capitaine Wilkes a commis un acte de guerre. L'Angleterre attend réparation, et le délai de sept jours s'achève ce soir. Je serai au regret d'avoir à faire mes bagages dès demain. Telles sont les instructions de mon gouvernement.

Lincoln, encore plus hâve et l'œil enfoncé, déclare :

— Moi vivant, Monsieur l'Ambassadeur, les plénipotentiaires du Sud demeureront nos prisonniers.

Ici, un geste d'approbation de Seward, tandis que Charles Sumner s'essuie la bouche avec sa pochette de soie jaune.

Lord Lyons sourit.

— Monsieur le Président, votre disparition serait une grande perte, mais la disparition des États-Unis serait une perte plus grande encore pour le monde. Permettez-moi maintenant de me retirer.

Dans le cabriolet qui le ramène à sa résidence, Lord Lyons confie son appréhension à son secrétaire :

— Une guerre serait désastreuse pour tout le monde. Certes, le Sud en sortirait vainqueur plus vite, mais à quel prix !

— Qu'allez-vous faire ? interroge le jeune homme.

— Nos bagages, mon petit Aelred.

— Nous retournons en Angleterre ?

— Nous attendrons d'abord au Canada.

— L'hiver au Canada ! Je préférerais la Jamaïque !

— Nous verrons, Aelred, comment les choses vont tourner.

☆

Dans l'élégante demeure de l'ambassadeur, tout parle non pas tellement de fuite que de départ précipité. Les grandes vaches gisent ouvertes un peu partout. Les serviteurs s'affairent à recouvrir fauteuils et canapés de housses blanches comme pour les grandes vacances. Les pièces commencent à ressembler à des pièces fantômes.

Pour s'isoler de cette agitation, Lord Lyons et son secrétaire ont pris refuge dans la bibliothèque, toutes portes ouvertes, cependant. Dehors, il commence à neiger. Le ciel s'assombrit.

— La neige ! s'écrie Aelred. Je vais dire de ne pas empaqueter les pelisses, et qu'on apporte un peu de lumière.

A ce moment du bruit, puis un jeune attaché vient annoncer que le secrétaire d'État demande à voir Monsieur l'Ambassadeur.

— Faites-le monter, dit Lord Lyons.

— Il monte derrière moi.

A la suite de son grand nez de bonne race, entre Mr Seward. Imperturbable, il a l'air satisfait d'être qui il est. Il déclare d'une voix égale :

— Monsieur l'Ambassadeur, vous pouvez faire ôter vos housses. Vous avez gagné. Le Président Lincoln rend à l'Angleterre les gens du Sud que vous réclamez.

— Saluons la nouvelle de la paix. Vous êtes bien aussi de race anglaise. Devant un échec, vous gardez un air de triomphe.

Mr Seward s'incline.

— Simplement, ajoute-t-il, que ces quatre personnes montent à bord de votre navire en dehors du port de Boston.

254

— D'accord. Reste le cas de monsieur Charles Jones, sujet de Sa Majesté, dont le bateau est toujours retenu dans le port.

— Ce problème sera résolu lorsque monsieur Charles Jones aura prouvé qu'il ne transporte pas d'armement pour le Sud.

Mr Seward se retire.

— Je fais vider toutes les valises, s'écrie Aelred, ravi.

— Gardez les pelisses et un nécessaire. Nous partons pour Boston.

— Et me voici, fit Aelred.

— Alors nous rentrons chez nous ? demanda Charlie Jones.

— La présence de votre bateau dans le port constitue un acte de guerre, paraît-il.

— En quoi ? Nous sommes anglais.

— Nous sommes anglais, répéta en écho son beau-frère.

— Ils prétendent qu'il contient des armements à destination du Sud.

— Je m'inscris en faux, dit calmement Alexander.

— Alors ils vont vous garder à Boston tant qu'ils n'auront pas vérifié la cargaison.

Charlie Jones explosa :

— Ils n'en ont pas le droit.

— Eh bien, laissez faire et livrez votre bateau à l'inspection.

— Jamais ! fit Charlie Jones.

255

— Ou du moins, pas si vite, ajouta posément Low. Il faut réfléchir.

— Je ne peux malheureusement pas rester. Lord Lyons doit m'attendre dehors et le Commandant rage.

— On se reverra, dit Charlie Jones, et chez moi. Le Sud battra ces gens de mauvaise foi. Je vous invite en Virginie, à Savannah, partout où vous voudrez.

— Merci, fit Aelred, mais réfléchissez, s'il vous plaît. Aidez-nous à vous aider.

Il se dirigea vers la porte, frappa le vantail du plat de la main. La porte fut ouverte, puis, à double tour, on referma derrière lui.

— Et maintenant ? demanda Low.

— Assurons-nous d'abord que le troisième bateau est arrivé à bon port. Il avait une plus longue course. Patientons encore jusqu'au 15. Après, ils verront.

☆

Deux semaines s'écoulèrent sans apporter aucun changement à la situation : pas de visites, pas de courrier, des promenades réglementaires dans la cour aux heures où il n'y avait aucun soldat, et la porte bouclée en permanence. Cependant, le 16 à midi, le Commandant fit son entrée. Il apportait une lettre à chacun de ses prisonniers et dit laconiquement à l'un et à l'autre : « C'est de votre femme. »

Low lui répondit :

— Merci de l'avoir lue, Commandant. Peut-être pourrez-vous me la résumer ?

Le Commandant n'eut pas même le temps de répondre que Charlie Jones se mit à hurler :

— Datée du lendemain de Noël! Cela fait trois semaines. Qu'en avez-vous fait? Répondez.

Très calme, légèrement ironique, le Commandant déclara :

— Elle m'a été envoyée hier soir par le Département d'État.

— Ils ne sont pas pressés!

Sourire du Commandant.

— Cher monsieur, il faut que le courrier passe entre les deux armées par une convention de nos postes respectives. Ennemis, mais pas sauvages. Il est normal que l'on jette un coup d'œil sur les papiers d'un belligérant. Et je vous ferai remarquer que vous non plus n'êtes pas pressés.

— Comment! s'écrièrent en même temps les deux prisonniers.

— Pas pressés de nous montrer ce fameux bateau.

— Vous y tenez tellement?

— Votre question est une plaisanterie.

— Eh bien, soit, mais condition *sine qua non* : en présence de notre ambassadeur, car je considère cela comme un acte d'ingérence.

— Ou de guerre, affirma le Commandant. Je fais prévenir Lord Lyons et le Département d'État. Bonne journée. Au revoir, messieurs, en attendant.

XXII

En cette fin de matinée du 19 janvier, la neige qui tournoyait depuis l'aube avait transformé le bateau de Charlie Jones en vaisseau fantôme. Les écoutilles, le pont, tout était blanc, et il avait beau être au milieu du port militaire de Boston, sous la garde de Fort Warren, le petit groupe qui attendait devant la porte du capitaine du navire ne pouvait rien distinguer de la ville qui disparaissait dans une brume laiteuse. Il y avait là des officiers du Nord, le Commandant du Fort et des commis de douane. Dans le bureau du capitaine, Lord Lyons, Charlie Jones, Low et le secrétaire de l'ambassadeur, tous confortablement emmitouflés dans leurs pelisses, regardaient le représentant du secrétaire d'État en train de contresigner le livre de bord, le capitaine voulant, comme il se devait, être couvert pour toute perquisition.

Les soldats avaient déjà fouillé les ponts supérieurs et toutes les cabines. Militaires et civils, aussi impatients les uns que les autres, se mirent à descendre vers le fond du bateau.

A chaque entrepont, la fouille systématique était dirigée par les officiers des douanes ; les uniformes bleu sombre se dispersaient de tous côtés, mais toujours ils revenaient bredouilles au pied de l'escalier où les attendait le groupe des officiels. *Rien*, était-il dit laconiquement.

Et la descente reprenait, les gros souliers de la troupe faisant résonner les escaliers de fer, leviers et outils cognant à chaque marche. Le troisième et dernier entrepont offrit de grands ballots d'étoffes, indiennes et cotonnades, ainsi que de grands sacs de baleines de corsets et de corps de crinoline, — « il faut bien que les dames suivent la mode », murmura Charlie Jones — ; puis, dans une soute, on découvrit une serre de fonte dont toutes les vitres étaient soigneusement déposées, étiquetées et protégées.

— C'est pour Dimwood, fit Charlie Jones à Lord Lyons, un modèle réduit du Crystal Palace, on peut avoir des fleurs d'hiver en plein été. Ingénieux, non ?

Une première cale fut ouverte : les nombreux paquets portaient tous le nom de Lady Fidgety.

— Il s'agit de cadeaux d'une mère à sa fille, expliqua Charlie Jones. C'est fragile.

Cependant, il fallut ouvrir les caisses. Elles révélèrent des châles, des services de porcelaine de Dresde, des tentures de soie brochée et une malle pleine de jouets. Des soldats de plomb et un voilier inattendu se trouvèrent soudain devant ces hommes immobiles comme s'ils regardaient avec leurs yeux d'enfants.

— Ça aussi, c'était pour Noël, remarqua amèrement Charlie Jones.

On descendit encore. Par les sabords ouverts, une brume blanchâtre avait l'air d'entrer en tournoyant, avec l'odeur de la mer qu'on devinait à quelques mètres en dessous. On ne voyait pas le fond de cette immense cale. Des lampes-tempête furent accrochées à des piliers, et dans cette dansante lumière rougeâtre, il y eut un instant de silence : des caisses géantes étaient arrimées solidement du plancher au plafond, chacune séparée des autres par des ballots de paille tressée, on en imaginait jusqu'au fond de la pénombre. A ce moment s'entendirent des cris de fous de mer qui passaient en rasant les sabords.

— Je proteste encore et encore, s'écria Charlie Jones. L'ambassadeur de Sa Majesté la reine Victoria sera témoin de cet acte de piraterie morale dans des affaires anglaises.

— Eh bien, dit le représentant de Mr Seward, nous verrons vos protestations tout à l'heure...

— Ces caisses sont fragiles. A ouvrir avec les plus grandes précautions, indiqua Low.

— Vous craignez que ça saute ?

Le commandant de la forteresse ajouta :

— Allez, soldats, au travail.

Lord Lyons intervint :

— Ne vaudrait-il pas mieux suivre les instructions pour l'ouverture ? Il y aurait moins de danger pour nous tous !

Ainsi Charlie Jones put indiquer où et comment enfoncer les coins dans les parois, et les leviers furent bientôt en action. Un des côtés de la première caisse s'ouvrit : de la paille et des lambeaux de chiffons et de papier roulèrent sur le sol. Suivit une autre caisse et, sous les coups des soldats, d'autres encore dans une sorte d'émulation victorieuse.

A quelques mètres de distance, les spectateurs devenaient de plus en plus attentifs et, brusquement, comme papiers et bourres de chiffons avaient fini de dégringoler, furent frappés de stupeur, car des hautes caisses éventrées surgit une humanité d'apparition. Les regards aveugles d'un monde héroïque foudroyaient ces hommes tout à coup silencieux. Dans la splendeur dédaigneuse de leur nudité païenne, les dieux de l'Olympe semblaient provoquer l'éclat rougeâtre des lampes-tempête, et si violente fut la surprise que, le temps d'un éclair, officiers et civils se sentirent inexplicablement barbares, puis un cri de Charlie Jones rétablit une sorte d'équilibre fou.

— Les armements clandestins, qu'est-ce que vous en dites, gardiens de forteresses ?

La voix brève du Commandant coupa court à cette ironie.

— Monsieur Jones, vos bonshommes de marbre ne prouvent rien. Les recherches continuent. Soldats ! Là-bas, au fond de la cale, et au travail, la plus importante des caisses est là.

— Prenez garde ! hurla Charlie Jones. Vous touchez à des chefs-d'œuvre.

— Monsieur Jones, je veux savoir ce qu'il y a dans cette caisse. Soldats, allez-y.

Des coups sourds répondirent presque aussitôt. Dans le groupe des observateurs nul ne broncha, mais Charlie Jones fit entendre des gémissements de tragédie.

— Un coup de marteau maladroit et une tête peut voler qui vaut des fortunes.

— Calmez-vous, fit le Commandant, personne ne va mourir. Allez, les hommes, un dernier effort.

Cet ordre fut suivi avec un zèle qui devenait féroce. Un des panneaux de la caisse pencha en avant, suivi de planches latérales, avec des lenteurs calculées ; soudain, dans l'éclairage mouvant des lampes-tempête, parut surgir de terre une masse blanche qui fit courir un murmure d'admiration. Sur les escarpements d'une roche harmonieuse se dressait un taureau sauvage que deux jeunes hommes nus tentaient de maîtriser en le tenant par les cornes. Si forte était l'impression de lutte que son immobilité même semblait sur le point de se rompre en lâchant la bête et les héros parmi les spectateurs. Il y eut de petits rires nerveux vite maîtrisés, puis un murmure appréciateur face à la perfection anatomique des corps intrépides.

Enfin s'installa un silence qui attendait de l'inattendu, quelque chose de sensationnel, de violent peut-être, mais il n'y eut d'abord que la voix courtoise de Charlie Jones qui dit doucement :

— Messieurs, je crains de vous avoir déçu. De fusils nulle part, point de munitions. Mais il fallait m'écouter, croire à la parole d'un Anglais. A présent s'impose le gros travail de la remise en état de toutes ces caisses. Car je suis collectionneur. Je voulais le secret, et voilà ! Plus de mystère, plus de conspiration. Je rapporte chez moi de quoi faire un musée et j'exige la remise en état de toutes mes caisses que vous avez fait ouvrir par une décision aussi légère que lourde.

Le représentant de Seward devint écarlate.

— Sir ! s'écria-t-il.

— Non, poursuivit Charlie Jones. Je compte sur des dédommagements pour les mois perdus depuis novembre. Mes assureurs du Lloyd's s'y emploieront. De plus, et avec l'appui de Lord Lyons, je vais envoyer un expert vérifier l'état dans lequel se trouve mon inestimable collection.

— Présent ! cria une voix juvénile.

— Aelred, fit Lord Lyons, qui vous permet...

— Laissez. Le choix est bon, déclara gaiement Charlie Jones. Il y aura toujours une jeunesse anglo-saxonne amoureuse de l'Olympe.

De tous côtés montèrent alors de petits rires mal contenus, mais Aelred ne les entendit pas. En trois bonds, il avait franchi l'espace qui le séparait du taurobolion figé dans son marbre blanc. Pour lui cependant, le magnifique groupe n'avait rien d'immobile, il bougeait glorieusement dans son imagination fiévreuse ; et non content de succomber à ce prestige, le jeune homme passait et repassait autour des corps héroïques avec des lenteurs coupées de haltes subites. Sur son visage transfiguré semblait luire un soleil invisible. Il n'était plus de ce monde.

— Gentlemen, fit Charlie Jones d'un ton aimable, je suis d'avis que nous laissions notre jeune extatique. Des affaires sérieuses nous réclament là-haut.

Tous montèrent, les officiels penauds, les Anglais courtoisement vainqueurs, mais le triomphe éclatant dans les yeux. Le commandant de la forteresse fit plusieurs tentatives de fuite pure et simple, sous prétexte d'affaires urgentes, mais Low le saisit par le bras d'une main ferme :

— Minute, Commandant. A charge de revanche, il vous incombe de réserver pour nous le plus luxueux appartement dans le meilleur hôtel. De plus, vous ferez envoyer des invitations pour un grand dîner d'adieu à la ville de Boston.

Des sourires de tigre furent échangés et le Commandant obéit pour étouffer une défaite un peu trop ridicule.

Il fallut une semaine entière de sérieux efforts pour tout remettre en ordre. Low et Charlie Jones surveillèrent implacablement leurs caisses et le navire reprit son aspect habituel.

Enfin, le 31 janvier au matin, accompagnés d'Aelred, les deux hommes se retrouvèrent à bord dans des manteaux de fourrure, car le froid mordait. Une brume neigeuse enveloppait le port, trouée par les cris rauques des oiseaux de mer. La côte disparut et, lorsqu'ils furent au large, un soleil radieux chassa bientôt toutes les effilochures de brouillard. Arpentant le pont, Charlie Jones aurait voulu être le vent pour pousser encore plus vite son bateau vers le sud.

XXIII

Cinq jours plus tard, le *Brittomart* entrait dans le port de Savannah et son précieux chargement fut confié à une tribu de spécialistes zélés qui dirigea le tout vers la maison de Madison Square.

Les deux beaux-frères se quittèrent sans phrases, en ayant l'un et l'autre assez de leur compagnie mutuelle. Low regagna son élégante demeure ; Charlie Jones, lui, se rendit au bureau du surveillant du port et là, surprise : la place de Fred se trouvait prise par un officier qu'il ne connaissait pas. L'entretien fut bref :

— Le capitaine Hargrove est parti de son plein gré, avant-hier.

— Des difficultés ici ?

— Aucune. Décision subite, d'accord avec les autorités. Actuellement, il doit être à Richmond, affecté au Quartier général.

— Richmond !

Interloqué, mais soucieux de ses propres affaires, Charlie Jones sauta dans son cabriolet et se rendit chez lui, à Jasper Square, où il avait hâte de serrer Amelia sur son cœur. Là, seconde surprise encore plus forte : les deux garçons à l'école, il s'y attendait, mais ce qui lui coupa le souffle ce furent les grandes exclamations de son fidèle Jeremy dont les mains noires serraient doucement les siennes.

— No, Massa Cha'lie, Miss Amelia n'est pas là. Elle est au *G'and P'é* depuis longtemps...

Sans perdre un instant, Charlie Jones expédia à la chère absente une dépêche dans le style mi-câlin mi-impérieux qui bouleversait les femmes. « *Libre, mais sans Amelia, je meurs. Reviens ici immédiatement.* »

Après quoi, le temps de multiplier les instructions aux domestiques, il sauta derechef dans son cabriolet et se rendit à sa maison Tudor. Le soleil d'hiver caressait la masse imposante. Charlie Jones frappa la porte d'un coup de pommeau de sa lourde canne.

Enfin la porte s'ouvrit. Dès l'entrée, il s'arrêta. Pendant une ou deux secondes, il ne reconnut pas sa maison.

Tout était clos. Ses yeux crurent découvrir une vaste grotte et, tout à coup, surgit de l'ombre son serviteur noir :

— Massa Cha'lie ! s'écria-t-il. C'est Massa !

Sa femme Ada derrière lui barrait l'air de ses bras levés.

— Du calme ! commanda Charlie Jones. Bonjour, Amos, bonjour Ada. Quelles nouvelles ? Vous êtes seuls dans la maison ?

— No, Seu', il y a Massa Ned.

— Avec sa maman ?

— Non, fit Amos, Missis Ha'g'ove vient jamais ici.

— Ah ?

Il fronça les sourcils et parut songeur un instant, puis ordonna :

— Je veux voir Ned tout de suite. Où est-il ?

— Au g'enié.

— Quelle idée ! Que fait-il là-haut ?

— Comme tous les jou's, il se p'omène, il se 'aconte tout haut des histoi'es, tantôt il est en p'ison...

— ... plus souvent dans un château, précisa Ada avec une sorte de précipitation.

Et elle et son mari se mirent à parler ensemble :

— ... Oui, il est dans un château et les ennemis sont deho's... et il se met à toutes les luca'nes pou' guetter la place.

Charlie Jones eut un petit rire :

— On lui a dit ce qui m'est survenu et son cerveau travaille. Comme il a dû me voir arriver, il va descendre tout de suite.

— A moins qu'il soit d'un aut'e côté. Le g'enié est éno'me.

— Je vais le faire sauter en l'air en apparaissant tout à coup là-haut. Mais d'abord, vite, préparez-vous à un gros travail. Depuis le port est en route un convoi de grandes voitures pleines d'un chargement précieux. La première devrait être ici dans une heure ou deux. Vous ouvrirez les volets des deux salons. Un jeune homme sera là, il surveillera...

A ce moment, un cri le fit tressaillir. Du fond de la grande salle courait vers lui Ned en veste à boutons de cuivre et en culotte courte. Un désordre de boucles châtain s'agitait autour de ses joues roses.

— Grandpa, tu t'es sauvé... sauvé !

— J'ai fait un pied de nez à leur forteresse. Venez là, monsieur, qu'on vous embrasse.

De ses mains puissantes il s'empara du gamin et le serra sur sa poitrine.

— Je te proclame Lord Ned dans sa maison, s'exclama-t-il en riant de plaisir.

La réplique un peu essoufflée vint aussitôt :

— Elle est à moi, tu me l'as donnée. Je la connais mieux que personne, mieux que toi, Grandpa.

— Pas vrai ? Écoute, Ned. J'ai bâti cette maison pour toi.

— Alors, elle est à moi, non ?

— Elle sera complètement à toi quand tu auras vingt ans.

L'enfant eut un regard anxieux.

— Et maintenant, alors, Grandpa ?

— Maintenant, fit Charlie Jones avec un sourire, tu me la prêtes.

— C'est pas la même chose ?

— Aucune différence. Je te donne une maison qui ferait envie à un lord. Alors, tu vas être comme un lord.

— Un lord ?

— Tu ne peux pas comprendre. Ça m'aurait fait plaisir : toi, Lord Ned... Mais laissons tout ça et allons faire un tour du côté des salons. Amos doit ouvrir les volets. Avant la guerre, il y a eu ici des réceptions splendides, une foule très élégante, des personnages très connus dans le monde...

Dans l'obscurité, la voix de l'enfant monta, à la fois minuscule et perçante comme celle d'un oiseau dans la nuit.

— C'est vide et ça semble tout plein de monde, Grandpa.

Ils avancèrent la main dans la main, d'un pas précautionneux, comme s'ils craignaient de déranger les invités d'autrefois.

Pour faire cesser cette impression étrange, Charlie Jones reprit d'une voix tranquille :

— Mon garçon, il paraît que là-haut, dans le grenier, tu te racontes que tu te trouves dans un château entouré d'ennemis. C'est vrai ?

— Qui t'a dit ça ?

268

— Amos et Ada.

— Ils n'avaient pas le droit. C'était mon secret !

— Moi aussi, j'en ai un. Toi, tu m'as chipé ma prison. Moi, j'ai chipé ta maison et je m'y suis promené en rêve, là-bas, dans le Fort de Boston. Un jour, après la guerre, pour célébrer notre victoire...

— Notre victoire, Grandpa ?

— C'est sûr. Ici, où nous sommes. Tu seras invité...

— Invité chez moi ! Oh, alors...

— Tu n'en croiras ni tes yeux ni tes oreilles. Beaucoup de gens de toutes sortes. Beaucoup d'officiers, des généraux, des uniformes éclatants, couverts de médailles, des ambassadeurs, des femmes merveilleuses...

— Comme Mom !

— Oui, Ned.

— Comment les uniformes, Grandpa ?

— Tu verras. Blancs, rouges... L'Angleterre, tu comprends...

Ils traversèrent lentement le premier salon où les dorures des corniches évoquaient la splendeur georgienne, malgré l'absence des verdures qu'on avait mises de côté depuis les hostilités.

— Chaque fenêtre ornée de draperies à la royale... poursuivit Charlie Jones d'une voix qui se faisait lointaine.

— Où ça, les draperies, Grandpa ?

— Où ça ? Au salon d'honneur. Là, au milieu, le lustre gigantesque aux dix mille pendeloques de cristal...

— Je vois qu'un grand sac de toile, on l'a caché !

— ... et dessous, des dames de la Cour... L'Angleterre avec nous...

— ... avec nous ? C'est du pas vrai, Grandpa ! s'écria Ned.

Charlie Jones eut un haut-le-corps.

— Répète un peu ce que tu as dit !

Le garçon ne broncha pas.

— Du pas vrai, insista-t-il. Les Anglais, on les a battus. Washington...

La réplique vint aussitôt avec un sourire.

— Washington était anglais...

Penché vers Ned, il ajouta d'un ton confidentiel :

— ... parce qu'il a fallu un Anglais pour nous mettre dehors... Tu as eu raison de secouer ton grand-père : il commençait à divaguer un peu... Mais dis-moi donc : pourquoi ta maman ne vient-elle pas ici ?

— Elle dit qu'elle n'aime pas les maisons vides.

Il haussa les épaules.

— Allons-nous-en, fit-il. Nous sautons dans mon cabriolet et je t'emmène chez ta maman. Le temps de l'embrasser et de bavarder un peu. Après quoi, nous allons tous les trois déjeuner où tu voudras.

— Au De Soto, suggéra Ned.

— Brigand ! s'exclama Charlie Jones.

Au De Soto, rien ne semblait avoir changé. Dans un décor de nappes blanches et de bouquets de fleurs sous des plafonds peints, les serveurs allaient et venaient presque aussi vite que naguère, mais un peu ralentis par l'âge, car les virtuoses du plateau étaient au front.

A deux heures de l'après-midi, la grande salle était presque vide. Assis entre Elizabeth et Ned, Charlie Jones regardait autour de lui.

— Ce n'est vraiment dans son beau qu'à dîner. La société ne sort que tard, mais à cause de notre cher Ned qui est un couche-tôt...

— Je peux très bien me coucher tard, protesta Ned.

— Pour lire en cachette passé onze heures.

Elizabeth faisait semblant d'être mécontente.

— Je l'ai surpris vingt fois.

Dans une robe d'indienne aux manches flottantes, elle se tenait droite et gardait un air indéfinissablement dédaigneux, marquant sa solitude.

— Elizabeth, dit Charlie Jones, tu défies le temps. Je ne t'ai jamais vue aussi belle, mais souris, et tu as le monde à tes pieds. Sais-tu quoi ? Nous allons déjeuner au champagne.

— Bravo ! s'écria Ned.

— Pas toi. Une délicieuse grenadine va faire pétiller les yeux de dix ans...

— Je n'en veux pas.

— Oncle Charlie, plaida Elizabeth, pour une fois un demi-verre, et puis faisons semblant qu'il n'y a pas de guerre.

— Ce n'est pas tout à fait ça, mais j'ai des souvenirs à chasser.

— La prison ?

— On ne te cache rien.

— Un jour, vous me la raconterez, votre prison. Je vous dirai la mienne.

— Tu rêves. Ta prison ?

— Chacun a la sienne.

Il eut un sourire charmeur.

— Gardons ça pour le dessert, veux-tu ? Le cœur ne s'ouvre jamais mieux qu'après un bon repas. (Il ajouta en un murmure :) Et puis, ton garçon est là.

— Il sait tout, les garçons savent tout maintenant.

271

— Ce n'est pas tout à fait impossible. Nous le renverrons après les crêpes flambées, j'en ai rêvé dans la forteresse.

— Êtes-vous sérieux ?

— Non, mais je veux à tout prix te voir sourire, parce qu'alors tu es éblouissante. Sérieuse, tu resteras seule. Ned, va faire un tour dehors et tu boiras du champagne.

— Je reste avec Mom.

— Oncle Charlie, comprenez-moi à demi-mot : ma prison à moi, c'est la solitude.

Ned prit tout à coup la mine du brillant élève :

— Mom, tu m'as dit : je n'aime pas les maisons vides.

Entre Elizabeth et Charlie s'échangèrent des regards, puis des propos à mi-voix :

— Avant la guerre, Fred et Billy pensaient la même chose en te regardant, Elizabeth.

Ici l'oreille de Ned se tendit de toutes ses forces.

— Mais Billy a été le plus rapide.

— Entre les deux, tu hésitais ?

— Je n'en ai pas eu le temps. Billy a foncé en vrai soldat.

— Et puis, Papa était mieux qu'Oncle Fred ! s'écria Ned qui ne perdait rien du dialogue.

— Ned, ordonna Elizabeth, va faire un tour, dix minutes sur l'avenue, veux-tu ?

D'un coup, elle se pencha vers lui et l'embrassa avec une violence qu'elle maîtrisait mal.

— J'ai de la peine, chuchota-t-elle.

Sans un mot, il s'écarta d'elle pour mieux la voir et elle put lire sur ce visage d'enfant une passion qui lui faisait peur.

Brusquement il fit un bond en arrière comme un

jeune animal et se sauva. Elle le vit traverser la véranda, sauter quelques marches et disparaître sous les palmiers de la place.

— Nous parlions de Fred, reprit tranquillement Oncle Charlie. As-tu songé à lui ?

Elle tourna vers lui des yeux immobiles.

— Songé à lui ? Voulez-vous savoir comment ? A en mourir. Le soir, quand s'annonce la nuit, la nuit intraitable qui n'en finit pas de finir...

— Ma chère Elizabeth, sait-il seulement que tu es amoureuse ?

— Je ne suis pas amoureuse. Essayez de comprendre... si un homme peut comprendre une femme.

— Ce que je commence à comprendre, c'est que tu as bien fait d'éloigner le petit.

— Est-ce un péché d'avoir un corps ?

— Pauvre Elizabeth, *ce mot* dans ta bouche... En es-tu là ?

— Je sais que les gens bien élevés n'ont pas de corps. Ils appellent ça *une personne* !

— Pardonne-moi, on est malgré soi de son temps.

— Je sais, mais quand je suis seule, notre temps est loin. J'ai besoin de la présence de cet homme. J'ai besoin de lui, c'est tout.

Il y eut un bref silence, puis elle reprit :

— J'ai commis l'erreur de le faire languir quand il s'est dit et redit amoureux. A présent, il me fuit, il m'a prise au mot. Simplement, il n'est pas comme les autres.

— Tu dis bien. Tel que je le connais, il n'est pas du tout comme les autres.

— Une chance reste : sa présence est exigée dans certaines réunions. Je me trouverai là comme par hasard.

— Et alors ?

— Je saurai dire ce qu'il faut.

Cette fois, elle regarda Charlie Jones avec une tendresse qui n'était pas pour lui, mais qu'elle ne pouvait retenir. Il lui prit les mains et lui dit doucement :

— Tu l'aimes donc tant ?

— C'est plus fort que moi, je ne résiste jamais à l'amour.

Il parut décontenancé comme par une vérité inadmissible et fit effort pour parler d'une façon naturelle et sur un ton presque jovial.

— Chère Elizabeth, essayons de profiter d'une occasion de bonheur. Tout est tranquille ici dans un monde en tumulte.

— La guerre...

— Pour le moment, on ne se bat pas. N'écoutons pas les rumeurs.

— Pourquoi le petit ne revient-il pas ?

— Sois sans inquiétude. Voici le déjeuner qui s'avance.

Un domestique à cheveux blancs parut, en effet, suivi de deux jeunes serveurs noirs. L'un et l'autre poussaient un chariot couvert, et bientôt une dinde rôtie prit sa place au milieu de la table, entourée des plats de la gourmandise du Sud.

— Tu penses bien, dit Charlie Jones, que ton garçon n'a pas perdu de vue les bonnes choses qui l'attendent ici. Ces grands rêveurs ont des appétits de loup. Il ne va pas tarder.

Avec un soin respectueux la dinde fut attaquée et se retrouva en filets dans les assiettes, sauf une. Le champagne apparut. Elizabeth qui boudait sa dinde porta sans hésitation son verre à la bouche, mais demeura sérieuse. Ses yeux ne quittaient pas l'assiette vide, l'inquiétude finissait par tourner au tragique.

Charlie Jones observait ce drame intérieur et tout d'un coup donna gaiement de la voix entre deux bouchées :

— Elizabeth, ma très chère, j'ai mauvaise conscience. Me délecter seul de cette bête exquise... Mais nous allons faire surgir l'absent en buvant à notre santé à tous les trois.

Ils burent, puis Elizabeth posa son verre.

— J'ai peur, fit-elle soudain d'une voix qu'elle-même jugea trop forte. J'ai peur depuis hier et avant-hier.

— Peur de quoi, au nom du Ciel ?

— Est-ce que je sais ? Des choses qu'on dit et qui n'ont l'air de rien.

— Je sais ce qui te tourmente. Veux-tu que j'envoie quelqu'un chercher Ned dans l'avenue ?

— Oui, faites quelque chose.

D'un signe de la main, il attira vers lui un des jeunes serveurs qui attendait à quelques pas.

— Tu as vu le jeune monsieur qui était avec nous tout à l'heure. Il est dans l'avenue. Ramène-le ici et tu as un dollar.

— Yassah, fit le Noir.

Dans son costume blanc, une évidente innocence faisait de lui un ange noir pour carte de Noël. Il disparut avec une rapidité qui coupa le souffle à Elizabeth.

— Vous croyez qu'il le trouvera ? demanda-t-elle.

— Bien sûr.

Elle sourit, puis, d'un coup d'œil complice, indiqua son verre laissé vide. Il sourit à son tour et dit avec douceur :

— Non, ma petite fille.

Il la vit se redresser d'un coup.

— Pour *ma petite fille*, s'écria-t-elle, je vous aurais embrassé, autrefois.

— Il faut rester Elizabeth. Surtout, dit-il, ne touche pas à ce que tu étais.

Comme pour mettre fin à ce dialogue, un cri s'éleva du fond de la véranda.

— Mom !

Dans une galopade éperdue, Ned traversa la salle à manger et se jeta contre sa mère :

— Si tu savais...

— Raconte, dit Charlie Jones.

— Dans un coin de la place, il y avait des gens avec des journaux et ils parlaient...

Charlie Jones attrapa le garçon par la manche et le fit s'asseoir à table.

— Remets-toi et bois un verre d'eau.

Ned semblait prêt à obéir à toutes les injonctions pourvu qu'on lui permît de se libérer de son histoire. Dans son visage rouge d'émotion, les yeux agrandis regardaient encore tout ce qu'il venait de voir.

— Des soldats, mais vieux, des dames, et un monsieur en noir disait : « Qu'est-ce qu'ils attendent à Richmond ? Avec toute leur armée... » Et un autre monsieur criait : « Une grande offensive ! » Alors tous se sont mis à dire : « Une grande offensive ! On veut une grande offensive ! »

— C'est très intéressant ce que tu nous dis, et pour le moment ça suffit. On va te servir un bon morceau de dinde. Elizabeth, ne prends pas au sérieux ces bêtises grandiloquentes. C'est l'hystérie de la guerre.

Un serveur vint soulever l'imposant dessus-de-plat d'argent revenu des cuisines et Ned se vit servir de la dinde avec tout l'empressement voulu. Cette opération fut observée en silence, puis Elizabeth noua une serviette sous le cou de Ned.

— Je hais la guerre, murmura-t-elle.

— N'aie pas peur. Richmond, ce n'est pas tout près.

— Je n'ai peur de rien, vous n'avez aucun besoin de me rassurer, mais Richmond, c'est la guerre à outrance.

— Qui te dit cela ?

— Est-ce que je sais ? Tout le monde, l'air même autour de nous.

— Dans les rues et les salons, il faut tenir compte de la nervosité, même chez Mrs Harrison Edwards.

Haussant une épaule, elle dirigea son attention sur la manière dont Ned tenait son couteau et sa fourchette, ce qui compromit dramatiquement le bonheur du jeune gentleman.

Charlie Jones prit le parti de se taire et le repas aurait pu sombrer dans un austère silence si l'apparition des desserts n'eût ressuscité l'exubérance. Les crêpes flambées flambèrent et Ned battit des mains. Charlie Jones but au bonheur de tous, selon sa formule personnelle. Elizabeth elle-même ne put dissimuler un sourire indulgent, mais ce festin devait soudain tourner court dans un froissement agacé de billets de banque, sans oublier le tout jeune serveur qui empocha son dollar pour avoir cherché Ned dans l'avenue.

Elizabeth ramenée chez elle par Charlie Jones dans son cabriolet, Ned reçut subrepticement de son grand-père l'autorisation de regagner la maison Tudor où l'attendait, lui souffla-t-il, une surprise.

Maintenant, dans son salon rouge, Elizabeth était assise près de la fenêtre, en face de Charlie Jones.

Elle l'avait prié de ne pas la quitter immédiatement et, presque aussitôt, se demanda pourquoi. La crainte montait en elle de dire tout ce qu'elle ne voulait pas avouer. Elle se maîtrisait assez bien, mais son beau-père devenait encombrant à force de ne pas bouger, la digestion lui faisait les paupières lourdes et elle lisait une compassion inexplicable dans les yeux un peu fixes. De plus, il avait l'air d'attendre, comme elle. Tout à coup, elle eut la sensation que les mots sur sa bouche allaient faire explosion, puis en même temps elle eut la stupeur d'entendre ce cri :

— J'en ai assez d'être veuve !

Il s'appuya sur les bras du fauteuil :

— Ma chère petite, sois raisonnable.

— Vous ne comprenez donc rien ?

— Si, mais en temps de guerre, les femmes doivent se montrer...

— Attention à ce que vous allez dire.

Elle lui jeta un regard sauvage.

— Si c'est le mot d'héroïques que vous allez me servir...

Elle frappa du pied pour se libérer de tout scrupule, mais resta muette, la crainte du ridicule la bâillonnant : de quoi le menacerait-elle ? En cette seconde d'incertitude, l'émotion servait tout le charme sensuel de sa beauté.

— Je ferais tout pour ne pas te voir souffrir, s'écria tout à coup Charlie Jones.

Suivit un silence et ils se dévisagèrent.

— Charlie, dit-elle enfin, cet homme qui me fuit, faites que je le retrouve.

Il eut une hésitation, puis un geste de refus.

— Elizabeth, voici le moment le plus dur. Mon pouvoir n'est pas sans limites. Si Fred était encore à

Savannah... mais il est actuellement au Quartier général à Richmond, attendant où on va l'envoyer.

D'un coup les traits d'Elizabeth se contractèrent, lui donnant un autre visage :

— Richmond, pour lui, ce sera la guerre.

D'un pas il se rapprocha d'elle.

— Il reviendra, dit-il.

Elle secoua la tête et déclara soudain :

— Je m'en irai d'ici. Je veux retourner en Angleterre.

La voix était si nette et si évident le désir d'être seule qu'il ramassa ses gants et son chapeau.

— Pour toi, Elizabeth, à tout moment, je suis là.

Elle le remercia d'un sourire.

Une fois seule, elle changea de toilette et mit une robe plus sérieuse dans les tons sombres, avec des manches qui couvraient les bras jusqu'aux poignets. Un amusant petit chapeau lui donna l'air d'un chasseur et un coup d'œil à la grande glace de sa chambre l'assura que tout était bien.

Le cabriolet fut commandé sur-le-champ et elle le conduisit elle-même jusqu'à la maison qu'on avait pris l'habitude d'appeler le Palais Tudor. De lourdes voitures de déménageurs barraient l'entrée, mais le véhicule fut vite pris en main par le concierge. La porte était grande ouverte. Elle entra.

XXIV

A la porte du De Soto, après avoir écouté la confidence de son grand-père, Ned le remercia poliment, et faisait mine de s'éclipser quand Elizabeth le retint.

— Où vas-tu ?

— Me promener sous les arbres.

— Tu rentres avant qu'il fasse sombre.

— Comme toujours, Mom.

Il se dirigea droit vers la grande maison Tudor qui restait pour lui sa maison. De lourdes voitures de déménageurs barraient l'accès des jardins, mais la porte principale était grande ouverte. D'un bond, il fut à l'intérieur. L'étonnement le cloua sur le seuil. A cause de l'encombrement dans la rue, il s'attendait à n'importe quoi, mais non à des hommes et des femmes tournés les uns vers les autres, au hasard, dans les gesticulations immobiles d'une nudité de marbre.

L'espace d'un moment, Ned demeura bouche bée, puis promena des regards curieux, çà et là, tout en se posant des questions à la fois très simples et très difficiles, celles de l'enfance. Elles le menèrent de statue en statue, pris d'une satisfaction inquiète, et tout à coup il eut la certitude qu'on l'observait. Il pivota sur les talons, et se trouva à une distance de vingt pas devant Aelred en élégant costume de voyage.

En vrai secrétaire d'ambassade, celui-ci salua Ned avec une courtoisie marquée.

— *Good afternoon.*

Un signe de tête de la part de Ned et rien d'autre.

— Puis-je vous être utile ? demanda Aelred sans bouger. Vous êtes chez Charlie Jones avec qui j'ai parlé, tout à l'heure.

Frappé par l'amabilité du ton, Ned sourit et dit doucement :

— Vous êtes chez moi. La maison est à moi.

Un silence accueillit cette mise au point, puis Aelred avança un peu et fit un sourire à son tour.

— Très bien.

Il ajouta :

— Ces statues doivent vous paraître étranges, non ? Sans vêtements...

Ned ne répondit pas et parut indécis. Aelred vint plus près.

— Ce n'est pas très intéressant, fit-il. Tenez, si j'étais vous, je ne regarderais pas.

Ned leva vers lui un visage gênant à force d'innocence.

— Pourquoi ?

— Parce que... Ça n'est pas facile à expliquer. Vous dormez ici ?

Ned ne répondit pas.

— Je vous vois mal, reprit Aelred, passant la nuit au milieu de tout ce monde de marbre.

— Je n'ai pas peur, fit Ned en le bravant du regard.

— Très bien. On est brave à... douze ans.

— Dix ans.

— Dix ans... Enfin, si vous décidez de rester ici, qui vous en empêchera ?

Ned enfonça les mains dans ses poches et ne répondit pas.

— Moi aussi, je reste, continua Aelred.

Ned lui tourna le dos et avança de quelques pas vers les statues.

— Ce n'est pas très bien, ce que vous faites, déclara son interlocuteur, mais je vais vous dire pourquoi je reste, moi. Vous n'avez pas peur. Moi, j'ai peur.

Silence.

— Peur des fantômes, précisa Aelred.

Ned s'arrêta.

— Oui, des fantômes, ajouta Aelred avec une loquacité impatiente, ces statues de marbre sont les portraits de vivants d'autrefois et, si on les touche seulement du bout du doigt, ils se réveillent. Ils reviennent sur terre.

Suivit un nouveau silence pendant lequel, sans rien dire, Ned porta les deux poings à ses yeux comme pour cacher des larmes qu'il sentait sur ses cils.

Aelred s'élança vers lui et se retint pour ne pas tomber à genoux.

— Je vous en prie, supplia-t-il. Oubliez ce que je vous ai dit, je voulais seulement vous faire comprendre que ces statues sont dangereuses. Moi-même... si je pouvais vous dire... Cessez de pleurer, vous allez abîmer votre belle figure...

L'enfant tourna la tête.

— Pourquoi me parlez-vous de fantômes ?

Un sourire forcé tira les lèvres d'Aelred.

— Je ne sais pas. Mais n'y pensez plus. Et puis, quand vous serez de retour chez vous, pas la peine de raconter tout cela à votre maman... ni à votre père !

— Mon père est mort.

— Oh ! pardon. Comme je regrette... Écoutez.

— Je n'ai pas envie de vous écouter.

Aelred fit mine de le retenir, mais Ned s'éloigna d'un bond vers les statues barrant l'entrée des salons. Là, il disparut.

Inquiet de la tournure que prenait cette rencontre, Aelred décida de se promener d'un autre côté, mais telle était sa perplexité que pendant un long quart d'heure, il ne pensa qu'à aller et venir aussi loin que possible de la grande porte d'entrée.

Bientôt il se trouva assez près de l'escalier et s'arrêta. Des ouvriers travaillaient en bavardant à la mise en place d'un superbe Bacchus aux formes indécises. Aelred se sentit pris d'une inexplicable gêne. Visiblement, les hommes étaient d'ailleurs : italiens, peut-être, et ils connaissaient Aelred pour l'avoir vu vingt fois dans sa promenade à travers la maison.

Dès qu'il parut, il y eut un silence et des sourires aimables, mais Aelred ne s'attarda pas, car ce silence, il le connaissait, de même que les sourires. Seul, il fût resté, mais face au groupe devenu subitement muet, il tourna les talons et se dirigea à tout hasard vers l'endroit le plus désert, le hall de la maison, tout proche de la bibliothèque ; une surprise l'attendait : la sonnette de l'entrée retentit, impatiente.

La porte s'ouvrit.

« Où fuir ? » pensait Aelred, et en même temps : « Pourquoi ? »

Tout à coup, une femme se dressa devant lui : en robe sombre comme il convenait quand on était d'humeur sombre. Elizabeth eut pour le jeune homme un regard qui eût dû le balayer hors du monde, et il fut sur le point de disparaître poliment, mais au même instant il se produisit chez elle une sorte de volte-face psychologique. Attrapant, en effet, un rayon de soleil, le profil d'Aelred fut jugé d'une pureté rare par un œil féminin connaisseur, et soudain la voix d'Elizabeth se fit entendre :

— Sir, dans cette maison qui m'est familière et où j'ai l'avantage de vous voir pour la première fois...

De nervosité, Aelred avala sa salive et dit en s'inclinant :

— Madame...

Elizabeth continua :

— ... n'auriez-vous pas aperçu un garnement que je recherche pour le faire rentrer chez lui de force ?

— Un garnement de dix ans ? fit Aelred sans bien savoir ce qu'il disait.

— Lui-même ! s'écria Elizabeth. Et il vous a dit son âge, lui si secret ! Quelle conversation passionnante vous avez dû avoir tous les deux !

Pris de panique, Aelred flaira un piège.

— Comment vous l'avouer, madame ? Mais j'aurais dû me rendre compte qu'on n'aborde pas certains sujets...

— Eh bien, monsieur ?

— Les fantômes.

Soulagée, Elizabeth déclara :

— Tous les enfants raffolent d'avoir peur.

— Vous croyez, madame ?

— C'est leur plaisir. Moi-même, je ne fais pas fi d'une de ces bonnes vieilles légendes qui vous glacent d'horreur.

Elle dit cela d'une voix très polie, mais soudain ne se contrôla plus et dirigea sur lui un regard tendrement attentif, car depuis un instant il devenait sans le savoir un de ces dieux grecs comme l'Angleterre en produit dans ses collèges. Elle eut un soupir et murmura :

— Allons voir où en est votre victime.

Ils avancèrent dans la galerie qui menait aux salons. De tous les côtés, pareilles à un monde de fous, des statues désignaient au hasard différents points dans le vide et leur silence imposait une paix étrange.

— Je me demande où il a pu se cacher, murmura Elizabeth.

— Nous finirons par le trouver, madame. On comprend qu'il se perde... qu'il se trompe de chemin dans cette foule de statues.

— N'est-ce pas. Une foule... vous dites bien. C'est la plus ahurissante des fantaisies de mon beau-père.

— Fantaisie d'un homme de goût, madame. J'ai eu le bonheur de lui en dire toute mon admiration pas plus tard qu'hier à bord du bateau.

— Vous le connaissez !

— J'ai cet honneur, madame. Me permettez-vous de me présenter ?

Elizabeth eut un air malicieux.

— Sir, dit-elle, c'est ce que j'attendais avec la patience d'une martyre.

Il remercia d'un grand sourire et annonça :

— Aelred Fair.

A mi-voix elle répéta « Aelred Fair » comme si elle recevait un cadeau, et fixa sur le jeune homme un regard qui le terrorisa par sa tendresse avide. Il fit mine d'avancer, mais elle l'arrêta sans le quitter des yeux.

— Sujet britannique, je suppose. Cet accent qui me sera toujours cher.

— Je suis le secrétaire de Lord Lyons.

— Ah, tout s'éclaire. Je vous déclare prisonnier de Savannah. Vous serez de tous nos bals — quand il y aura des bals.

Rouge de confusion, Aelred tenta de se tirer d'affaire.

— Allons à la recherche du garçon. Peut-être s'amuse-t-il à regarder les ouvriers qui travaillent.

— Où ça?

— Derrière l'escalier. Il doit les observer sans rien dire.

— C'est bien lui, secret comme à l'ordinaire. On ne sait jamais à quoi il pense. Allons le surprendre tous les deux.

Quelques pas un peu plus rapides les menèrent d'abord vers la région de l'escalier, puis après des allées et venues entre des faunes et des nymphes jusqu'à l'entrée du petit salon. Là, leur attention se figea net. Les mains derrière le dos, Ned considérait les bananiers du jardin à travers les vitres d'une grande fenêtre. Sa mince silhouette se dessinait, pareille à une ombre sur le généreux désordre des larges feuilles vertes. De toute évidence, il feignait de ne pas avoir entendu qu'on s'approchait de lui, car au bout d'une seconde il se retourna.

— Mom! s'écria-t-il.

Elizabeth se pencha vers lui.

— Mon amour, je devrais t'attraper! Je t'avais demandé de ne pas rester dehors trop longtemps.

— Madame, c'est ma faute, dit Aelred. Je l'ai retenu avec mes histoires...

Ned lui lança un regard d'un marron hostile :

— Je n'aime pas vos histoires.

Un geste d'Elizabeth coupa court à toute discussion.

— Moi, les fantômes m'amusent, fit-elle gaiement, parce qu'ils n'existent pas. Monsieur Aelred Fair et moi, nous avons décidé qu'ils n'existaient pas. Mais tu dois être fier de toutes ces belles statues autour de toi.

Ici, Aelred se mit à faire des gestes de supplication qu'Elizabeth ne comprit pas.

— Qu'y a-t-il encore ? demanda-t-elle. Nous sommes dans la maison des mystères. Tu ne les trouves pas jolies, ces statues ?

Les yeux de Ned flambèrent de plus belle.

— On les a mises dans ma maison à moi et je ne dois pas les toucher !

— Ta maison, tu la partages avec ta Mom, non ? Et puis, les toucher, pour quoi faire ? Monsieur, voilà une idée bizarre que vous avez eue !

— Madame, j'ai eu tort et je m'en excuse, je m'excuse de tout. Je ne suis ici que pour entrer en rapport avec les sujets anglais qui s'y trouvent...

— Moi ! s'écria Elizabeth en levant la main très haut.

— ... et qui veulent rentrer en Angleterre.

— Rentrer en Angleterre, j'en suis ! clama-t-elle.

— Mom !

Avec ce cri de détresse enfantine, Ned se jeta contre le corps de sa mère qu'il serra des deux bras.

La réponse vint comme l'éclair.

— Toi, je t'emporte avec moi, de force s'il le faut !

— Non ! hurla Ned.

Tout à coup, il fut sur le sol, se roulant aux pieds de sa mère avec des sanglots de rage, tandis que Aelred se pliait en deux au-dessus de lui dans de vains efforts pour le relever. Par un malheureux hasard, il faillit recevoir un coup de pied. Se redressant, il s'écria :

— Madame !

Et ce fut tout.

Alors, dans un sursaut d'énergie de toute sa personne, elle saisit son fils par la taille pour le tirer à elle, mais il ne se laissait pas faire, glissant de nouveau sur le sol pour lui échapper. Aelred horrifié considérait cette lutte sans rien dire jusqu'au moment où elle lui cria :

— Vous êtes un homme. Faites quelque chose !

Le visage empourpré, il s'empara du jeune corps qui se tordait contre lui et parvint à le remettre debout.

Elizabeth se rendit maîtresse de la tête au visage baigné de larmes et, d'une voix qu'elle s'efforçait de rendre très douce :

— C'est bien, mon amour, on ne partira pas.

Cette phrase, elle dut la redire plusieurs fois de suite pour dompter un début de suffocation qui s'apaisa peu à peu. Ce fut alors qu'Elizabeth dirigea vers Aelred un long regard meurtri.

— Je reste, fit-elle. Comprenez-vous ? Nous ne bougerons pas.

XXV

Trois jours plus tard, et fort d'une invitation pressante, Aelred franchissait le seuil d'un des rendez-vous de la *gentry*. Il admira en connaisseur les dimensions des pièces ouvertes sur une terrasse dominant les fleurs. De nobles croisées protégeaient de l'extérieur quand il le fallait, car tout souriait dans les salons de Mrs Harrison Edwards, mais plutôt qu'une élémentaire joie de vivre s'y respirait une délicate satisfaction de se retrouver sur terre dans un riche et solide décor. Aelred était assez subtil pour sentir ces choses. Il n'en nota pas moins aux murs des portraits d'hommes de loi célèbres ou presque, d'une intégrité agressive, la tête émergeant d'insoupçonnables faux cols, et aussi nombre de jeunes militaires vainqueurs, l'or et l'émail des décorations assommantes sur leur assommante poitrine. Enfin, à la meilleure place, plus grande que tout ce monde, pensive et bouclée, une joue appuyée sur un doigt, une femme à faire rugir d'amour les admirateurs du beau sexe, et là il s'arrêta, car Mrs Harrison Edwards venait d'entrer derrière lui. Dans sa robe vert Nil, sans bijoux afin de ne pas humilier les moins fortunés des visiteurs, elle gardait un air de grandeur discrète qui intimidait nonobstant, mais les sourires arrangeaient tout.

Elle le jaugea, le temps d'un éclair, et se montra charmante. Assise sur un canapé, lui sur le bord d'un fauteuil, ils réglèrent en quelques minutes le problème d'une dizaine de sujets britanniques vivant dans les environs. Voulaient-ils partager le sort du Sud ou rentrer chez eux ? Ni discours, si possible, ni discussions. En esthète, elle appréciait la perfection absolue du profil et nota la finesse des mains, mais elle aimait surtout son battement de cils quand il posait une question qui pouvait sembler très lointainement personnelle.

Cependant, ils ne restèrent pas longtemps seuls. Une fois de plus la porte s'ouvrit. Mrs Harrison Edwards se dressa comme un soldat à son poste, et soudain le salon se trouva plein de monde. Entrèrent d'abord quelques élégantes à la voix hyperbritannique juchée haut afin d'indiquer la naissance, après quoi la foule.

Aelred prit place au milieu d'un espace resté libre et fit la déclaration qu'on attendait à propos des sujets britanniques désirant quitter le Sud pour regagner l'Angleterre. Sa voix était nette et forte, et tout se présentait de la façon la plus ordinaire jusqu'au moment où il eut la surprise de reconnaître Elizabeth blottie dans un lointain fauteuil.

Leurs regards se croisèrent, elle eut un sourire qui lui fut rendu par un automate.

Dans l'assistance, cependant, les questions allaient leur train et les réponses le leur, toutes négatives. Personne ne voulait du retour à la mère patrie qui était offert. Une telle fidélité au Sud produisit des remous d'émotion et des mouchoirs parurent. Une nouvelle nostalgie venait de naître avec la vision mentale du bateau britannique qui s'en retournait vide.

Subitement, tout changea. Un tumulte aux cris perçants envahit la pièce. La porte s'était ouverte avec violence et quatre enfants foncèrent de l'avant : Ned, Emmanuel, Johnny et Kit ; du plus âgé au plus jeune, tous prêts à tout. Ned agressif se jeta contre Aelred et lui lança en pleine figure des phrases vengeresses :

— On s'en va pas, on reste. Vos fantômes, vous pouvez les fourrer dans votre bateau et les envoyer en Angleterre !

Aelred devint blanc et ne bougea pas.

— Mon ami..., dit-il simplement.

Mais ailleurs surgissait un autre désordre. Elizabeth se frayait un passage à travers les assistants comme une furie.

— Ned, ordonna-t-elle, immédiatement des excuses à monsieur Fair !

Le garçon hésita, la bouche ouverte ; à peine eut-il le temps de trouver deux mots que Mrs Harrison Edwards prit les mains d'Elizabeth dans les siennes :

— *Darling*, non, murmura-t-elle d'un ton douloureux.

— Ah ! que voulez-vous dire ?

— Vous souvenez-vous de mon très cher Algernon ?

— Oui, mais quoi, Lucile ?

— Nous perdons notre temps avec ces êtres de rêve...

Ces confidences chuchotées menaçaient de se poursuivre quand un remue-ménage agita les personnes autour d'elles ; on voulait savoir ce qui se passait et ce que voulait dire cet aparté de conspirateurs.

Mrs Harrison Edwards fit preuve de son autorité habituelle : frappant fort dans ses mains, elle clama de sa voix la plus mondaine :

— J'ai eu la joie de vous recevoir tous chez moi,

à présent il faut nous quitter. Jéhu, les deux portes d'entrée grandes ouvertes ! *Good bye, ladies and gentlemen.*

La bousculade se fit avec une tentative de dignité, et bientôt dans le salon vide deux dames et un homme se regardaient comme des acteurs qui ne savent plus bien pourquoi ils sont sur scène.

XXVI

Depuis les premières victoires, mois après mois avaient apporté des désillusions, et la fin de l'hiver fut difficile pour les troupes du Sud. Elles n'avaient pas été jugées assez nombreuses pour franchir le Potomac après Manassas; pourtant, bateaux et défenses le long du fleuve n'auraient pu longtemps s'opposer à leur élan et la prise de Washington eût porté un coup imparable à la cause nordiste. Les États restés neutres, le Maryland, le Kentucky, basculant tout à fait dans le camp confédéré, les États de la Nouvelle-Angleterre auraient été disposés à faire leur propre sécession; quant à New York, il connaissait une fois de plus des mouvements de foule et des bagarres sanglantes contre la conscription. Le Nord fut sauvé par le nombre et les moyens. Le Président ayant décrété une levée d'hommes supplémentaire, une manne de subventions tomba sur les usines. Une habile propagande présenta les Sudistes comme gens sans foi ni loi, achevant les blessés et les prisonniers, tandis que les bons sentiments servaient d'appât pour les volontaires, d'autant plus qu'ils étaient payés argent comptant et que le chômage gagnait tout ce qui ne touchait pas à la guerre.

En février, les troupes nordistes étaient toujours contenues, mais lentement envahissaient à l'ouest le

Kentucky, occupaient une partie du Missouri et du Tennessee. Dès que le danger d'une guerre avec l'Angleterre eut été écarté, après la remise à Lord Lyons des plénipotentiaires du Sud, les bateaux du Nord trois fois plus nombreux purent bloquer les côtes des Carolines et le golfe du Mexique, firent débarquer des régiments sur des îlots à peu près déserts et prirent les forts avancés.

En mer, les premiers cuirassés que le monde eût vus se livraient des combats inouïs où l'eau, disaient les survivants, devenait couleur de feu tandis que les oiseaux de mer avaient disparu.

Certes, les corsaires du Sud coulaient audacieusement tous les bateaux ennemis qu'ils pouvaient rencontrer, mais le nombre, encore et encore, finissait par grignoter l'imagination et ses actes de bravoure. Cependant, cette situation difficile renforçait le sentiment des Sudistes les moins guerriers, ceux qui au début n'étaient pas partisans des hostilités devenaient malgré eux bellicistes : on défendait Dixie, et ses treize étoiles s'imprimaient de plus en plus au plus profond des cœurs.

A Richmond, en mars, le gouvernement confédéré vota à son tour la conscription. Dans tout le Sud, ce fut un élan : les adolescents partaient de plus en plus tôt, trichant sur leur âge, avec l'effronterie de garçons promis à la gloire. Ce que les Marie-Louise avaient accompli pendant la campagne de France, des gamins de Charleston, Savannah, Raleigh, Suffolk ou La Nouvelle-Orléans le recommençaient, car à cet âge on ne discutait pas avec l'enthousiasme qui vous jette en avant, même si c'est vers un champ de bataille où, peut-être, vous attend la peur.

Les généraux sudistes palliaient les faiblesses de

leur armement par l'audace et l'anticipation ; dans le Missouri, en Virginie de l'Ouest et sur les côtes, ils renouvelaient l'art de la guerre, et la presque totalité des tribus indiennes, sauf une, avaient rejoint le camp du Sud, déjouant la tentative des troupes ennemies de débordement par l'ouest.

Les nouvelles de mars et du début d'avril furent contradictoires, mais en général mauvaises. La pression yankee se faisait plus forte, avec pour objectif une nouvelle invasion de la Virginie où, dans la péninsule, l'armée du Potomac débarqua pour assiéger Norfolk. L'amiral Farragut, fils du Sud pourtant, tenait sous ses canons La Nouvelle-Orléans et s'empara l'un après l'autre des sept forts qui la protégeaient.

A Savannah, cependant, la vie continuait dans l'indolence. Fort Pulaski, à l'embouchure de la rivière, occupé par un bataillon du Michigan débarqué par une nuit de pleine lune, on mit ces soldats en quarantaine sans les prendre plus au sérieux que les enfants qui jouaient à la petite guerre dans Forsythe Park ou les venelles du port.

Loin des rumeurs de la ville, Elizabeth et Mrs Harrison Edwards se promenaient dans le vieux cimetière Colonial, et sous la voûte des chênes séculaires les franges de mousse espagnole palpitaient audessus de leurs têtes. Le lieu était désert, favorable aux confidences.

— Maudite guerre, disait Elizabeth. En prenant les hommes, elle nous broie le cœur et le corps.

— Voilà de grands mots, peut-être. Dans des temps comme ceux-ci, il est quelquefois possible de s'arranger.

— Qu'entendez-vous par là ?

— De bienheureux hasards — missions ou permissions, que sais-je ? — sont capables de faire surgir sur notre chemin l'inespéré en uniforme ; et alors oui, n'est-ce pas...

— Pas moi ! s'écria Elizabeth.

— Acclamons notre sœur de la fière Angleterre !

— Vous vous moquez de moi, Lucile.

— Loin de là. Je suis sensible comme vous, et la nature se défend comme elle peut.

— La nature ? Je suis malheureuse de partout.

— Il y a des recettes. On pense à l'âme.

Un cri sortit de la bouche d'Elizabeth :

— J'ai une âme qui ne sait que faire de son corps !

Mrs Harrison Edwards ne put retenir un petit rire amusé.

— Tôt ou tard vous allez retrouver votre bon sens. Il vous montrera comment on s'y prend.

Cette gaieté fut accueillie par un long silence, puis la confidente maladroite finit par dire doucement :

— Pardon, si je vous ai choquée, mais qu'y a-t-il ?

— Il y a que Fred m'a déçue et que je suis amoureuse de quelqu'un d'autre. Je vous dirai tout à l'heure, mais pour le moment je suis au désespoir. Aucune rencontre n'est imaginable.

Comme d'un commun accord, elles s'arrêtèrent.

— Vous avez appris, poursuivit Elizabeth, qu'Aelred a quitté le Sud et qu'il est maintenant à Washington avec Lord Lyons.

— En effet, eh bien, le voilà comme s'il n'existait plus.

— Une frontière nous sépare, lui et moi, et j'en souffre. Comprenez-vous ?

Lucile devint glaciale :

— Il y a des choses que je préfère ne pas comprendre.

D'un trait, Elizabeth s'écria :

— J'aime Aelred, c'est tout.

Alors Lucile leva un bras sculptural et fit mine d'en battre l'air comme pour bannir des vapeurs nocives :

— Pas ça ! pas ça, après ce que je vous ai dit l'autre jour.

— Ce que vous avez dit n'a pas de sens. Aucun homme ne m'a jamais dit non. Pourquoi celui-là ?

— Parce que ! s'écria Lucile, et encore parce que...

— Si vous voulez faire de l'esprit, nous allons nous fâcher.

— Vous m'en verriez très triste, mais une fois de plus, la dernière, n'espérez rien d'Aelred. Jamais un homme ne vous résiste, je veux bien le croire, mais vous n'aurez pas celui-là.

— Donnez-moi une raison et restons amies.

— Vous souvenez-vous de mon cher Algernon ? On ne tirait de lui que des sourires. Il est mort à Manassas, emportant son mystère.

— Et qui d'entre nous n'a son mystère ? Celui d'Aelred est une exquise timidité. Je connais le genre. Soyez tranquille.

Lucile soupira.

— Vous découvrirez un jour que l'exquise timidité est une armure.

— Une armure ! s'écria Elizabeth. Vous voilà de nouveau avec vos nuages !

— Laissons cela, *darling*. On vous aime telle que

vous êtes. A propos, je fuis les premières chaleurs du Sud dès la fin d'avril. Et vous ?

— Un peu plus tard.

— La Virginie, bien sûr.

— Vous croyez ? Et la guerre ? On parle d'une avance du Nord là-bas.

— Ils vont être battus, *darling*. Vous verrez, et nous pouvons déjà organiser nos vacances.

☆

La conversation avec Mrs Harrison Edwards avait laissé Elizabeth dans un état de perplexité orageuse. Elle en voulait à sa confidente habituelle de lui avoir laissé entendre des absurdités monstrueuses au sujet d'Aelred. Pouvait-elle croire à l'existence d'une race d'hommes totalement insensibles à la beauté féminine ? Se moquait-elle ? L'idée de lui écrire une lettre de *bon sens indigné* lui traversa l'esprit, mais elle ne s'y arrêta pas. Pour ses vacances en Virginie, elle avait des décisions à prendre qui la calmèrent. Aelred était à Washington. Soit. Elle acceptait tout sans renoncer à l'idéal. Un jour, les frontières tomberaient.

Pour le moment, le plus pressé était d'aller voir Charlie Jones. Lui seul pouvait lui faciliter le voyage en Virginie en temps de guerre. Elle pensait le voir à son bureau et elle se rendit au port dans son cabriolet avec son cocher noir, mais, là, elle apprit qu'il se trouvait actuellement à l'Exchange, en conférence avec un groupe d'officiers. Elle s'en mordit les lèvres d'impatience et sa nature autoritaire lui inspira d'aller droit vers le bâtiment de style officiel et d'en forcer l'entrée ; elle se ravisa presque aussitôt comme si les colonnes grecques de la façade lui eussent conseillé de réfléchir. Attendre, guetter la minute où Charlie Jones serait libre, elle ne s'en croyait pas capable, mais quelque chose en elle lui ordonna de se vaincre. Le nom d'Aelred lui traversait l'esprit sans cesse et elle revoyait le visage qui la faisait défaillir de désir. Enfin, ne sachant que faire d'elle-même ni du temps qui lui restait à tuer, elle quitta sa voiture et décida de se promener à Emmet Park.

Sous les arbres elle se sentirait à l'abri de l'agitation et du bruit qui la dérangeaient dans ses rêves. Selon ses vues, Charlie Jones était là pour exorciser les hideux problèmes d'ordre pratique. Aussi, d'un pas tranquille, elle se dirigea vers la partie la mieux ombragée du parc ; il suffisait de traverser une petite place pour se trouver sous les platanes de la longue avenue. Les feuilles encore jeunes ne jetaient qu'une ombre légère, et, sur un mur bas, un jeune soldat était assis. Elizabeth ne vit rien d'autre. Elle fit une dizaine de pas, puis s'arrêta et tourna la tête. Il avait replié une jambe et son képi sur le nez le protégeait du soleil sans l'empêcher de surveiller l'espace devant le bâtiment de l'Exchange. Elizabeth voulut s'éloigner, mais demeura immobile et eut conscience d'être ridicule. On l'avait vue : par conséquent il fallait s'en aller tranquillement, et alors tout s'effaçait : elle ne s'était pas arrêtée et la vie continuait tout droit... Mais elle se sentit clouée à terre et, dans la même seconde, elle eut la certitude que tout changeait autour d'elle. Par un geste inouï, comme dans un rêve, le soldat jeta sa casquette et vint vers elle.

Sans bouger, elle attendit. Plus grand qu'elle, il la

dépassait de la tête et il marchait avec une lenteur qui remuait les épaules si peu que ce fût. Elle nota ces choses, comme aussi le désordre des épaisseurs de cheveux noirs autour du front et du visage brun qui se colorait de rose aux pommettes. Quand ils furent l'un devant l'autre, ils se regardèrent sans rien dire; leurs yeux avaient déjà tout dit.

A ce moment, une femme en tablier de travail passa près d'eux et feignit de ne rien voir, mais Elizabeth lut dans les prunelles du garçon une lueur qui la pétrifia. Elle fit non de la tête et s'entendit jeter deux mots d'une voix sourde :

— Pas ici.

Il murmura doucement :

— N'ayez pas peur.

Puis d'un ton presque autoritaire, il ajouta :

— Vous devez bien voir que je vous aime.

Elle sentit ses genoux fléchir sous une joie terrible.

— Et moi !, puis comme si elle perdait la tête, elle demanda : Qu'allons-nous faire ?

— Vivre ensemble pour toujours.

Un dialogue s'engagea qui leur fit retrouver l'adolescence dans un balbutiement éperdu de prénoms échangés à l'instant même. Soudain un élan sauvage les jeta l'un vers l'autre. Le banc de pierre reçut leur première étreinte, et dans l'abolition du temps qui suivit, Elizabeth tenta d'imaginer un plan de conduite. Déjà le mot mariage avait été adroitement glissé dans le désordre émotionnel et la réponse tenait du délire. Alors, avec la patience d'un insecte, elle entreprit l'analyse de ce nouveau mari possible. Elle le voyait beaucoup plus que satisfaisant par ce qu'elle appelait sa fraîcheur physique et morale. D'elle, il ignorait tout. Qu'elle fût deux fois veuve et

mère de deux enfants, ces détails pouvaient attendre, mais, pour en arriver à l'église qui les unirait
à jamais, quel chemin à faire...

Le désespoir la frôla, quand tout à coup le nom de
Miss Llewelyn fit explosion dans son cerveau, et, non
sans révolte elle reprit confiance.

D'une nature plus élémentaire, son compagnon
abruti de bonheur glissait dans l'inconscient quand
un appel venu de l'Exchange les fit bondir tous
deux :

— Joël !

Et encore une fois, déchirant du rêve :

— Joël !

L'homme jeta un regard de terreur à Elizabeth et
s'écria :

— Ce soir ici à dix heures.

— Promis, répondit-elle.

Pareil à une bête pourchassée, il disparut en une
série de bonds.

☆

Elizabeth ne perdit pas une minute. Laissant à plus
tard une visite à Oncle Charlie, elle regagna son
cabriolet et se fit reconduire à la maison. Là, dans
son salon rouge, elle sonna Miss Llewelyn.

Fidèle à ses principes de lenteur dédaigneuse, celle-
ci mit un certain temps à venir et parut vêtue de son
éternel caraco gris sombre.

— *Yes*, mam, fit-elle avec un sourire patient.

— J'ai une nouvelle à vous annoncer. Asseyez-vous
si vous voulez.

301

D'un geste négligent, Miss Llewelyn envoya promener cette permission et resta debout.

— Je me marie.

— Si tôt ? Pas Aelred bien sûr ?

— Oh, Aelred est loin de mes pensées.

— J'en suis heureuse pour vous. La nuit de mariage eût été un déluge de larmes pour l'un et pour l'autre.

— Pourquoi cette remarque étrange, je vous prie ?

— Chut ! Les oreilles d'une lady n'ont que faire de révélations trop indiscrètes.

— J'insiste. Pourquoi ce langage ?

— Taquinerie, mettons un peu de méchanceté naturelle aussi.

— Je ne vous aime pas, Miss Llewelyn.

— Je sais, mais vous avez toujours besoin de moi. Voyons, qui est-ce aujourd'hui ?

— Un jeune soldat.

— Encore du rêve.

— Nous sommes tombés amoureux l'un de l'autre. Il s'appelle Joël.

Elle s'arrêta comme pour écouter l'écho de ce nom.

— J'attends la suite.

— Joël et moi voulons nous marier secrètement. Je compte sur vous pour nous y aider. Il faudra deux témoins. Vous et un militaire.

— Vous êtes folle, mais j'ai vu réussir des coups de ce genre.

Sans attendre une nouvelle invitation à s'asseoir, Miss Llewelyn prit place dans le fauteuil le plus confortable et devint une personne d'importance.

— Vous avez la rage au corps pour vous perdre ainsi aux yeux du monde, fit-elle.

— Je me passerai du monde, s'écria Elizabeth, je n'appartiens plus qu'à cet homme.

Comme elle disait ces mots, le rouge envahit ses joues et ses yeux se mirent à briller d'un éclat qui semblait faire d'elle une autre personne. Miss Llewelyn la regarda attentivement avec une inquiétude mêlée d'admiration, puis déclara d'une voix forte :

— Miss Elizabeth, vous avez dix-huit ans aujourd'hui ! Et j'y crois à votre histoire. Je vous aiderai, mais reste à voir le spécimen en question, le Joël. Où et quand nous rencontrons-nous ?

Ces précisions données, l'entretien prit fin avec la brusque simplicité d'une discussion d'affaires. Deux femmes au lieu d'une seraient présentes au rendez-vous du soldat.

A neuf heures du soir, la lune brillait sur les alentours de l'Exchange et Joël fronçait les sourcils en considérant Mrs Llewelyn, mais la Galloise prit vite en main la situation tout entière. Un lieu fut choisi pour la conversation dans un coin peu fréquenté d'Emmet Park. Sur un banc arrondi, derrière une fontaine de marbre au jet d'eau bavard, une tentative fut faite pour apprivoiser les destins les plus favorables. A sa manière, la Galloise subissait le charme physique du jeune soldat. Elle appréciait sa fraîcheur. Quel autre mot pour son ignorance des choses de ce monde, des ruses, des détours et des fourberies du langage.

— Militaire, lui dit-elle, vous ne pouvez pas vous marier sans l'approbation d'un supérieur. Voyez-vous quelqu'un ?

Il toussa discrètement :

— Le Commandant, dans ses bons jours.

— Faites vite. Je conjecture que vous êtes pressé.

— Oh madame, gémit-il.

Et il tourna un regard de victime vers Elizabeth. Vêtue d'une soie lilas défaillant, celle-ci eut un imperceptible frémissement des paupières.

Miss Llewelyn constata et poursuivit :

— Ce sera un mariage sans cérémonie. Je connais une modeste chapelle au fond des bois. Elle est connue sous le nom de chapelle-pour-mariages-précipités-en-temps-de-guerre. Protestante et de rite évangéliste, aussi simple que possible, d'accord ?

On se déclara d'accord.

— Reconnue du point de vue légal, mais sans aucun prestige dans le beau monde.

Joël eut un large sourire, alors qu'Elizabeth se contenta de lever au ciel les yeux d'une martyre des premiers temps.

Miss Llewelyn poursuivit :

— Le pasteur est un gaillard énorme qui ne connaît que oui et non. D'accord sur le style du personnage ?

D'accord et encore d'accord.

— Reste à conquérir un commandant bourru. Ce sera un gros morceau, mais je m'en charge. Quant à Charlie Jones, il va rager, mais que peut-il faire ? Elizabeth est libre de choisir son destin. Le matin même du mariage, il saura, mais trop tard. Je laisserai un mot sur son bureau. Le nom du marié ne sera pas donné, afin de ménager les douceurs de la surprise.

A ce moment, l'horloge de la douane tinta au loin. D'un bond, Joël fut debout.

— Je n'ai que le temps de rentrer, dit-il d'une voix rauque.

Miss Llewelyn le saisit par le bras d'une main brusque.

— Toutes les chances sont pour vous. Ne les gâtez pas, mon garçon. Rentrez vite. On vous dira ce qu'il faut faire.

— Obéissez, chuchota Elizabeth, c'est une magicienne.

Cependant, comme pris d'un désespoir immobile, il restait sur place. Soudain, il prit Elizabeth dans ses bras :

— Je me tue si tu ne reviens pas.

Apeurée, elle se débattit, puis une irrésistible étreinte les serra l'un contre l'autre, comme deux naufragés tout habillés qui se laissent engloutir.

Enfin, sans un mot, il s'arracha et disparut.

☆

Huit jours plus tard ils se mariaient. Non loin de Fort Jackson, la petite chapelle pour-mariages-précipités-en-temps-de-guerre semblait s'aplatir à l'orée d'un bois de sapins qui montaient tout droit vers les nuages. Elizabeth et Joël se tenaient la main. Miss Llewelyn gardait son air un peu sournois à côté du commandant en uniforme qui, pour une fois, essayait d'oublier son air rogue et officiel. Un doux colosse, le pasteur, dit des choses très simples qui firent pleurer une Elizabeth inconnue, puis des papiers furent signés et d'aimables paroles échangées par les personnes présentes. Il y avait du roman-

tisme dans ce mariage secret, et le commandant lui-
même s'en amusait avec Miss Llewelyn qui parlait
drôlement de tout, alors qu'un peu à l'écart, les nouveaux mariés glissaient dans d'amoureuses taqui-
neries.

— Que dirais-tu, faisait Elizabeth avec un sourire,
si tu apprenais que je suis deux fois veuve et mère
de deux adorables petits garçons ?

Il répondit avec une vivacité qui la stupéfia :

- – Je dirais que je te prends telle que tu es et de
tout mon cœur. Mais, à mon tour, que dirais-tu si
je te révélais tout bonnement que je suis bâtard ?

— Oh ! Ah ! Joël, j'adore les bâtards. Les bâtards
de Shakespeare sont grandioses !

A la fois mystifiés et railleurs, ils partirent d'un
grand éclat de rire qui arrangeait tout, quand la porte
s'ouvrit en coup de théâtre et Charlie Jones parut,
rouge et trépignant d'énervement. Il alla droit à la
Galloise.

— Misérable Miss Llewelyn ! s'écria-t-il. Votre sale
lettre m'a volé mon bonheur. Une demi-heure plus
tôt et j'étais témoin. Où est la mariée que je
l'embrasse ?

Il la vit et fit mine de courir vers elle, mais, bous-
culant quelqu'un qui barrait la route, il s'exclama :

— Joël, que faites-vous là ?

— Il fait que c'est lui, dit Elizabeth.

— Tu es folle !

— Folle de lui !

Miss Llewelyn et le commandant vinrent à la rescousse et la confusion fut totale jusqu'au moment
où Charlie Jones poussa une clameur :

— Eh bien, bravo ! Simple soldat du Sud. Splendide ! Et puis, très bien de sa personne.

— Je trouve! s'exclama Elizabeth.

Tout le monde éclata de rire. Le pasteur s'était déjà attelé à mettre de l'ordre dans les chaises autour de l'autel.

— Excusez-moi. Je ferme la chapelle pour quelques heures. Il faut que je rentre chez moi déjeuner.

— Moi, déclara le commandant, je vous quitte aussi, j'ai mon bureau.

Et, se tournant vers les nouveaux mariés, il eut un sourire paternel :

— Les enfants, dit-il, soyez heureux et fidèles l'un à l'autre. Toi, Joël, je te donne une rallonge de quatre jours.

— Merci, merci, s'écrièrent deux voix en une seule.

— Ce n'est pas tout, poursuivit l'orateur, de la bagarre s'annonce sur tous les fronts. Joël, sois un héros du Sud...

— Comme les autres! coupa Elizabeth.

Le Commandant précisa :

— Celui qu'on citera en exemple pour sa hardiesse.

— Ah! non! Pas trop! J'y tiens, s'écria Elizabeth.

Sans répondre, le Commandant fit le salut militaire et Joël fut d'un coup un automate, talons joints, main à la tempe.

— Mon Dieu! murmura Elizabeth.

Le Commandant disparu de l'horizon, Charlie Jones rétablit le calme en préparant une réunion chez Elizabeth pour faire voir Joël aux enfants.

— Sans leur dire pourquoi, précisa Miss Llewelyn.

— Magistral! Cela nous donne le temps de respirer.

On applaudit au génie diplomatique de la Galloise, et la chapelle vide se referma sur son silence.

Dans le salon écarlate qui avait vu tant de choses, quatre personnes attendaient la visite de deux enfants, et la discussion allait ferme. Elizabeth était tellement fière de son Joël qu'elle voulait le montrer à tout le monde et, par exemple, dans l'argot mondain, *jeter* un bal, ou à défaut offrir une réception dans les salons de Mrs Harrison Edwards. Là, il fallut l'arrêter : Mrs Harrison Edwards ne savait rien du mariage.

— Quelle erreur ! s'écria Elizabeth. Il faut tout lui dire immédiatement.

Des éclats de rire la firent taire. A son tour, Charlie Jones révéla que, dans un accès de fureur devant ce mariage secret dont il n'avait rien su, il avait mentalement déshérité sa belle-fille. Seule, Miss Llewelyn gardait la tête froide, proposant de laisser aux enfants le plaisir de voir clair dans ce rébus d'un militaire inconnu sous le toit familial. De nouveau il y eut un accès de gaieté général, même de la part de Joël un peu éberlué, puis la porte donnant sur l'escalier s'ouvrit doucement et Ned parut, tenant par la main son petit frère Kit, tous deux graves comme des juges. Les yeux grands ouverts, ils demeurèrent un instant immobiles, puis Ned dit :

— Mom.

La voix n'était pas forte, mais on l'entendit et tout s'arrêta.

Traversant la pièce, Elizabeth alla se pencher vers lui jusqu'à en sentir le vague parfum de plantes sauvages, et elle frôla des lèvres la masse des cheveux auburn.

— Ned, j'ai quelque chose à te dire, et à Kit aussi.

— A moi aussi, répéta Kit. T'entends, Ned ?

— Faites-les entrer, insista Miss Llewelyn. Ne restons pas là à ne rien dire. Nous les terrorisons.

Sur ces mots, elle quitta le fauteuil et fit un geste à Elizabeth.

— Asseyez-vous là et parlez-leur comme il faut.

— Prudence, conseilla Charlie Jones.

Subitement furieuse, Elizabeth lui lança un regard provocateur et mena les enfants jusqu'au fauteuil où elle s'installa.

— Ned, demanda-t-elle au garçon qu'elle emprisonnait des deux mains, sais-tu garder un secret ?

Il la regarda avec l'intensité subite de l'amour, mais ne répondit pas.

— ... un secret qui sera notre secret à toi et à moi ? poursuivit-elle.

Il chuchota :

— Jonathan, Mom.

D'un geste elle le fit taire.

— Qu'est-ce qu'il a dit ? demanda Charlie Jones. J'ai entendu qu'il disait quelque chose.

Miss Llewelyn donna de la voix.

— Sa mère lui racontait jadis une histoire de brigand à secrets.

— Alors soyons sérieux. Ici nous avons du secret en chair et en os.

— Silence, tous ! ordonna Elizabeth en quittant son fauteuil.

Elle fut obéie comme à l'annonce d'un événement. Kit mit son doigt dans la bouche et regarda son frère. Tous deux se montraient intimidés parce que les grandes personnes s'écartaient d'elles-mêmes, curieuses, attendant.

Non loin de la fenêtre qui donnait sur la rue, Joël se tenait immobile, fidèle au rôle que sa femme venait de lui souffler.

— Ne bouge pas.

En fait, personne ne bougeait. Il y eut chez les deux jeunes garçons une hésitation et des chuchotements, et, soudain, ils firent quelques pas vers Joël pour le regarder.

Le silence autour d'eux leur fermait la bouche, mais leurs yeux allaient du haut en bas du personnage en uniforme et enfin Ned murmura :

— C'est un soldat.

— Ah ? fit Kit.

— Pareil à Mike, remarqua Ned.

— Mon papa, il était plus beau, avec du dor partout.

— Alors quoi, ton papa ? Un soldat c'est pas beau ?

Ce dialogue vertigineux prit fin tout à coup. Elizabeth, l'oreille tendue, surgit entre leurs deux têtes.

— Mes petits, leur dit-elle, le soldat s'appelle Joël. Vous le trouvez gentil ?

Aucune réponse, la question allait trop vite ; puis les garçons se regardèrent et firent le tour du soldat.

Soudain Ned s'écria :

— Très gentil !

— Oh ! oui, très ! reprit Kit en écho.

— Bon, écoutez, mes petits chéris, reprit Elizabeth, vous n'avez plus de papa avec vous, ni toi, Ned, ni toi, Kit.

Silence. Elle prit alors une voix de joyeuse découverte :

— Eh bien, aujourd'hui, votre papa, c'est Joël.

Deux cris éperdus :

— Oh ! Mom, *yes* !

Claquèrent alors des applaudissements si énergiques qu'Elizabeth eut besoin de toutes ses forces pour se faire entendre.

— C'est un secret !

Tempête de rires, puis en chœur on scanda :

— C'est un se-cret ! C'est un se-cret !

Les auteurs de ce petit tumulte semblaient la proie d'une gaieté irrépressible, alors qu'en réalité Charlie Jones et Miss Llewelyn disaient leur joie de se voir libérés d'un souci majeur : comment la jeunesse allait-elle prendre la chose, mais aussi, mais encore, mais surtout, comment se débarrasser à jamais des problèmes personnels d'Elizabeth, cependant que, la main dans la main, les nouveaux époux stupéfaits observaient ce comportement enfantin de leurs aînés.

A Savannah régnait un calme relatif. Ainsi, dans les salons de Mrs Harrison Edwards, pouvait-on croire ou faire semblant de croire aux beaux jours d'avant guerre revenus, avec cette différence que les invités se montraient plus nombreux, la grande ville prenant figure de refuge — contre quoi ? Cela demeurait vague. Un certain chic se voyait comme naguère ; peut-être un peu plus surveillé. Mrs Harrison Edwards restait la même. On ne pouvait dire qu'elle ne bougeait pas : elle ne faisait que cela, mais avec tant d'élégance, jointe à son zèle, qu'à elle seule elle promenait ses salons tout entiers. Dans la foule de ceux qu'on appelait les amis d'amis, elle en croisait qui l'intriguaient agréablement, mais elle ne s'arrêtait qu'à bon escient. Une fois ou deux, elle crut flai-

311

rer de jeunes militaires en permission délicate, et elle eut des sourires complices, mais la réponse fut une roseur subite comme d'une vertu soupçonnée à tort, et elle passa. Cependant, une surprise l'attendait plus loin au milieu d'un groupe d'âge respectable. Quelques dames entouraient un jeune soldat au corps pris dans un uniforme porté avec un soupçon de négligence. On parlait sur un ton enjoué qui excluait toute mention de la guerre, et du reste le militaire ne disait rien, mais les dames s'extasiaient gentiment sur celui qu'elles qualifiaient de symbole du Sud, parce qu'elles n'osaient dire ouvertement qu'elles le trouvaient beau garçon. Le symbole en question n'était autre que Joël. Il jeta un regard désespéré vers Mrs Harrison Edwards quand il la vit s'approcher. Elle lui prit hardiment la main :

— Mesdames, excusez-moi, j'emmène votre invité.

Puis, quand ils furent à une petite distance, elle lui dit simplement :

— Ma foi, la curiosité l'emporte sur le plaisir de vous voir. Qui êtes-vous ?

Il se présenta courtoisement.

Elle eut un regard appuyé de ses longs yeux gris.

— Étrange, fit-elle, que je ne vous aie pas vu entrer. Vous n'êtes pas de ceux qui échappent à l'attention.

Il ne savait que répondre, il avait été convenu avec Elizabeth et Miss Llewelyn qu'il se montrerait chez Mrs Harrison Edwards seul et qu'on comptait sur la présence de Charlie Jones pour le présenter dans les règles et le faire accepter en ville. Mais de Charlie Jones, point.

— Ces dames..., essaya-t-il de dire.

— Elles vous ont fait entrer. Elles abusent et on

les comprend. Suivez-moi. Il y a quelqu'un qui ne me pardonnerait pas si je ne...

Ensemble ils contournèrent un barrage d'octogénaires surexcités par des souvenirs de cantatrices.

— Oh, la Grisi ! la seule ! chantait une voix chevrotante, la main sur le cœur.

Mrs Harrison Edwards leva les yeux au ciel et entraîna Joël plus loin.

— Vous alliez périr d'ennui dans ce salon si je n'étais pas venue à votre secours, dit-elle. Émigrons vers des apparences de jeunesse, voulez-vous ?

Ils avaient à peine fait quelques pas que Mrs Harrison Edwards se récriait.

— Soyez gentil. Attendez-moi ici. Je vois quelqu'un que je cherche désespérément depuis une heure. Je reviens. Surtout promettez-moi de ne pas bouger. Vous ne le regretterez pas. Un merveilleux moment de votre vie se prépare pour vous. Je le sens, je le sais. Ne bougez pas. Le temps de compter dix et je suis de retour et je ne serai pas seule.

Avec une précipitation inattendue, elle disparut à travers la foule et se fraya un chemin jusqu'à Elizabeth, qu'elle saisit par la taille.

— Venez sans poser de questions, dit-elle.

Elizabeth curieuse se laissa faire.

— *Darling*, ajouta Lucile, lorsqu'elles furent à l'abri d'une porte-fenêtre, le temps n'est pas aux paroles. Votre destin vous attend ici même dans ces murs, un destin à vous faire frissonner de bonheur. Vous allez me suivre et viendra le moment où je pourrai vous dire d'une voix prophétique : Elizabeth, regardez !

— Regarder quoi ? Et où ?

Elizabeth commençait à croire que Lucile perdait la tête.

— Obéissez-moi. Je sais ce que je fais. Et surtout ne me perdez pas.

Elles durent franchir à nouveau le barrage de dames et de vieux messieurs, puis des militaires qui voulaient les retenir et que Mrs Harrison Edwards repoussa : « Tout à l'heure, je suis à vous, tout à l'heure. » Un soupir de soulagement lui échappa enfin lorsqu'elle vit Joël debout, fidèle à sa place. Alors, serrant la main d'Elizabeth à la broyer, elle allait prendre le bras du soldat et leur dire : « Voilà », s'attendant à un éblouissement de part et d'autre, mais ni Elizabeth ni Joël ne bougeaient, ils se regardaient simplement et leurs yeux échangeaient les mêmes mots dans le même silence.

Comme Mrs Harrison Edwards n'entendait rien, elle comprit tout.

XXVII

Le court printemps fut tardif et somptueux, dans un écroulement de roses et de chèvrefeuilles. L'été s'annonçait torride, il fallait songer à le passer en Virginie, mais Elizabeth ne voulait pas quitter Joël. Miss Llewelyn pouvait partir avec les enfants, et si Charlie Jones n'avait plus ses compartiments du chemin de fer qu'il avait donné à l'armée, il était toujours possible de gagner le *Grand Pré* par la route.

Savannah était tranquille. Certes, sur les côtes, des points avaient été occupés par des soldats du Nord débarqués ici et là, mais on les ignorait comme des mouches inopportunes et ils restaient isolés dans leurs fortins, comme à Fort Pulaski. Les hussards de Georgie s'étaient installés, eux, à Fort Jackson, de l'autre côté de la Savannah, à l'entrée du port. Cependant, on n'avait cure de cette présence nordique, le blocus était sans cesse brisé par les corsaires du Sud, et les bateaux anglais commerçaient librement après l'affaire du Trent, car le gouvernement de Washington agissait désormais avec prudence pour ne pas chatouiller la susceptibilité des sujets de la reine Victoria et risquer de voir l'Angleterre reconnaître les États confédérés.

En mer, le *Virginia* avait coulé pendant les mois sombres des tempêtes tous les navires du Nord à qui

315

il donnait la chasse ; puis, recouvert de plaques de métal, avait affronté en combat singulier le *Monitor*, le premier cuirassé de l'Histoire construit dans les chantiers navals. Ce fut une lutte sans résultat entre des monstres de fer n'ayant plus rien de commun avec les navires de jadis.

Quand la conscription fut décidée le 21 avril par le Congrès à Richmond, les gouverneurs d'États, pointilleux sur leur indépendance, estimèrent que c'était un frein : ceux qui s'engageaient de plus en plus nombreux, leur enthousiasme se moquait des lois ! Les plus jeunes, impatients de porter les armes, comme bien des troupes n'avaient pas assez d'uniformes, se contentaient d'une casquette, de guêtres et d'un foulard. Ce que le Nord n'avait obtenu qu'avec de l'argent et par décret, point n'était besoin de le codifier pour les gens du Sud.

Sur le front central, dans la vallée du Mississippi, les victoires coûtaient cher : aux Sudistes qui ne pouvaient pas les exploiter, aux Nordistes à qui il fallait sans cesse de nouveaux régiments pour essayer de mettre au pas les rebelles. Et les jours passaient.

On apprenait par bribes ce qui arrivait un peu partout : la reddition de La Nouvelle-Orléans, le blocus de toute la côte où, cependant, les corsaires continuaient nuitamment à narguer la flotte des Yankees. Les nouvelles furent souvent les mêmes tout au long du mois d'avril, puis de mai : le Sud victorieux devait reculer. A une première bataille où il culbutait les gens du Nord succédait un second jour où la supériorité numérique et l'apport de troupes fraîches avaient finalement raison des vainqueurs de la veille, fatigués et ne pouvant compter que sur eux-mêmes. Ainsi, le 6 avril, Johnston et Beauregard gagnaient la bataille de Shiloh, qui n'était pas un point stratégique, mais une petite chapelle de bois, perdue dans un paysage de forêts, de ravines et de halliers. Cependant, Sidney Johnston fut tué, et, le lendemain, dans une seconde bataille au même endroit, Beauregard devait céder le terrain à une armée trois fois plus forte et se replier de l'autre côté du Mississippi. Devant le nombre, les coups de génie ne pouvaient que retarder une lente invasion; aux Sudistes les éclairs, aux gens du Nord le tonnerre, mais l'orage balayait tout le monde, ne laissant derrière lui que des trous d'obus, des arbres sans feuilles, et les vivants de la veille allongés à jamais sur une terre bouleversée.

Corinth assiégée, toute ruse fut bonne à Beauregard pour sauver son armée : par une nuit sans lune, le 29 mai, il quitta la ville investie, au nez et à la barbe du général de l'Union.

En Virginie, cependant, les gens du Nord débarquaient en force, comme si toute la hargne de Washington se portait contre le vieux dominion qui représentait toujours la naissance des États-Unis. Une offensive se dessina de l'embouchure de la rivière James pour aller au cœur du pays s'emparer de Richmond et en finir avec la sécession. Les troupes du Sud repoussaient les assauts, décrochaient, attaquaient plus loin, insaisissables. Les batailles se succédèrent, le Nord débarquait sans arrêt de nouvelles unités et leur seconde armée essayait de prendre à revers par la Virginie de l'Ouest la capitale confédérée. Il fallut évacuer Norfolk, faire brûler le *Virginia* pour qu'il ne tombât pas aux mains de l'adversaire. Les petits croiseurs nordistes remontèrent la rivière, mais ne purent franchir la ligne des forts qui défendaient la capitale à douze kilomètres au sud, là, ils furent fortement malmenés et le *Monitor* seul réussit à se retirer sans trop de dommages.

Contre la seconde armée, dans la vallée de la Shenandoah, Jackson fit une campagne rapide et brillante, battit avec régularité les généraux nordistes à la tête de troupes pourtant plus considérables et les rejeta au Potomac. Laissant quelques détachements faire illusion, il put revenir en toute hâte par les Blue Ridge rejoindre Joseph Johnston pour défendre la capitale. Le cœur du Sud s'emballait.

Parfois, sur les champs de bataille, des régiments des mêmes États frontières se faisaient face, le Maryland avait des engagés des deux côtés. Après une victoire, on vit ainsi un jeune conscrit du Sud aller embrasser dans la file des prisonniers un garçon du Nord : c'était son frère. Aucune animosité n'existait entre les soldats : la politique avait décidé de leur vie et les condamnait à s'entre-tuer au nom de principes fallacieux.

Si trois jours de bataille, là où sept pins marquaient le paysage, avaient arrêté la marche des armées de l'Union sur Richmond, des deux côtés les pertes étaient énormes. Au début de juin, à la Bourse de l'Histoire, les actions du Sud étaient au plus bas, mais les Confédérés gardaient une confiance absolue en leurs treize étoiles. Pourtant les Nordistes occupaient l'est de la Virginie, l'embouchure de la rivière James ; le cap Hatteras était provisoirement entre leurs mains, disait-on, mais on ne pouvait plus se cacher qu'ils avaient pris La Nouvelle-Orléans, presque tout le Kentucky, la moitié du Tennessee, et envahissaient l'Arkansas. Savannah, Charleston voyaient leurs ports à peu près interdits par le blocus. Mais le Sud tenait tête.

La cavalerie de Jeb Stuart tourbillonnait autour des Nordistes, plantant sans cesse des banderilles dans l'adversaire, mais des escarmouches auraient-elles raison de la puissance ? Les usines du Nord tournaient nuit et jour, alors que le Sud comptait ses munitions !

A Richmond même, quelques défaitistes parlaient de déclarer la ville ouverte : ainsi ils auraient droit à l'indulgence du Nord ; ils furent invités à déguerpir et une réunion publique fut tenue à l'hôtel de ville. On vota d'un seul élan une adresse de soutien absolu au gouverneur de l'État et au maire de la cité. Et comme on entendait au loin la rumeur des canons sur la rivière, le gouverneur Letcher s'écria dans l'enthousiasme général : « Qu'ils nous bombardent et qu'ils aillent au diable ! »

A Savannah, Elizabeth vivait dans le bonheur de chaque jour, quand, dans ce ciel serein, retentit l'annonce des orages proches. Tard dans l'après-midi, Joël venait de Fort Jackson ; les enfants se jetaient sur lui, il avait toujours quelque chose à raconter sur la véranda qu'on tenait close jusqu'à la nuit pour garder la fraîcheur de la maison.

Un jour, c'était Fort Jackson qui avait envoyé du gibier d'eau à Fort Pulaski en échange de confitures d'airelles.

— Mais, protesta Elizabeth, ce sont des ennemis.

— Ma chérie, ce sont des garçons comme nous. Quand on ne se bat pas, et même quand on se bat...

— Bien dit, approuva Miss Llewelyn.

Ned écoutait tout ce que disait Joël et, pour lui, le monde grandissait.

☆

Vers la fin mai, il y eut du nouveau. Ce soir-là, Joël rapporta une vieille histoire du milieu d'avril, car tout se savait, mais plus ou moins vite, et parfois la guerre ressemblait à un jeu dont personne ne connaissait les règles.

— Ils ont volé la locomotive et le train ! lança-t-il aux enfants.

— Volé ! dit Ned. A qui ? A grand-père ?

— Non, à l'armée du Sud.

— Oh !

Ned tapa du pied et Kit crut bon de répéter le cri d'indignation de son frère, d'une voix perçante.

— Volé ? fit Miss Llewelyn qui attendait d'emmener les enfants. Vraiment, vous nous intéressez.

— A l'arrêt, dit Joël, et en gare.

Il se mit à raconter l'incroyable aventure à Ned et à Kit comme si c'était un conte de fées. Un capitaine du Nord et vingt et un de ses hommes déguisés en soldats sudistes s'étaient sournoisement emparés de la locomotive à Big Shanty, sur la ligne d'Atlanta, pendant la halte où les mécaniciens et les passagers déjeunaient dans la gare. Heureusement, un capitaine du Sud et le chef aiguilleur assis près de la fenêtre virent leur train filer sous leurs yeux. Ils se lancèrent sans hésiter à sa poursuite. Le but des Nordistes espions était de couper les lignes télégraphiques, détruire les aiguillages, faire sauter les ponts. Mais ils ne s'attendaient pas à une aussi prompte réaction. Plusieurs fois, ils furent obligés de changer de direction, par des lignes secondaires, ayant juste le temps de déboulonner quelques rails pour arrêter leurs poursuivants. Mais ceux-ci ne les lâchaient pas. « Continuant à pied, courant, réquisitionnant des trains, puis une autre locomotive... » Joël mimait tout devant son auditoire émerveillé et silencieux ; les bruits, les exclamations, tout y était.

— Enfin, comme ils se rapprochaient des troupes du Nord, dans le Tennessee, au dernier moment, le capitaine du Sud les rattrapa. Ils avaient eu le temps d'enlever leurs faux uniformes, mais la pluie empêcha leur poudre de faire sauter le pont et notre capitaine les a pris.

— Il les a pris, youpee ! cria Ned.

— Youpee ! youpee ! lança la voix stridente de Kit.

— Allez, maintenant, les petits soldats au lit ! dit Joël, et il ajouta à l'adresse de Miss Llewelyn qui les emmenait se coucher : « L'histoire amuse tout le monde, on admire et on fusille les espions. »

Restés seuls, les jeunes mariés allèrent jusqu'au bord de la véranda comme pour s'éloigner le plus possible de tout. D'un poing solide, Joël poussa une des grandes vitres et la fraîcheur entra avec les premières ombres du crépuscule et tous les parfums qui annonçaient une nuit chargée déjà de souvenirs et de rêves. Avec le chèvrefeuille montaient vers eux la tendresse et la prime enfance du monde, et le temps s'arrêtait.

Soudain Joël murmura très doucement :

— Elizabeth, j'aurai quelque chose à te dire, plus tard.

Prise d'une intuition, elle répondit :

— Écoute, ne touche pas au bonheur. Je n'ai jamais été heureuse comme maintenant.

Il la prit dans ses bras avec la violence du premier amour.

— N'aie pas peur... Descendons vite. La nuit n'a que huit heures.

— Et après ? demanda-t-elle, encore inquiète du moment plus tôt.

Il eut un rire d'écolier.

— N'y pense pas. Et pour le bonheur, je m'en charge.

Dans le silence de l'amour, le chant d'une grive vint jusqu'à eux d'un jardin éloigné, un chant qui ne se laissait entendre qu'au plus profond d'une solitude parfaite. Une à une, les notes s'espaçaient, limpides, et d'une mélancolie que les mots ne peuvent dire, mais qui emplissait le ciel. L'homme et la femme émerveillés demeuraient attentifs quand soudain résonna très doucement un trille dont la fragile beauté leur serra le cœur, mais ni l'un ni l'autre n'éprouva le désir de parler. Sans souffler mot, ils attendirent, espérant autre chose, et rien ne vint. La nuit se referma, étoilée, sur le mystérieux appel.

Aux premiers frissons de l'aube, Joël se leva pour fermer la fenêtre et revint. Maintenant sous les draps et les couvertures, ils purent se parler et, tout à coup, il dit d'une voix tranquille :

— Aujourd'hui, je pars pour Richmond.

Elle étouffa un cri.

— N'aie pas peur, dit-il aussitôt. Le Nord va nous attaquer. On les attend.

— Je déteste la guerre, s'écria-t-elle.

Prise d'une colère folle, elle se redressa et saisit Joël par les épaules :

— Je ne veux pas que tu t'en ailles !

Elle faisait mine de le secouer.

— Qu'est-ce qui te prend ? dit-il avec un rire faux. Je reviendrai, c'est promis.

— Alors je veux que tu le jures.

— Mais oui, je te le jure. Et puis, nous perdons du temps. Tu ne comprends pas encore que je t'aime comme un fou ? Je vais t'expliquer.

Saisissant les couvertures en tas, il les jeta sur le plancher.

XXVIII

Joël parti, Elizabeth n'eut qu'une idée : gagner la Virginie pour être plus près de lui — géographiquement parlant. Elle prétexterait l'atroce chaleur de l'été en Georgie. Miss Llewelyn, qui n'était jamais dupe, commença déjà à préparer les bagages des enfants, et ce fut alors que Charlie Jones vint rendre visite à une heure matinale.

— Il est très tôt, dit-il. Tu fais tes bagages ! Moi aussi, je m'en vais. Je suis sans nouvelles d'Amelia, elle n'a pas répondu à mes messages et est restée en Virginie, j'en suis sûr. J'emmène avec moi Johnny et Emmanuel. Tu me confies tes garçons ?

— Joël est parti à l'aube. Je pars avec vous et avec eux.

— Inutile de te dire que je suis près de toi, Elizabeth. Après les adieux, quels moments difficiles...

Elle haussa les épaules. Il poursuivit :

— J'ai vu s'effondrer les femmes les plus courageuses.

— Aucun rapport. Je suis anglaise.

— Bien. Dans une heure, les voitures seront devant la porte.

— Nous serons prêts.

— Ce sera un voyage pénible, qui peut durer huit jours au moins. Il nous faudra faire un furieux détour par les Blue Ridge pour gagner Fauquier County.

— Je me demande comment les enfants vont supporter une telle expédition.

— Quatre garçons ! Les grandes vacances, voyons. Ils vont s'amuser comme des fous. Tu les entends déjà découvrant avec des cris de Sioux des Yankees derrière tous les arbres.

Fidèles aux ordres, une heure plus tard les berlines à quatre chevaux attendaient devant la maison et les voyageurs se mirent en route.

Bien différentes, les voitures sœurs : la première, sérieuse dès les premiers tours de roues. Sur la route, seul avec Elizabeth, Charlie Jones s'excusa bientôt des plongeons qu'il faisait dans la pile des journaux posés sur la banquette en face de lui, alors que, renfoncée dans son coin, la jeune femme revivait en un sombre bonheur le détail de ses nuits avec Joël. La seconde berline trimballait un tout autre monde : les enfants se jetaient aux portières de gauche et de droite, regardant de tous leurs yeux. Le temps passait relativement vite sur la route qui conduisait vers Charleston. Et comme Miss Llewelyn veillait à tout, biscuits et chocolats firent leur apparition. Allait-on chez cousine Hilda ? Non, on ne passerait pas par Charleston. En effet, on continua vers le nord. Il fallut traverser des rivières paresseuses en cette saison, bien que le flot eût l'air de courir. De courtes haltes furent nécessaires pour reposer les chevaux et prendre un léger en-cas. Charlie Jones en profita pour leur apprendre qu'on allait vers Columbia. La route traversait une forêt vierge et, peu à peu, ils eurent l'impression de s'enfoncer dans un mystère. Des chênes géants, si larges que tous ces voyageurs

325

ensemble se tenant par la main n'auraient pu en faire le tour, étendaient au-dessus de la route des branches pareilles elles-mêmes à des arbres. Entre ces chênes blancs, des magnolias grimpaient à la recherche du soleil et leurs fleurs dégringolaient presque jusqu'au sol, « aussi grosses que des boulets de canon », murmurèrent les enfants.

— Non, fit Miss Llewelyn, et les boulets de canon sont plus noirs, elles sont grosses comme des œufs d'autruche, et puis, vous sentez ?

Une onde pénétrante et suave les enveloppa. Brusquement, ils se turent. La route avait l'air de s'enfoncer dans de l'ombre que trouaient par moments des taches de lumière, comme des flaques de silence. Ils continuèrent, passant au large d'une imposante propriété qui semblait à l'abandon, car les avenues qui y conduisaient étaient envahies par les herbes folles, et la mousse espagnole qui d'habitude tombe en draperies courait ici en guirlandes d'un arbre à l'autre.

— ... comme pour un bal de fantômes, dit Miss Llewelyn.

Une modeste plantation leur offrit un gîte pour la nuit lorsqu'il fit tout à fait noir. Dans une grande chambre, des Noirs leur servirent un repas froid à la lueur d'une grosse lampe à huile. Les enfants étaient à la fois fatigués et agités et leurs ombres dansaient sur les murs derrière eux.

— Je vais, proposa Charlie Jones, vous raconter une histoire si vous me promettez de dormir tout de suite après, car nous repartirons très tôt.

Les garçons s'écrièrent qui oui grand-père, qui oui papa.

— Il y avait une fois une très belle dame fort élégante qui avait épousé un jeune homme éperdument amoureux d'elle. Celui-ci avait fait bâtir une belle maison en brique entourée de colonnes. A l'intérieur, tout était magnifique : les murs étaient peints, on marchait sur une mosaïque de marbres, les meubles les plus précieux venaient d'Europe. Quelques années s'écoulèrent là, dans le bonheur. Un jour, ils furent appelés à se rendre en Angleterre et, au cours du voyage, l'adorée mourut.

Ici, Charlie Jones fit valoir ses talents de conteur et les enfants l'écoutèrent avec l'air consterné qu'il espérait. Elizabeth et Miss Llewelyn se montraient singulièrement attendries.

— Alors, le manoir devint la maison du bonheur détruit et resta vide à jamais. L'herbe envahit la plantation, les pièces fermées ne connurent plus aucun bruit, sauf peut-être le pas léger des fantômes du souvenir. L'histoire s'arrête là. Maintenant, les enfants, on va dormir.

L'histoire ne plut pas à Elizabeth. Miss Llewelyn eut le sourire de quelqu'un qui en savait beaucoup plus.

A l'aube, ils repartirent, les chevaux fringants dans l'air frais du matin. On parcourut une longue distance dans la forêt qui, peu à peu, avec des appels d'oiseaux, s'éveillait dans tous les bruissements de la nature. Un second et un troisième jours passèrent comme le premier, les enfants tantôt affalés sur les sièges, tantôt intenables, mais Miss Llewelyn savait les captiver par des récits de vaudou. Le turbulent Emmanuel lui-même se tenait sage. Le soir, c'était Charlie Jones qui tenait son auditoire en haleine avec des maisons qui flambaient ou des animaux très sauvages. Ainsi Oncle Charlie et Miss Llewelyn se relayèrent pour obtenir un voyage tranquille.

Des petites villes furent dépassées, on fit halte à Charlotte. Aux arbres succédèrent des plantations de tabac, puis à celles-ci des marais. La chaleur endormait les enfants. Les chevaux allaient si lentement que plusieurs furent changés à prix d'or par Charlie Jones dans une ferme à l'écart de la route. Les marais miroitaient comme s'ils noyaient le soleil et, par endroits, une brume de chaleur palpitait au-dessus d'eux. Cette journée-là fut difficile. Elle ne ressemblait pas à des vacances.

— Quand va-t-on arriver ? criaient les plus jeunes des voyageurs.

Miss Llewelyn leur expliqua que ce serait à un prochain tournant.

— Mais la route est toute droite ! fit remarquer Ned.

Quand malgré tout la route finit par tourner, Miss Llewelyn précisa que ce serait pour le tournant d'après, et ainsi elle les mena jusqu'à la halte du soir.

Au-delà des marais, dans le court crépuscule, ils trouvèrent un hameau et un relais qui ne devait pas voir passer beaucoup de monde. Des galettes de maïs, du jambon, quelques fruits leur parurent un festin. Alors Charlie Jones, comme tous les soirs, les régala en plus d'un nouveau récit.

— Vous avez vu, les enfants, les grands marais déserts ?

— Moi, j'ai vu s'envoler un héron, déclara Johnny.

— Moi, deux ! s'écria Emmanuel.

— Ils devaient être en train de pêcher, affirma Johnny.

— Ce sont de bons chasseurs, ajouta Ned. Ils filent sur l'eau.

— Oui, grommela Oncle Charlie, mais pas meilleurs que les Indiens, et les Indiens, les marais sont leur domaine. Vous avez vu les arbres qui étaient dans l'eau ? Plus loin ce sont des forêts entières. Leurs racines sont formidables, elles ont l'air de courir à la surface comme des serpents. On peut se cacher et se perdre, en plein jour il y fait très sombre.

A ce dernier mot, dit d'une voix caverneuse, le petit Kit alla se jeter contre Elizabeth et grimpa sur ses genoux. En le serrant contre elle, la jeune femme se revit avec Billy en barque au milieu des noirs cyprès. Elle se souvint alors que cet instant était devenu immobile, et avec lui l'air, les feuilles, l'eau, et devant elle le visage extasié de Billy emprisonnant à jamais son bonheur humain.

— Ici, continuait la voix de Charlie Jones, c'était le territoire des Indiens. Ils pêchaient, ils chassaient, ils faisaient des fêtes, ils dansaient autour des feux... vous savez bien, les enfants.

— Oui, dirent-ils tous ensemble.

— Des gens sont venus de l'autre côté des mers. Ils ont commencé par s'emparer de la côte pour repousser les Indiens vers l'intérieur, puis ils ont voulu plus, toujours plus : plus de champs, plus de rivières, plus d'horizons, plus de tout. Les Indiens se sont réfugiés dans les marais et dans les collines comme ici. Les gens d'Europe les ont poursuivis, croyant qu'ils cachaient des trésors. Ils construisirent des barques pour chasser les pirogues. Mais les Indiens possédaient les secrets de la nature et savaient de quelle façon la brume s'élevait des eaux pour rendre irréel le paysage. Aussi, juste avant, apparaissaient-ils comme des ombres, et les hommes d'Europe, avides et cruels, furent attirés dans les forêts aux troncs submergés. Là, les barques se séparèrent les unes des autres ; les Indiens à l'affût tirèrent leurs flèches, une pour chaque envahisseur. Ensuite, ils accrochèrent les scalps aux branches, et ç'est depuis que le feuillage ressemble à des chevelures dans le vent.

Suivit alors chez ceux qui écoutaient un silence horrifié.

— Demain, reprit gaiement Charlie Jones, nous serons en Virginie. Allez vite dormir.

Le surlendemain matin, ils arrivèrent enfin au pied des collines qui semblaient les fuir depuis leur départ et, dans la jeune lumière de l'aurore, les grandes bandes violacées des montagnes s'allongeaient à l'horizon. La route montait. A un carrefour, les berlines furent arrêtées pour laisser passer des troupes qui marchaient vers l'est, vers Richmond. Les enfants crièrent, descendirent de voiture.

— Vive les soldats ! Bravo !

Ils frappaient dans leurs mains. Miss Llewelyn se mit aussi à applaudir. Les soldats répondaient : « Hello ! » Ils ne marchaient pas très en ordre, mais ils étaient joyeux. Sans porter le même uniforme, une petite casquette grise leur donnait à tous un air de famille, et certains la lancèrent en l'air avec de grands hourras quand ils virent Elizabeth à la portière de sa voiture ; elle, instinctivement, cherchait Joël dans chaque soldat.

Quand tous les uniformes eurent disparu, les voyageurs continuèrent leur route. Vers midi, en haut d'une colline, on se reposa sous quelques sapins dans l'odeur de la forêt qui, partout, montait du sol. Des nuages blancs restaient immobiles au-dessus des montagnes bleues toutes proches maintenant. Fascinés par la vue sans limites, petits et grands se regroupèrent sous les arbres, la strideur de l'été faite de l'absence de tout bruit leur remplissait les oreilles. En bas, se creusait une vallée, des champs brillaient, alternativement clairs ou sombres; l'argent d'une rivière glissait comme un orvet; à flanc de coteaux se dressaient des granges sang-de-bœuf, renforçant l'impression de paix de tout le paysage où quelques meules à peine défaites semblaient abandonnées. Tout au loin, était-ce l'effet de la chaleur, l'horizon ondulait comme si d'horizons plus lointains lui arrivait le souffle de la guerre.

— Notre Virginie..., finit par murmurer doucement Charlie Jones.

Ils reprirent la route à regret.

Au crépuscule, le lendemain soir, ils arrivaient à Kinloch.

Charlie Jones les y laissa sans lui. Il continua pour se rendre à la recherche d'Amelia, mais d'abord il voulut faire flotter le drapeau anglais sur le *Grand Pré*. Miss Charlotte, invinciblement fidèle, fut saluée dans la vieille maison ainsi que Maisie de Witt, en deuil de son mari qui venait d'être tué à Norfolk. Quitte à revenir un peu plus tard, il écourta ces embrassades et se rua sur le *Bocage* où sa femme

331

poussa les cris de joie sur lesquels il comptait. Pourtant, elle n'était plus tout à fait la même; pour elle, sa demeure essentiellement conjugale comptait plus que la grande maison, mais elle n'oubliait pas qu'avec quelques jeunes gens elle avait voulu libérer son époux. Le sang n'avait pas coulé et les circonstances lui rendaient son maître et seigneur, mais elle se souvenait des paroles sublimes qu'elle avait alors prononcées... Charlie Jones en eut sa part. Enfin, il décida qu'Amelia devait plier bagage et s'installer au *Grand Pré*. Elle regimba, puis brusquement céda, parce qu'elle demeurait l'amoureuse de toujours.

Dans la grande maison, trois femmes allaient désormais faire assez bon ménage sous la férule abstraite d'un affable tyran, et les enfants se mirent à jouer à cache-cache dans un décor à découvertes nouvelles. Le beau temps favorisait une tendance à l'assoupissement général, une fois digérées les nouvelles du jour, mais celles-ci n'en étaient pas moins inquiétantes.

A Kinloch se respirait un air d'un autre genre.

XXIX

Dès qu'elle eut senti sous ses pieds les marches de la longue véranda, Elizabeth entra de nouveau dans un rêve qu'elle pensait enfui pour toujours.

Son premier mouvement fut de redescendre et de s'en aller, mais elle n'en eut pas même le temps. Une femme vint vers elle d'un pas rapide, comme pour l'empêcher de bouger. Elizabeth la reconnut à ses grands yeux noirs.

— Ma chère enfant, permettez-moi de vous embrasser, dit Mrs Turner.

La suite fut rapide. Elizabeth supplia qu'il lui fût permis de s'enfermer dans sa chambre : elle n'avait pas faim, elle voulait dormir, et Mrs Turner fut compatissante.

Maintenant, seule dans sa chambre, Elizabeth voyait l'hallucination du passé se reconstruire autour d'elle d'un seul coup : par la fenêtre grande ouverte, le paysage à perte de vue, et derrière elle le lit à colonnes. Elle eut peur comme d'une apparition, hier prenant la place d'aujourd'hui.

Son visage dans la grande glace la fit se ressaisir un instant. Le rose des joues n'empêchait pas qu'au fond des yeux elle lût une inquiétude qu'elle écartait difficilement. « Un an déjà », pensa-t-elle.

Jetant sur une table le chapeau à larges bords

qu'elle tenait encore à la main, elle se laissa tomber au milieu du lit et brusquement sanglota sans retenue, la tête dans un oreiller.

Les larmes la calmèrent au bout d'une minute, mais elle ne bougea pas et, sans s'en apercevoir, glissa dans un sommeil immobile.

Au bout d'un quart d'heure, des bruits de pas la réveillèrent et elle ne put étouffer un cri d'irritation en voyant Miss Llewelyn aller et venir dans la chambre avec son assurance habituelle.

— Je ne vous ai pas demandée ! fit-elle en se levant d'un bond.

— D'accord, mais je prévoyais le sursaut des nerfs.

— Absurde ! Un coup de fatigue subit, c'est tout.

En disant ces mots, Elizabeth se dressa devant la Galloise. Celle-ci dans sa robe de gouvernante la dépassait d'une tête.

— Madame, ici, à Kinloch, on nous observe plus qu'à Savannah, alors, si je peux dire, il s'agit d'être un homme.

— D'être un homme !

— Comme une femme courageuse. Sachez qu'au moment où votre Joël vous a quittée, j'ai saisi au vol l'occasion de lui donner notre adresse du *Grand Pré* afin qu'il puisse vous écrire, comprenez-vous ?

— Pas du tout.

— Aucune importance. S'il vous écrit à cette adresse, sa lettre nous suivra ici, et il vous écrira, croyez-moi.

— Et où lui répondre ? Son adresse ?

— S'il en a une, il vous la donnera. Sinon, vous continuez de lui écrire. Quand vous lui écrirez, il sera là. Écrivez, écrivez encore et encore.

— Je veux une adresse.

— A défaut de précisions, je vous donne celle-ci. Joël : Régiment de Georgie, Richmond. L'adresse est magique, tous les amoureux la connaissent.

Elizabeth haussa les épaules et les jours passèrent.

☆

Elle écrivait à Joël comme seule le peut une femme dans les incohérences de l'amour. Des nouvelles arrivaient qui prenaient à la gorge. On se battait autour de Richmond, puis sur la James River. Offensives et contre-offensives, batailles corps à corps, charges à la baïonnette, et Joël dans tout cela. Heureusement les charges à la baïonnette faisaient courir de peur les garçons du Nord. Brave, Joël ? Question absurde. Il respirait l'héroïsme dans son uniforme. Surgissait sous une plume affolée une brève prière : « Seigneur, empêchez mon mari de faire des bêtises. Pas de prouesses qu'on ne lui demande pas. Pas de coups d'audace pour éblouir tout le monde. Pense à moi, Joël. Pense à nous deux, pense à notre bonheur. Ta Lisbeth. »

Cette lettre qu'elle glissa tristement dans son enveloppe ne lui donna pas le soulagement qu'elle en attendait. Elle avait trop écrit de lettres depuis ses premiers jours en Amérique pour garder des naïvetés de toute jeune fille. Multiplier les conseils de prudence à un jeune soldat au front sentait l'adieu à des jours lointains. Elle souffrit. Elle attendait sa lettre à lui avec inquiétude. Qu'allait-il lui dire ? Déjà, le jour même de leur mariage, il lui avait fait des allusions gentiment narquoises sur ses deux maris défunts et ses deux enfants...

C'était le 15 juin. Pendant dix jours, il n'y eut rien. La chaleur du jour endormait la plus mortelle tristesse. On s'assoupissait au fond du grand salon rendu ténébreux depuis l'aube. Là se réfugiait un reste de fraîcheur qu'on se partageait tour à tour. Il fallait d'abord éloigner les enfants qui étaient pour le vacarme : Ned et Kit, les fils d'Elizabeth, mais surtout un des deux fils de Charlie, Emmanuel le batailleur, alors que le second, Johnny, restait le plus silencieux, son cœur débordant d'amour.

Le soir venu, on allait s'asseoir devant la maison, où les arbres élevaient dans la nuit une couronne au-dessus d'une pelouse, et, par un usage familial bien établi, on s'installait sur une des épaisseurs d'herbe pour regarder les étoiles. Le silence qui en descendait alors ne devait pas être troublé. On se taisait religieusement, mais au bout d'un grand quart d'heure, quelqu'un disait d'une voix très lente :

— Merveilleuse nature.

Un long temps passait où ne se laissait entendre que le petit appel tranquille de la chouette, puis une autre voix déclarait :

— Oui, merveilleuse vraiment.

Cette nuit-là, Miss Llewelyn agacée ajouta de sa façon brève :

— Les cieux racontent la gloire du Seigneur. Un point, c'est tout. Que voulez-vous dire de plus ? Pour ma part, je monte me coucher, je crains les douleurs. Et les enfants, au lit ! Il est l'heure.

Comme sur une leçon bien apprise, les enfants disparurent derrière les arbres où ils se mirent à imiter la chouette.

☆

Le 25 juin enfin, le courrier du *Grand Pré* apporta des lettres et surtout la lettre par excellence, celle de Joël.

— Il me semble que je la vois, murmura Miss Llewelyn. C'est la lettre idiote qui fait pleurer. Elles sont toutes pareilles.

Elizabeth ne daigna pas relever ce jugement et se mit à lire avec passion.

« Lisbeth, mon trésor, tu es près de moi sans t'en douter avec le tout petit portrait de toi jeune fille et mon revolver par-dessus. Je t'expliquerai. Tu dois être au *Grand Pré* que je ne connais pas. Alors j'imagine de grands arbres. La guerre ne va pas durer et on va avoir un tas d'enfants, ils nous ressembleront à toi et à moi, le premier sera un garçon, il devrait être déjà en route, nous avons fait tout ce qu'il faut pour ça. Tu sais bien, le soir, l'oiseau moqueur nous a fait rire, à un moment. Et maintenant ça paraît loin et ça me fait quelque chose quand j'y pense. Bien sûr, ça sera un garçon, tu en as déjà deux, tu dois avoir l'habitude, et je le veux, comprends-tu. On l'appellera Joël, ou tout court, Junior.

« Tu sais, je ne sais pas bien écrire des lettres, je n'ai fait que celles du Commandant, mais elles n'étaient pas du même genre. Si tu étais là, comme on rirait, Lisbeth. En attendant, je te prends dans mes bras.

« On va vite gagner, rien que pour ça. TON Joël.
« *Embrasse les petits.* »

A ces mots, soulignés une et deux fois, Elizabeth

337

laissa tomber la lettre et se mit à pousser des plaintes d'épagneul.

— Ne vous l'avais-je pas dit ? triompha Miss Llewelyn.

Et comme Elizabeth gardait le silence, elle ajouta :

— Vous feriez mieux de me donner la lettre que vous aviez écrite. Le facteur n'attendra pas.

Elizabeth alla droit à son secrétaire.

Au moment où elle tenait à la hauteur de son visage la lettre dans son enveloppe, elle eut une hésitation. Restait le coup de langue à donner, protégeant le secret du message. Dans certains cas, la courtoisie voulait qu'on tendît la lettre ouverte à la personne qui se chargeait de son sort immédiat, en l'occurrence Miss Llewelyn qui rassemblait le courrier de Kinloch et le remettait au vaguemestre. Or, il y avait toujours des moments où Elizabeth haïssait la Galloise et le moment du coup de langue à donner était de ceux-là ; les deux femmes se tenaient l'une devant l'autre, un peu avant le petit déjeuner, ce 25 juin, et des scrupules de politesse, ou de simple charité, ou la crainte d'offenser une personne parfois venimeuse troublèrent l'âme d'Elizabeth et la lettre fut tendue dans son enveloppe ouverte. Il se passa alors ceci que Miss Llewelyn donna le coup de langue avec un sourire où se lisait l'humiliation de sa maîtresse.

— Je suis sûre que votre lettre est un chef-d'œuvre, dit-elle.

— Contentez-vous de la remettre au vaguemestre, fit Elizabeth en quittant la pièce.

☆

Tous pareils, les jours devenaient interminables. Attendre, c'était la vie ordinaire, et l'été rendait cette attente plus pénible encore. La lettre de Joël avait ranimé en Elizabeth des rêves devenus vivants par l'irruption du jeune soldat dans son existence de femme, il y avait, lui semblait-il, longtemps déjà, car mai était loin. Elle tremblait pour son mari à chaque nouvelle que les journaux apportaient irrégulièrement à Kinloch.

La situation était confuse. En même temps qu'une offensive nordiste en vue de s'emparer de Richmond, on apprenait les combats acharnés au nord, au sud et à l'est de la ville. Peu à peu, on découvrait que ces batailles avaient duré sept jours : les Confédérés avaient repoussé les gens du Nord, mais le nombre des morts et des blessés grandissait dans chaque camp, changeant le visage jusqu'ici ironiquement humain des guerres en quelque chose de nouveau, absurde et abstrait. A Mechanicsville, deux généraux sudistes s'étaient impétueusement jetés sur des positions inconnues de leurs cartes et que le Nord avait fortifiées ; leur vaillance ne servit à rien, mais par bonheur le pusillanime McClellan ne pensa qu'à ramener ses troupes en bon ordre, comme s'il craignait d'abîmer leurs uniformes et, dans sa retraite à travers les marécages de White Oak Swamp, perdit autant de matériel humain que de matériel tout court.

Richmond était sauvé une seconde fois. Le Sud pavoisa. Le début de l'année désastreux était oublié avec le succès de l'été commençant, mais le général Lee regrettait de n'avoir pu réaliser son plan : envelopper l'armée nordiste jusqu'à sa reddition, car les officiers confédérés se fiaient trop à la fougue de leurs hommes et les généraux à l'improvisation de leurs attaques, alors qu'il fallait poser calmement un piège aux envahisseurs.

A Kinloch, Elizabeth reçut une seconde lettre de Joël, quatre lignes seulement, il n'avait eu que le temps de lui jeter quelques mots d'amour sur la page, les plus banals, c'est-à-dire les plus efficaces. La victoire pour elle ne comptait pas, près de ce papier chiffonné.

Richmond libéré de toute crainte, juillet fut, comme le ciel, éblouissant : les troupes confédérées reprirent le Tennessee, poussèrent de plus en plus loin leurs raids dans le Kentucky, et de nouveaux bateaux furent mis en chantier. Était-ce le vrai tournant de la guerre ? Cependant, chaque État de la sécession, fidèle aux raisons qui l'avaient fait se séparer de l'Union, demeurait attaché à ses prérogatives, alors qu'il fallait l'union du Sud. L'individualisme de chaque gouverneur ralentissait l'élan général et ils discutaient encore que les canons parlaient à leur manière.

Au *Grand Pré*, l'Union Jack flottait sur la maison, les gens du Nord occupaient Manassas et parfois leurs éclaireurs passaient sur la route, mais nul jusqu'ici n'osait s'aventurer sur l'avenue jusqu'au porche. Désormais il était difficile de joindre Kinloch, car les chemins n'étaient plus sûrs, la ligne d'un front invisible courant quelque part entre Prince William et Fauquier County.

La lunaison d'août fut magnifique : énorme et rose, la lune se levait, puis montait de plus en plus dorée dans un ciel velouté. Les nuits étaient plus belles que les jours, que la chaleur avait l'air d'aplatir sur les champs et les bois, et chaque soir la lune revenait, plus ronde, plus inquisitrice.

A Kinloch, devant la maison, les enfants discutaient sur ce visage qui paraissait les regarder.

— Elle ouvre la bouche, dit Ned, comme une dame qui chante.

— Elle est mécontente, répondit Johnny.

— Oh! toi, tu imagines toujours un tas de choses!

Son frère Emmanuel disait cela en faisant des culbutes sur l'herbe pour dépenser un surplus d'énergie.

— Mécontente, reprit Johnny, car elle voit les soldats qui se battent.

— Et puis, après?

Ned aussi se moquait un peu du petit garçon blond.

— ... alors que tout est si beau, acheva celui-ci, si beau...

Et il regarda Ned et les arbres sombres et la pelouse changée en lac clair par l'astre silencieux.

— Les enfants, il est temps d'aller au lit.

La voix de Miss Llewelyn tomba du porche, on ne la voyait pas, mais elle semblait encore plus présente, comme si c'était la nuit qui parlait avec l'autorité d'une maîtresse d'école, et les enfants obéirent, Ned comme les autres; pourtant, comme chaque soir quand tout le monde dormait, un peu plus tard il se glissa dehors en enjambant sa fenêtre pour aller rêver sous les sapins à sa maman devenue si jeune tout à coup, au nouveau père qui avait l'air d'un frère aîné, à tout ce que voulait dire Johnny révolté par la guerre... Et pourtant il se voyait, lui, dans un uniforme gris, impatient d'être enfin quelqu'un aux yeux du monde. Le monde, pour lui, c'était Elizabeth.

XXX

A la mi-août, les nuits se réveillaient des torpeurs du jour. On restait tard sur la véranda avec le secours du *mint julep*. Les plus âgés des garçons disparaissaient dans les environs du bois où naguère Elizabeth donnait la main à un fantôme.

Ned courait comme les autres, mais ses promenades avaient un but. Des conversations avaient lieu entre grandes personnes dont il faisait son profit, la guerre étant le sujet d'élection. Sous la froideur éclatante de la lune, les nouvelles de troupes en marche prenaient des apparences de phantasmes. Loin d'en souffrir, on en tirait bravement son parti, car Kinloch n'étant pas sur les chemins de l'invasion gardait son renom de refuge.

Ned écoutait et rêvait. Il se figurait sur Whitie, son vaillant poney, dévalant des pentes rocailleuses jusqu'aux prairies virginiennes et, dans une fantastique randonnée nocturne, faisant irruption aux portes du cher *Grand Pré* dans les premiers frissons de l'aube.

Chose étrange, ce fut exactement ce qui se produisit. Tambourinades de coups de poings à la porte, qu'ouvrit un Noir ahuri. Puis Oncle Charlie parut :

— Qu'est-ce que tu fais là, petit monstre ?

— Grand-père, j'arrive de Kinloch.

— Je m'en doutais. Toi, tu as l'air fatigué, tu n'as pas dormi. Allez, viens avec moi.

Dans son bureau, il fit allonger le petit garçon sur le sofa, lui ordonnant de dormir pendant qu'il faisait préparer un petit repas pour tous les deux. Comme il tirait les rideaux avant de sortir, il vit que Ned dormait déjà. C'était bien là son favori, le fils de son fils Ned, le premier de tous ses enfants, celui dont la disparition était impossible à chasser de son cœur, et le fils de cette mystérieuse Elizabeth, violente et fragile, imprévue, fille elle-même de cette Laura dont il avait été fou dans sa jeunesse. Il organisa tout et, une heure plus tard, un petit Ned émerveillé était assis en face de lui devant un pâté en croûte, des *mince pies* et du thé. A côté de Charlie Jones, dans un rafraîchissoir glaçait du champagne. A l'autre bout de la table, des assiettes attendaient un dessert. Quand ils se furent suffisamment régalés, Charlie Jones versa un doigt de champagne à son petit-fils.

— Tu vois, c'est fête aujourd'hui. A ta visite !

— Visite ? fit Ned inquiet.

— Bien sûr, tu vas retourner à Kinloch. (Devant la déception du jeune visage, il ajouta :) Songe à l'inquiétude de notre Elizabeth.

Ce « notre » était un chef-d'œuvre. Le garçon ne protesta pas.

— Tu voulais t'engager, n'est-ce pas ? Tu es trop jeune.

— Rolf l'a fait !

— L'année dernière, oui. Il avait bientôt quinze ans.

— Je suis grand, protesta Ned.

— Je reconnais bien là le sang de la famille. Eh bien, tu vas être grand. Je vais te donner un message à porter.

343

— Tout de suite, fit Ned en se levant.

— Du calme. Assieds-toi. Ce ne sera pas facile.

— Je suis prêt, grand-père.

— Bien, mais d'abord, que je te raconte une histoire. Tu connais tante Stella. Ma chère sœur avait un message pour le président Jefferson Davis. Les gens du Nord l'ont arrêtée. On l'a fouillée partout, et crois-moi, ce n'est pas rien. On l'a interrogée du matin au soir. En vain. Bredouilles et fous de rage, ils l'ont relâchée. Elle est allée droit à Richmond transmettre le message au Président.

— Oh! fit Ned.

Charlie Jones se pencha sur la table vers son petit-fils.

— Sais-tu comment?

Sans lui laisser le temps de répondre, il dit d'une voix très douce:

— Par cœur. Elle l'avait appris par cœur.

Le petit Ned hocha la tête pour montrer qu'il avait bien compris la leçon.

— Parfait, continua Charlie Jones. Je vais te donner un message à porter de la même manière et à quelqu'un de très important. Tu n'auras pas peur?

Ned eut un cri:

— Peur, moi!

— Bien sûr que non. Ton message, tu l'auras dans ta tête.

— Et les gens du Nord pourront bien me fouiller!

— S'ils arrivent à t'attraper.

— Quand est-ce que je pars?

— Patience. Tu passes la journée avec moi, en secret. Personne ne se doutera que tu es ici.

— Jéhu m'a vu tout à l'heure.

Charlie Jones se leva et fit quelques pas du côté

de l'office en frappant dans ses mains. Au bout d'un instant Jéhu arriva. La question lui fut posée, joviale :

— Jéhu, tu vois Mister Ned ?

— Yessa (*yes, sir*), pou' sû'. Toujou's content de voi' Massa Ned.

— Eh bien, tu t'es trompé. Mister Ned n'est pas là, et plus tu le regarderas, plus il ne sera pas là, compris ?

Jéhu mit le doigt sur la bouche en essayant d'étouffer un éclat de rire, puis disparut.

— Ned, reprit Charlie Jones, tout sera secret aujourd'hui au *Grand Pré*. Toi-même, mon garçon, tu es un secret.

— Oui, grand-père, fit Ned, les yeux brillants.

— Ici, il y a trois dames et les enfants. Tu aurais voulu voir les dames...

Ned secoua la tête avec véhémence pour dire non.

— Bien. Les enfants, ce sera pour une autre fois, peut-être.

Sur cet échange de vues, Charlie Jones emmena son petit-fils vers l'escalier. La chambre où ils s'enfermèrent était la plus spacieuse du *Grand Pré* et certainement la plus confortable dans le style anglais à la mode : le majestueux n'y était pas loin du douillet.

— Mon petit Ned, fit Charlie Jones, tu vas me faire d'abord le plaisir de te reposer jusqu'au moment où je reviendrai te parler de ton message. Pour le moment, tu meurs de fatigue. Alors, ôte tes chaussures et va t'étaler sur ce grand lit.

Ned obéit sans un mot et son grand-père le quitta, non sans avoir fermé la porte à clef.

Un peu après le chaud du jour, il revint et trouva Ned debout.

— Au travail, mon garçon. Je suis sans inquiétude. A ton âge, on a une mémoire prodigieuse.

Les ombres s'allongeaient déjà quand Charlie Jones accompagna Ned dans la grande avenue où, de la maison, personne ne pouvait les voir.

Près de la route, Jéhu les attendait avec le cheval reposé et lustré.

— Ned, tu n'oublieras rien ?

— Oh non, fit Ned indigné.

— Je ne parle pas du message, mais de ce que tu diras à ta maman en rentrant à Kinloch, j'y tiens. Allez, embrasse-moi et file.

Ned obéit, puis sauta en selle et galopa sur la route.

— Dieu te protège ! lança Charlie Jones.

☆

La nuit tomba. Ned dut traverser des bois de plus en plus profonds et il sentit qu'il avait peur. Les arbres avaient l'air de respirer. Pour le jeune cavalier le bruit des sabots éveillait le cheval invisible de l'écho courant derrière eux. Souvent la lune jetait un regard à travers les branches. Elle était encore pleine et la route brillait, quand Ned arriva de l'autre côté d'une colline au hameau que lui avait indiqué son grand-père. Tout paraissait silencieux. S'était-il trompé ? Non, car soudain une voix lui cria dans l'ombre :

346

— Halte-là !

— Je veux voir le général.

Un éclat de rire lui répondit.

— Alors, bébé, tu viens t'engager !

C'était une voix du Sud, un peu traînante et ironique.

— Je suis le messager. On m'envoie exprès.

Suivit une conversation dans l'obscurité, puis un soldat apparut sur la route, prit le cheval de Ned par la bride.

— Viens, dit-il, je t'emmène.

A la porte d'une grange, des officiers essayèrent de faire parler Ned, mais il n'en démordit pas.

— C'est moi, le général.

— Non, fit Ned. J'ai vu le général à Manassas. C'est pas vous. C'est pressé. Mon grand-père l'a dit.

— Qui est ton grand-père ?

— Charlie Jones.

Ce nom fut un sésame. Ned fut conduit dans une petite pièce où se trouvait le général. A la lueur de deux lampes-tempête, les grandes fourches de bois qui servaient à retourner les foins prenaient un air dramatique.

— Eh bien, jeune homme, que me veut ton grand-père ?

— Je dois vous le dire tout seul.

— Alors, messieurs, laissez-nous et envoyez-moi Sweeney.

L'instant d'après, un jeune Noir passa la tête dans la porte.

— Sweeney, joue-nous quelque chose à côté.

— Général, c'est la nuit...

— Il n'est jamais trop tard pour la musique. Va et referme la porte.

Aux premiers raclements de banjo, le général ajouta :

— Comme ça, personne n'écoutera ce que tu as à me dire. Je t'écoute.

D'un trait, Ned se mit à réciter :

— Trois armées du Nord vont faire leur jonction. McClellan et Burnside doivent rejoindre Pope. Culpeper est plein de troupes. Le général Banks n'est pas gardé sur la gauche. Au-dessus de Warrenton, c'est vide. Un coin à enfoncer. Et puis...

Ned s'arrêta.

— Et puis ? demanda le général.

Sous le regard d'inquisiteur de Jeb Stuart, Ned reprit d'une petite voix :

— ... et puis le messager doit aussitôt regagner Kinloch.

— Brave garçon, proclama le général. Ton grand-père est irremplaçable. Tout ce qu'il organise pour le Sud... Je vais te faire raccompagner.

— Je peux rentrer tout seul ! s'écria Ned.

— Tu risques de te perdre. Il va y avoir encore une grande heure de nuit noire.

Silence de Ned qui se rappelait la traversée de la forêt.

— Je vois que nous sommes d'accord, constata le général.

Il alla vers la porte et se mit à fredonner l'air qu'on entendait mieux à présent, *Black-eyed Susan*, mais, dès qu'il parut dans la grange, la musique cessa.

— Le capitaine Pelham est-il avec vous ?

Un jeune homme d'une beauté intimidante répondit :

— Je suis à vos ordres, mon général.

— John, auriez-vous l'obligeance de faire raccompagner un jeune messager jusqu'aux abords de Kinloch ?

— J'irai moi-même, répondit le capitaine avec un grand sourire.

Ici, Jeb Stuart s'adressa à tout le monde :

— Quelqu'un pourrait-il me trouver une casquette petit modèle ? On doit avoir ça chez les tambours...

Il retourna vers Ned avec le capitaine Pelham.

— Ned, je te confie au capitaine. Il te laissera à la maison et présentera mes devoirs aux dames de Kinloch. Entendu ?

Ned regardait le capitaine qui ressemblait étrangement à Joël.

— Oui, mon général, fit-il après un instant.

Quand on lui apporta la casquette la plus petite qu'on eût pu trouver, le général la posa sur les boucles désordonnées de Ned.

— Voilà, dit-il, notre plus jeune soldat du Sud.

Et dénouant son foulard rouge il le mit autour du cou du garçon. Ned l'arrangea à sa façon.

Soudain, tout alla très vite : Ned et le capitaine galopèrent sans échanger un mot dans l'obscurité, Ned pensait à Joël et le capitaine ne pensait à rien, sauf à la route dangereuse. A l'aube, ils virent dans un ciel livide se profiler la masse de Kinloch. Encore un moment, puis ils furent au pied de la véranda.

— Tu entres seul, fit le capitaine.

— Avec vous, tout irait mieux. On va crier.

— Courage, l'ami. Moi, je me repose en bas un instant avant de repartir.

Et ils se quittèrent.

Un peu à contrecœur, Ned se rendit à la salle du déjeuner encore toute sombre malgré les lourds rideaux restés entr'ouverts, et là il attendit. Réveillé par le bruit des chevaux, un Noir finit par le découvrir.

— Massa Ned !

Il alluma la lampe à huile au bout de la longue table.

— Miss Llewelyn est déjà debout, elle a entendu. Voulez-vous que je fasse du thé ?

Ned fit non de la tête. Il s'était assis sur une chaise, rien d'autre ne lui était demandé pour le moment, mais il eût préféré être Ned Jones dans n'importe quel endroit du monde plutôt que dans la salle du déjeuner de Kinloch, ce matin-là.

Ce fut Elizabeth qui parut la première, en peignoir vert pâle et les cheveux épars.

— Toi ! dit-elle.

D'un pas bien allongé, elle franchit l'espace qui les séparait, mais il fut plus rapide et gagna l'autre côté de la table, puis fit mine d'hésiter entre la droite et la gauche, comme pour dérouter sa mère dans sa poursuite. Elle fut sur le point d'adopter cette tactique et seul l'arrêta un sens du ridicule. D'une voix que la rage rendait sourde :

— Reste où tu es, lança-t-elle, nous finirons bien par nous rejoindre.

— Je peux tout expliquer.

Il haletait un peu d'émotion et, malgré elle, Elizabeth sentit faiblir ses résolutions les plus sévères.

— Si tu es un homme, dit-elle, viens ici me raconter ça sans cet affreux foulard et cet absurde petit képi que tu essaies de cacher sous le bras.

Aussitôt, foulard et képi virevoltèrent, il quitta son refuge avec un léger sourire et vint se tenir debout devant elle. Un instant, ils se regardèrent les yeux dans les yeux et, tout à coup, elle le gifla.

A ce moment, Miss Llewelyn parut à la porte. Très discrètement elle se plaça derrière Elizabeth. Elle s'était coiffée hâtivement en improvisant un vaste chignon au sommet de son crâne, et une robe de chambre feuille morte achevait de la rendre saisissante.

— Si Madame me permet une remarque, fit-elle, la gifle que je viens d'entendre m'a paru sérieuse et ferme, mais appliquée plus bas, — me fais-je bien comprendre, — son effet moral eût été plus sûrement atteint.

— Je ne comprends rien à votre discours, Miss Llewelyn, s'écria Elizabeth avec véhémence. J'ai puni mon fils de m'avoir fait peur. Vingt fois, je l'ai vu mort, mais c'est fini et il est là, alors ne me parlez pas d'effet moral, Miss Llewelyn. Je l'aimais trop et c'est encore la même chose.

Elle prit Ned par les épaules et le secoua :

— Tu ne peux pas comprendre, fit-elle tout bas. A certains moments, un regard sauvage revient dans le tien qui n'est pas le tien.

— Embrasse-moi, maman, dit-il.

Alors dans une sorte de tempête d'amour elle lui couvrit tous les coins du visage de baisers fous, qui s'égaraient jusque dans les oreilles et sur les tempes, pour revenir aux yeux comme à une proie.

Le bruit d'une porte fermée sec mit fin à ces élans forcenés du cœur et la voix distinguée de Mrs Turner se fit entendre, mais dure.

— J'arrive pour les effusions, dit-elle. C'est pour le mieux, mais j'ai bien fait de donner des ordres pour qu'on ferme à triple tour la porte des écuries. Un cheval volé, je ne dis pas par qui. Cheval et voleur sont de retour, et j'attends les aveux... Je serai patiente, mais il faudra qu'on s'accuse, j'y tiens : autrement une porte sera ouverte et fermée pour toujours. Compris ?

Suivit un silence qui ressemblait à un roulement de tonnerre, puis Ned se leva.

— Je dirai tout, fit-il.

Sa mère intervint aussitôt, très émue.

— Puis-je demander à Mrs Turner que l'explication ait lieu avec elle en particulier ?

— Aucune objection. Je ne tiens pas à une humiliation publique, je veux simplement la vérité. Tout à l'heure donc, dans ma chambre. Mais je viens d'apprendre par Jeremy qu'un officier de l'armée du Sud se trouve en bas. J'ai donné l'ordre qu'on le prie de monter.

Elizabeth eut un grand mouvement de protestation :

— Je me sauve, dit-elle. Me montrer en peignoir à un officier dont je ne connais même pas le nom !

Avec un geste de souveraine, Mrs Turner ôta une longue écharpe de soie bleue et la lui tendit :

— Des plis croisés devant la poitrine et vous voilà tout habillée. Et puis, vous êtes si belle...

A ce moment, Ned jugea plus sage de changer de place et de se dissimuler le plus possible derrière sa mère.

— Moi, je reste, si vous voulez bien, déclara Miss Llewelyn. J'avoue sans fausse honte que je goûte ce genre de situation.

Curieuse, la gorge bien enveloppée dans la soie, Elizabeth était immobile quand la porte s'ouvrit, et le capitaine entra.

Il salua d'abord Mrs Turner, parce qu'elle était habillée comme pour aller en ville, puis tourna vers Elizabeth le regard de stupeur admirative qu'elle connaissait bien. Quant à Miss Llewelyn, les yeux du visiteur glissèrent sur sa personne et il put se délivrer de son message en regardant Mrs Turner.

— Madame, j'ai à vous présenter les devoirs du général Jeb Stuart.

— Capitaine, je suis très obligée...

Au risque de lui couper la parole, le capitaine demanda :

— Le jeune cavalier serait-il parmi vous ?

Sans un mot, Ned rayonnant sortit de sa cachette et fit un pas vers le capitaine. Celui-ci ne put s'empêcher de rire :

— Madame (il s'adressait à Mrs Turner), ma mission est accomplie. J'avais ordre de ramener jusqu'à vous ce jeune cavalier nocturne. Il vous racontera lui-même son histoire. Je me contente d'ajouter que le général Stuart s'est montré très amusé de sa rencontre avec lui et lui a fait cadeau de son foulard rouge.

— Oh ! Ned ! s'écrièrent en même temps Elizabeth et Miss Llewelyn.

— Jeune homme, où est ce foulard ? demanda le capitaine. Vous en avez honte ?

Ned arracha le foulard rouge de sa poche où il l'avait caché et l'agita comme un drapeau.

— Fier ! cria-t-il. Et de ça encore ! ajouta-t-il en plaquant son képi de travers sur un tas de mèches rebelles.

La voix mince de Mrs Turner coupa en deux cette allégresse batailleuse.

— Mon enfant, je vais vous demander de me suivre dans ma chambre où nous serons tranquilles pour nous expliquer. Capitaine, excusez-moi et merci encore. Du thé vous sera offert ici même dans un instant si vous voulez bien, avant votre départ.

Il s'inclina.

— Merci, madame, je dois repartir sans attendre.

Ned à ce moment croisa les bras d'un air subitement résolu.

— Moi, dit-il, je reste avec ma mère.

— C'est bien, fit Mrs Turner, et dans ce cas, vous serez envoyé au *Grand Pré* demain matin sous escorte et ne reviendrez plus à Kinloch.

Ici intervint Miss Llewelyn d'un ton enjôleur.

— Mister Ned, croyez-moi, obéissez à Mrs Turner. Vous verrez, tout sera pour le mieux. D'abord, le cheval qui avait disparu est à l'écurie.

Tout à coup, Elizabeth se dressa. Depuis l'entrée du capitaine, elle n'avait pu se retenir d'observer celui-ci furtivement, mais les menaces de Mrs Turner la firent revenir à elle.

— Vous n'allez pas toucher à mon fils, lança-t-elle.

— Trêve d'absurdités, Elizabeth. Je me propose de lui parler.

La jeune femme se tut, mais visiblement troublée fit mine de regarder autour d'elle la grande pièce où le jour commençait à faire briller l'or des boiseries.

Pendant une seconde, ses yeux croisèrent ceux du capitaine, mais ne s'arrêtèrent pas. D'une voix tranquille, elle dit à son fils :

— Mon petit Ned, il faut obéir à Mrs Turner. Tout ira bien. Sois poli surtout.

— Maman ! murmura-t-il tendrement, et il eut pour elle un regard d'une tristesse qui fit de lui un adulte, mais il rejoignit Mrs Turner.

Lorsqu'ils se furent retirés, le capitaine fit quelques pas vers Elizabeth.

— Le jeune garçon est en sécurité, dit-il avec un sourire, ma mission est accomplie, il ne me reste plus qu'à repartir.

Il s'arrêta et murmura : « Hélas ! »

Elizabeth tressaillit.

— C'est bien, capitaine.

Il s'inclina et disparut.

Miss Llewelyn s'était discrètement éloignée pendant cette courte scène, mais elle revint, affairée.

— J'espère, dit-elle, que vous l'avez rendu amoureux, notre capitaine.

— Ce n'était pas du tout mon intention, et je n'y pouvais rien.

— Avec quel courage vous supportez cette fatalité...

— Laissez-moi tranquille. Je suis contente que cet homme soit parti. Il ressemble à mon Joël, mais plus sérieux. C'est un peu Joël, mais pas tout à fait lui...

— J'ai à vous parler aujourd'hui de choses plus sérieuses, moi.

— Miss Llewelyn, je suis debout depuis cinq heures du matin. Je veux monter à ma chambre et dormir.

— Vous savez bien que j'ai toujours raison quand

355

j'insiste. Ici, on peut entrer et nous interrompre. Je monte avec vous. J'ai une révélation à vous faire.

Elles quittèrent la pièce et prirent l'escalier. Vaincue par la fatigue, Elizabeth s'efforçait malgré tout de distancer sa lourde compagne, mais celle-ci montait avec une régularité irrésistible.

Dans la chambre, Elizabeth se laissa tomber sur le lit, Miss Llewelyn alla s'installer dans le grand fauteuil.

— Dormez si vous pouvez, fit-elle. Je suis sûre que vous allez m'écouter. Je commence. Jusqu'ici vous avez été protégée...

— Protégée ?

— Vous voyez bien que je vous intéresse ! Oui, protégée. Par exemple, cette mésaventure de Fred...

— Llewelyn, vous n'êtes pas venue me parler de lui ?

— De lui et des autres. Maintenant que vous avez enfin trouvé le bonheur...

— Mais Joël n'est pas là, protesta Elizabeth.

— Vous savez très bien qu'il va revenir. Lui aussi est protégé, ça se voit. J'en suis contente pour vous. Mais venons-en à Fred d'abord. Vous en vouliez et vous n'en vouliez pas ! Lui non plus n'a pas été simple et tout a raté. Il y a eu l'histoire de ses lettres que j'ai fini par vous donner, rappelez-vous. Vous envisagiez de me chasser...

— Oh, maintenant de nouveau vous m'indignez !

— Ne revenons pas là-dessus. Les deux dernières, je les ai brûlées. Ce n'étaient plus des lettres, c'étaient les ultimatums d'un forcené. Il se croyait amoureux.

— Oh, brûler une lettre d'amour ! Llewelyn, vous êtes un monstre.

— Songez à ce que je vous ai épargné. Si vous aviez

épousé cet homme, vous étiez perdue. Je l'ai connu enfant, il était admirable, intelligent, tout. Mais ce n'était pas un homme pour vous. Trop de principes. Des sens, mais les sens d'un moraliste déchaîné.

Elizabeth se redressa :

— Comment dites-vous ?

— Je dis que soumise à lui par les lois du mariage vous seriez devenue ni plus ni moins que sa chose. Il vous aurait bouclée.

— Oh, non ! s'écria Elizabeth.

— Sa nature sexuelle forcenée vous eût réduite et votre beauté eût été ensevelie.

— Llewelyn !

— Je n'ai pas fini. Mike...

— Lui, je l'aimais bien, dit Elizabeth.

— Vous avez eu raison de le repousser. Il ressemblait trop à Billy. Vous ne pouviez recommencer la même histoire. Le passé vous aurait poursuivie. Et puis, j'ai des nouvelles. Il a cru avoir le cœur brisé, mais il s'en remet déjà. Les demoiselles sont sensibles à l'uniforme. Il en trouvera une de son âge et il continuera à vous aimer comme une *grande sœur*.

Elizabeth eut un cri d'exaspération.

— Vous êtes odieuse aujourd'hui !

— Et alors ? Regardons la vie en face : vous êtes en pleine jeunesse, vingt-huit ans. Aviez-vous tellement besoin de lire l'admiration dans les yeux des hommes ? Des hommes et des adolescents... Songez au petit Rolf.

— Là, je n'y étais pour rien.

— Pour rien ! Ne me faites pas rire... Votre glace, qu'est-ce qu'elle vous dit ? Rolf vous doit son premier chagrin d'amour, c'est comme ça que les garçons apprennent la vie. Mais songez à tous ces gamins, maintenant que vous êtes heureuse.

— Llewelyn !

— Je suis un monstre, vous me détestez, *et cætera*...

— Eh bien, je reprends tout ce que j'ai dit. Êtes-vous contente ?

Avec un sourire de chat, Miss Llewelyn referma la porte derrière elle.

☆

De tous côtés les nouvelles arrivaient maintenant. La chaleur étouffante annonçait de violents orages, comme tous les étés en Virginie où des pluies torrentielles pouvaient succéder à des soleils impitoyables.

Kinloch, à l'écart des champs de bataille, apprenait par les courriers qui faisaient halte à White Plains les actions d'éclat des cavaliers de Jeb Stuart. Celui-ci avait même intercepté les dépêches nordistes qui envoyaient à Washington des rapports victorieux, alors même que leurs troupes subissaient revers sur revers, mais comme il s'agissait de coups de main audacieux, qu'après avoir frappé les Confédérés se repliaient, Pope, le général du Nord, n'y voyait littéralement que du bleu.

Miss Llewelyn était la mieux informée. Elle descendait en carriole, tantôt à Salem, tantôt à White Plains, bavardait, écoutait, une aiguille toujours prête dans son sac pour réparer un vêtement militaire, ou des douceurs ou du tabac dans un fourretout, et elle revenait, sensationnelle.

Jeb Stuart avait trouvé Warrenton désert. Profitant d'un orage d'une violence inouïe qui avait transformé le déclin du jour en nuit opaque, il avait poussé jusqu'à l'embranchement de la ligne de chemin de fer et s'était emparé des bagages ennemis. On avait trouvé notamment la valise du général du Nord et dans celle-ci son carnet de route. Pope, le bien nommé, se croyait *infaillible* et posait au Jules César et au Napoléon.

Là, éclats de rire de l'auditoire.

Cependant, la pluie avait empêché les artificiers de faire sauter le pont du chemin de fer qui permettait aux deux armées du Nord de se joindre.

Deux armées ! Le *Grand Pré* n'était-il pas sur leur route ? s'interrogeait alors l'auditoire inquiet.

Impossible de joindre Charlie Jones, d'ailleurs les chevaux étaient enfermés par Mrs Turner, et Ned, qu'on soupçonnait capable de tout, surveillé par tout le monde. Plusieurs jours après son équipée, on apprit que les avant-gardes de Jackson devaient passer au nord de Kinloch. Et soudain plus rien, plus d'informations, calme plat et silence. La torpeur de l'été s'abattait sur les grands sapins, plus sombres encore contre le ciel bleu ; de gros nuages s'immobilisaient sur les champs comme s'ils attendaient un événement pour reprendre leur fuite ; l'attente devenait cruelle.

Où était Joël ? se demandait Elizabeth. Que pourrais-je faire ? s'inquiétait Miss Llewelyn. Les Turner songeaient à Rolf ; Emmanuel et Johnny à Charlie Jones, enfermé au *Grand Pré* ; et Ned, seul dans sa chambre, portant casquette et foulard rouge, s'imaginait avec son ami le général Stuart et avec le capitaine qui l'avait raccompagné à l'aube et ressemblait si fort à son nouveau papa : ensemble, ils gagnaient la plus grande des batailles. Alors Ned se jetait sur son lit en tapant des poings.

XXXI

Le 25 août, les soldats de Jackson se mirent en marche sous les étoiles avec un équipage léger. Ils marchèrent jusqu'à l'aube, grise comme leurs uniformes, traversèrent des vallons sombres et des forêts muettes. Le soleil levé, ils continuèrent à travers les herbages, les champs de maïs, les prairies roses et jaunes, les bois et les gués. Dans le chaud du jour, le silence de la nature était celui d'un dimanche après-midi dans la campagne, avec parfois le bourdonnement d'une mouche, si bien que la lumière semblait émettre un son. A la porte de granges désertes, dans un paysage qui paraissait abandonné, des roues de bois étaient seules à les regarder passer.

Nourris de maïs vert et de pommes, buvant à même l'eau des sources, leurs chaussures fatiguées, ils marchèrent. Leurs colonnes ne firent que de courtes haltes toutes les trois heures. Quand on ne fut plus qu'à trois ou quatre horizons des troupes du Nord, leur marche devint silencieuse. Seules pouvaient les trahir la poussière et les ondulations qu'ils laissaient derrière eux dans les blés et les grands maïs.

Comme les fermes n'étaient plus habitées que par des enfants, des femmes et quelques vieillards, les champs n'étaient pas moissonnés. Jackson tenait cependant à ce qu'on payât les dommages faits aux récoltes, alors qu'ailleurs, dans l'est et le centre de la Virginie, les Nordistes pillaient.

Ils arrivèrent à Salem au crépuscule et se jetèrent sur le sol là même où ils s'arrêtaient, morts de fatigue, plongeant dans le sommeil comme dans une invisible mer de paix et de repos. Dans cette chaude nuit de la mi-été les étoiles brillaient, lourdes, les parfums de la terre stagnaient au-dessus des champs, mais au petit jour ils étaient debout et la marche en avant reprit jusqu'au défilé de Thoroughfare Gap, sous la garde solitaire des pins. Enfin, ils débouchèrent sur le plateau de Manassas ; au loin, à l'est, miroitaient les vitres de Centerville, par moments le soleil se jetait dans l'eau d'un gué ou, tout au sud, glissait sur les rails de la gare de triage.

Ils avaient suivi des chemins détournés, si bien que les éclaireurs nordistes n'avaient pas pu déceler leur mouvement. Le 27, à une heure du matin, par une nuit chaude et sans lune, Jeb Stuart s'empara par surprise de l'embranchement de Manassas. Après un bref combat, les Nordistes décrochèrent et filèrent. Les approvisionnements des armées du Nord étaient aux mains des 21es régiments, celui de Georgie et celui de Caroline du Nord. Ils découvrirent la caverne d'Ali Baba. Jamais ils n'avaient vu de telles réserves : des pyramides de munitions, des ambulances prêtes à servir, et, pour les soldats mal nourris et mal vêtus du Sud, d'abord tout ce dont rêvait la faim, puis, après et surtout, des stocks de chaussures.

Joël était dans le 21e Georgian. Comme autour de lui les soldats se rééquipaient, il fit remarquer qu'ils ne pouvaient pas porter d'uniformes bleus. Un de ses copains lui répondit : « La tunique, non, le pantalon, oui. Ils sont bleus, mais entiers ! »

Ils ne restèrent pas longtemps bleus dans la poussière et les orages. Après ce coup de main colossal, où bien du matériel dut être livré au feu, les Sudistes se replièrent, repassèrent les gués du Bull Run et disparurent dans les bois, exactement sur les positions occupées par les Nordistes l'année précédente, lors de la première bataille de la guerre. Ils se cachaient le long d'une ligne de chemin de fer en construction, abandonnée aux buissons et aux herbes folles.

Le 28, l'armée du Nord occupa tout le plateau de Manassas, ses généraux étant persuadés qu'ils n'avaient en face d'eux que les restes de quelques régiments de Confédérés. On échangea des coups de canon, et, après quelques escarmouches, le général Pope pensa qu'il tenait un Jackson aux abois.

Au *Grand Pré*, pendant ce temps, Oncle Charlie avait fait se grouper tout son monde et obligea femmes et enfants à se réfugier dans la pièce sourde de la grande maison. Aux Noirs, il déclara qu'ils pouvaient fuir encore la bataille qui se rapprochait, et qu'il les considérait comme libres.

— Oh non, massa, on 'este avec toi, on ga'de la famille avec toi. Les gens du No'd issont pa'tout. Izon volé tous les chevaux. Izon p'is tout le fou'age à l'écu'ie. Izon tout empo'té dans la maison du Commodo'. Ivon veni' ici, et toi, tu nous p'otèges.

Les Nordistes se manifestèrent par la présence d'un capitaine que Charlie Jones reçut sous le porche, alors que les soldats se tenaient dans la grande avenue.

— Sir, vous devez quitter cette maison.

— Je suis anglais. Il n'en est pas question. Je suis ici avec ma femme et mes enfants.

— Alors, Sir, je vous conseille de ne pas sortir. Sinon je ne réponds pas de ce qui peut arriver. Vous êtes dans nos lignes et vous devez obéir.

Un claquement sec des talons mit fin à la seule visite que le *Grand Pré* reçut jamais du Nord. Mais Oncle Charlie ne décoléra pas jusqu'à la nuit tombée.

XXXII

Le 29, le canon ne cessa pas de tout le jour. On se battait à Groveton, à Gainesville et sur la route de Greenwich. Le grondement venait de Warrenton. Oncle Charlie monta au grenier avec une longue-vue. Il était dix heures et quart du matin.

Le ciel d'un bleu roi tournait au blanc vers l'est, la chaleur s'annonçait excessive. Il ne vit rien qu'une route poudroyante et des champs en apparence paisibles. Au loin, presque au ras du sol, éclataient de petits nuages de fumée. Et c'était tout. Il redescendit.

A trois heures, quand tous déjeunèrent, les jumeaux étaient intenables ; la pénombre de la pièce que protégeait une galerie aux volets clos, la nervosité des grandes personnes, de leur mère surtout, car Amelia n'avait rien de maternel ce jour-là, tout agissait pour leur arracher des cris, tandis que Matthiwilda, leur sœur aînée, se réfugiait dans son monde de poupées.

Tout à coup, par une inspiration subite, Miss Charlotte se leva et, d'une voix tremblante d'émotion, entonna le vieux cantique luthérien : *Notre Dieu est une puissante forteresse.* Charlie Jones posa sa serviette et les enfants ouvrirent la bouche, fascinés. De nouveau, la paix fut dans la maison.

Vers six heures, dans la lumière orangée de cette

fin d'après-midi, Charlie Jones regagna son poste d'observation. Au roulement continu de la canonnade se mêlaient, de plus en plus proches, des explosions sourdes. Ajustant sa longue-vue, il aperçut, de l'autre côté de la route, une ligne bleue qui bougeait en diagonale à travers champs et on pouvait croire que son objectif était le *Grand Pré*, en dépit du drapeau anglais sur le toit. « Tiens, pensa Charlie Jones, s'ils se déploient en tirailleurs, c'est que les nôtres ne sont pas loin. »

Comme pour lui donner raison, des coups de fusil éclatèrent et des balles s'écrasèrent sur le toit au-dessus de lui. La longue-vue avait dû le trahir ; sans demander son reste, et faisant fi de toute dignité, il se jeta à plat ventre dans la poussière du grenier. Une balle encore s'écrasa dans le bois de la lucarne. Il essaya de se faire le plus petit possible. La fusillade parut s'éloigner, mais tout à coup il y eut des commandements, des bruits de course, un tir nourri dont la maison semblait être la victime, car Charlie Jones entendit nettement l'impact des balles dans les murs.

Du temps passa. Quand, finalement, il n'entendit plus rien, il se releva et gagna l'escalier. Ce fut là qu'il eut peur.

Amelia se trouvait dans l'entrée. Dès qu'elle le vit, elle se jeta dans ses bras.

— Ils ont dû beaucoup se battre, dit-elle. On a tiré à coups de fusil sur la maison.

— Comment vont les enfants ?

— Ils sont avec Charlotte et Maisie qui essaient de les amuser. Les Noirs sont terrés à l'office, mais Jeremy curieux comme tout a risqué un œil à travers les contrevents. Il dit que les Bleus couraient comme s'ils allaient vers Manassas. Tu crois que c'est vrai ?

— Dieu seul le sait.

A leur tour, ils écartèrent un peu les lattes d'un des contrevents qui donnaient sur le porche. La lumière du crépuscule noyait la grande prairie. Aucune présence humaine, aucun bruit, ils s'aventurèrent dehors. Un dernier rayon rouge touchait le haut du grand cèdre. Serrés l'un contre l'autre, ils restèrent longtemps à regarder le soir silencieux envahir la terre.

XXXIII

Chaud et sec, le jour se levait. Joël était allongé sous les pins, comme tout son régiment caché là, attendant. La matinée s'étira sans qu'il se passât rien. Le silence était si profond qu'il eût permis d'entendre respirer les milliers d'hommes qu'on savait à l'affût d'un bout à l'autre de l'horizon. Vers midi soudain, ce fut l'enfer. Les hommes se dressèrent. En face, l'ennemi descendait les collines par vagues, le cri du clairon déchirait l'air. Pour Joël, il fallait se jeter en avant, il pensa à Elizabeth, aux enfants qui devenaient les siens, comme un talisman contre la lâcheté. Les soldats autour de lui se regardaient une seconde pour s'encourager, et, tout à coup, avec un hurlement qui chassait l'effroi, ils se lancèrent au pas de charge. Avec pour fond le roulement obstiné des canons, le fracas de la mitraille ponctuait les distances. Il fallait avancer, se jeter à terre, reculer, se mettre à l'abri, repartir : les hommes suivaient les ordres sans rien comprendre aux fluctuations de la bataille, si ce n'était qu'il fallait chasser ceux d'en face.

A trois heures, le régiment avait subi trois assauts sans être relevé. La chemise collait à la peau de Joël et la soif lui incendiait la gorge. Les yeux rouges, il croyait voir sans cesse l'éclair des baïonnettes.

Autour de lui, ses camarades avaient l'air hagard, le répit ne leur semblait pas vrai. Au-dessus de leurs têtes, la poussière blanchissait les feuilles des arbres; leurs chaussures aussi étaient blanches, les pieds leur chauffaient.

Joël sentait la sueur lui couler dans le dos : était-ce la peur qui se glissait ainsi ? C'était aussi la peur qui le poussait en avant, comme si la peur du voisin soutenait la sienne, et en face, chez l'ennemi, c'était la même chose. La peur combattait la peur. Ces gens du Nord étaient courageux et se battaient bien. Ce que Joël redoutait par-dessus tout, c'était le face à face : les visages.

Un appel de clairon les mit tous en alerte. C'était à leur tour d'attaquer. Dans les grincements de l'artillerie montée qui se déplaçait à travers les champs labourés par les obus, les Georgiens grimpèrent la colline à travers bois. La poussière était ardente, le bruit terrible. S'abriter, tirer, repartir à l'assaut, cela semblait sans fin, pareil à un jeu de cache-cache avec la mort. Joël pensa furtivement à Elizabeth : « Il faut que rien ne m'arrive, se dit-il, on est en train de gagner. » Toute peur avait disparu. Sans doute était-ce là ce que les civils appellent le baptême du feu.

Les tuniques bleues parurent s'éloigner alors que la ligne grise s'étirait en montant la colline à travers les rochers et les arbres. Au-dessus de Joël, les Fédéraux se remirent à tirer. Il crut qu'il se cognait contre un tronc d'arbre, et un peu plus haut seulement, dans une accalmie, il se mit à vomir.

Le jour déclinait, un ciel noir s'avança de l'horizon vers le champ de bataille, de grands rais de soleil tombant encore ici et là en colonnes lumineuses; puis, de plus en plus rapprochés, les éclairs pétrifiaient un instant la terre entière, et le tonnerre couvrit les grondements du canon. La fureur de la nature sembla répondre à la fureur des hommes et montrer le courroux de l'être invisible qui les voyait.

On se battit jusqu'au crépuscule, l'obscurité seule mit fin à la bataille quand on ne put plus distinguer le gris du bleu.

Ils campèrent sur place sous une grosse pluie battante, prêts à emporter à l'aube les dernières positions de l'ennemi. Toute la nuit, ils s'abritèrent comme ils purent. Joël appuyé contre un arbre avait l'impression de ne plus pouvoir lâcher son fusil, comme si son bras était tétanisé. Dans les champs en contrebas, blessés et mourants des deux armées gisaient sous la pluie et les ténèbres semblaient parfois gémir.

Le 31 au petit jour, le régiment de Joël découvrit qu'il n'avait plus d'adversaire visible en face de lui ; l'ennemi avait battu en retraite.

Ce furent les Sudistes qui relevèrent les blessés sur les champs de bataille et constatèrent que les Yankees avaient utilisé des balles explosives. Aidés par les prisonniers, ils enterrèrent leurs morts, gamins et vétérans côte à côte.

Comme il continuait à pleuvoir, les chemins étaient des fondrières, et la poursuite commença dans la boue. A la première halte, un camarade de Joël s'inquiéta de le voir tenir son fusil de travers.

— Une crampe, dit Joël, et les vêtements trempés, ça n'arrange rien.

Le soldat lui toucha l'avant-bras, puis regarda sa main.

— Du sang, fit-il.

☆

La nouvelle de la victoire courut de tous côtés. Le 2 septembre, après deux jours de retraite, l'armée du Nord avait quitté la Virginie. Washington, une nouvelle fois, tremblait. Moins de deux mois auparavant, c'était Richmond qui était l'objectif du Nord. Ainsi le flux et le reflux de la guerre allaient de l'une à l'autre capitales.

XXXIV

Par des chemins détrempés, tout le monde arrivait au *Grand Pré* où flottait encore une odeur de poudre : Mrs Harrison Edwards descendait des Blue Ridge ; Kinloch entier accourait, Mrs Turner ayant ouvert en grand la porte de ses écuries. Ce fut pour trouver les préparatifs d'une grande fête que Charlie Jones voulait donner, le 4, pour les hommes du Sud qui se trouvaient aux environs. Il ne cessait de tempêter contre les barbares du Nord qui avaient enlevé tous ses chevaux et saccagé le *Bocage*. La maison d'Amelia ouverte aux quatre vents, l'orage y était entré à sa guise. Cependant, Jeremy avait sauvé Whitie en l'enfermant dans la réserve près de la cuisine, et le poney, comprenant le danger, s'était tenu tranquille.

— C'est à Massa Ned, dit le vieux Noir, et à Massa Ned je l'ai ga'dé.

La joie de se retrouver fut énorme, en proportion de leur angoisse à tous. On n'en finissait pas d'échanger les nouvelles. A Dimwood, les femmes restaient seules, Oncle Douglas avait rejoint Oncle Josh dans les troupes indiennes qui couvraient l'ouest du Missouri. A Charleston, rien n'avait bougé ou presque dans la famille : Hilda avait maintenant trois petits garçons, Minnie un, et leurs maris servaient dans les régiments qui tenaient les forts de la ville contre toute incursion par la mer.

Deux lettres de Lady Fidgety, impérieuses, réclamaient Ned et Kit à cor et à cri ; elle se plaignait douloureusement d'être seule à Londres loin de ceux qu'elle pouvait et voulait combler de ses richesses, et, ajoutait-elle, de son amour. En lisant ces messages qui l'attendaient au *Grand Pré*, Elizabeth pensa : « Tout vient trop tard. » Elle venait pour la seconde fois de faire ce que sa mère appelait une bêtise, épouser un soldat, et un simple soldat. Pourtant, elle se souvenait de l'admiration portée par Lady Fidgety à Billy, mais Billy avait un uniforme d'officier. Le charme nu de Joël, sa mère l'aurait-elle accepté ? L'ambiguïté de cette question la fit rire malgré elle, mais soudain elle le vit tel qu'il était le matin où il avait dû la quitter dans leur chambre de Savannah. Il devait être à Richmond où on ne se battait plus. Comment le faire venir, maintenant que la guerre semblait gagnée ? Charlie Jones pourrait obtenir une permission ou bien elle irait sur place, il ne serait pas difficile de trouver un régiment de Georgiens. Après tout, elle était Elizabeth Owen, femme de Joël Owen. Avec cette idée en tête, elle descendit voir Charlie Jones.

Dès les premiers mots d'Elizabeth, il l'arrêta : ce n'était pas le moment, mais il lui promettait qu'elle le verrait, son Joël, et bientôt. Sur ces paroles mystérieuses, il retourna à l'intérieur de la maison pour faire ouvrir la salle de bal qui n'avait pas servi depuis longtemps et voir l'état du piano.

Elizabeth se rejeta sur Miss Llewelyn, celle-ci lui conseilla de rester dans sa chambre en attendant l'heure de la fête. Comme Charlie Jones, la Galloise savait que le régiment de Joël avait combattu à Manassas. Les Georgiens avaient été au cœur de la bataille, et, vu le nombre des morts du 21e régiment, celui-ci était mis au repos. Joël ne figurait pas sur la liste des disparus. La Galloise savait que Charlie Jones avait prié le général Jeb Stuart de venir en ami et d'intervenir autant qu'il le pourrait pour que Joël fût présent. Comme Charlie Jones, elle avait caché tout cela à Elizabeth.

Si pour tout le monde l'après-midi se traîna, pour Oncle Charlie elle fut vertigineuse, il veillait à tout, était partout à la fois. Au soleil de cinq heures, de tous les comtés proches, ceux qui s'étaient confinés jusque-là dans leurs domaines répondaient à l'invitation du *Grand Pré*; Amelia et les femmes recevaient les civils, Charlie Jones s'était réservé les militaires. Lorsque Jeb Stuart arriva avec ses officiers et ses musiciens, les serviteurs noirs de la maison fêtèrent Sweeney et son banjo que maintenant tout le Sud connaissait. Fatigués les uniformes, l'atmosphère n'en fut pas moins joyeuse !

Plus tard, accompagné d'un camarade, Joël parut. Il rayonnait le plus modestement possible, car il redoutait qu'on le rendît ridicule en le prenant pour un héros à cause de son bras droit en écharpe, et aussi il se souvenait de sa peur. Le galon de sergent ornait la manche de son uniforme en piteux état. Il cherchait des yeux Elizabeth, et celle-ci, comme par une attraction mystérieuse, se fraya un passage à travers la foule et se jeta sur lui.

— Attention, dit-il, là, j'ai mal.
— Tu es blessé ?
— Une balle dans le bras, c'est pas grave.
De son bras gauche il la serra sur sa poitrine.

Elle balbutia des mots d'amour et pleura doucement contre lui.

— Tu n'as pas vu ? Je suis sergent. Non, touche pas les galons, ils sont mal cousus... mais je voudrais te voir sourire. Allons dans ta chambre, veux-tu ?

☆

On avait ouvert toutes les fenêtres, la nuit était douce et pleine d'étoiles après les orages nocturnes de ces derniers jours et la pluie battante qui avait trempé la retraite du Nord. Dans la maison, Sweeney jouait et on dansait tantôt sur des airs sentimentaux, tantôt sur des valses. Quand le général se mit au piano pour accompagner banjo, violons et cliquettes, les airs du Sud se succédèrent. Pour certains, on tapait dans les mains, pour d'autres, c'était l'émotion rôdant au fond des yeux. La joie était grande, mais une année de guerre était passée sur l'enthousiasme du premier Manassas.

Les enfants restaient entre eux sur la véranda, un peu à l'écart du tapage des grandes personnes, pire que le leur dans ses bons jours, et cette joie bruyante les éberluait. Cependant, ils voyaient tout. Quand le général se mit au piano, Ned dit à ses compagnons : « C'est lui qui m'a donné mon foulard. » Et ils se tinrent alors dans l'embrasure d'une des portes ouvertes sur le crépuscule. La salle entière paraissait tourner avec le bruit.

Vint un air plus enlevé encore que les autres, et comme tout le monde tapait en cadence dans ses mains, la tunique déboutonnée du général tressautait avec lui sur le tabouret, révélant par instants une tache claire. Kit échappa à Ned, s'approcha du piano, souleva plus haut le vêtement. Le général avait une pièce grossièrement cousue sur la partie la plus ronde de son pantalon. Des rires fusèrent d'un bout à l'autre de la salle, sans épargner Jeb Stuart lui-même. Surpris, Kit éclata en sanglots. Ned courut le prendre par la main, et, dehors, non sans peine, parvint à le consoler.

On dansa jusqu'à l'aube. Tout à coup, le général demanda le silence :

— A cette heure même, Lee doit franchir le Potomac et pénètre dans le Maryland.

Alors, très doucement, une femme se mit à chanter : « *I wish I was in de land ob cotton. Old times dar am not forgotten, look away...* », et tous l'accompagnèrent dans un murmure : « *Look away! look away! Dixieland...* »

XXXV

Le lendemain, 6 septembre, le *Grand Pré* avait retrouvé son aspect habituel. On eût pu croire qu'il n'y avait jamais eu de foule, de fête ni de victoire. Seuls, des trous dans le bois des colonnes de la véranda trahissaient le passage de la guerre.

La veille, le général Lee avait bien franchi le Potomac et poursuivait son offensive dans le Maryland. Les partisans du Sud étaient les plus nombreux dans cet État que, déjà, on voyait rejoindre la Confédération. A l'ouest, Bragg libérait le Kentucky des Nordistes et menaçait l'Ohio. Quant à Jeb Stuart, il avait rejoint dès l'aube Jackson dans sa marche en direction de Harper's Ferry, car les mêmes noms revenaient sans cesse en jeu dans les cartes de la guerre. L'avenir, c'était à brève échéance l'Union dissoute. Le Sud serait beau joueur : il proposerait aux gens du Nord une confédération, comme celle qu'avaient imaginée les pères conscrits.

Les nouvelles comportaient également une part d'ombre. Les pertes sudistes avaient été lourdes, même si celles du côté fédéral les dépassaient considérablement. Canons, drapeaux, armes, bagages, le matériel capturé était d'importance, mais prouvait les ressources de l'ennemi. Enfin, on escomptait de la victoire le succès de Mason et Sliddel à Wind-

sor et aux Tuileries, et leurs dépêches étaient atten-
dues dans l'impatience.

☆

La matinée annonçait un de ces jours chauds de
septembre, à faire croire que l'été voulait brûler d'un
coup de tous ses feux. Les enfants jouaient à un jeu
nouveau, car on ne les entendait pas. Miss Llewelyn
finit par les découvrir assis en rond par terre sous
le grand cèdre. Avec des ruses de Sioux et le tact
qu'elle n'aurait pas eu pour les grandes personnes,
elle fit un détour qui l'amena derrière l'arbre.

Elle voyait Ned de profil. Charlie Jones avait beau
retrouver en lui son fils Edward, Ned était le portrait de sa mère, mais avec le regard vert de Jonathan. La vérité regardait par ces yeux-là, c'était
l'enfant de l'amour.

Elle écouta.

— Bon alors, tu prends mon poney quand tu veux.

— Et moi, je te prête ma carabine, dit Emmanuel.

— Oh, non! (C'était la voix de Johnny.) Pas des
armes!

— Qu'est-ce que t'as?

— Y avait des morts là-bas sous la pluie.

Un bref silence, puis la voix du petit Kit:

— Comment c'est, un mort?

Derrière son arbre, Miss Llewelyn songeait: les
expressions, la voix, Billy au même âge renaissait
dans le petit bonhomme.

— Par terre, les yeux ouverts, ça bouge plus,
déclara Emmanuel.

Il se renversa sur le sol, les bras le long du corps, les yeux grands ouverts, pour montrer ce qu'il voulait dire.

— Eux, c'est pas exprès, fit Johnny. Et puis, arrête, tu lui fais peur.

— J'ai pas peur ! s'écria Kit en se blottissant contre Ned. Mon papa il est blessé.

— C'est pas le vrai, dit Emmanuel, c'est...

— Si, coupa Ned. Moi et Kit, on l'a choisi.

Il posa le bras sur l'épaule de son frère.

Pour Miss Llewelyn il était temps d'intervenir. Les enfants l'aimaient bien, même quand ils désobéissaient, car elle savait leur parler et prenait leur défense alors que les grandes personnes étaient injustes et butées. Au moment où ils la virent, ils dirent calmement, comme une leçon bien apprise :

— On a gagné.

— Est-ce que je peux m'asseoir avec vous, les enfants ?

Elle tira près d'eux un des fauteuils d'osier qu'on laissait toujours, l'été, sous les branches basses du cèdre, et ils reformèrent leur cercle avec elle.

— Écoutez, fit-elle. Les soldats qui meurent sur le champ de bataille vont au Paradis.

— Tous ? demanda Emmanuel.

— Tous. Ceux qui sont morts sous la pluie comme ceux qui sont morts au grand soleil, ceux qui avaient de beaux uniformes comme ceux qui avaient des uniformes déchirés, ceux qui avaient peur, ceux qui disaient qu'ils n'avaient pas peur, les tambours et les capitaines, enfin tous. Ça a toujours été comme ça... Amis, ennemis, tous des victimes...

Elle parla longtemps. Les enfants l'écoutaient en silence.

Høvringen, 18 août 1994.

DU MÊME AUTEUR

Œuvres complètes
Vol. 1, 2, 3, 4, 5, 6, 7 et 8
La Pléiade, 1971, 1973, 1975, 1976, 1977, 1990, 1994, 1998
et Album Green, 1998

Pamphlet contre les catholiques de France
Suivi de Ce qu'il faut d'amour à l'homme
Fayard, 1996

L'Autre
roman
Fayard, 1994
et « Le Livre de poche », n° 14042

Frère François
(Vie de François d'Assise)
biographie
Seuil, 1983, 2005
« Points biographie », n° 8
et « Points », n° P325

Paris
essai
Fayard, 1995

Si j'étais vous
Fayard, 1993
et « Le Livre de poche », n° 13834

Mont-Cinère
roman
Fayard, 1996
et « Biblio romans », n° 3450

Histoires de vertige
nouvelles
Fayard, 1997

L'Autre sommeil

roman
Fayard, 1994
et « Le Livre de poche », n° 14200

Léviathan

roman
Fayard, 1993
et « Le Livre de poche », n° 3420

Chaque homme dans sa nuit

roman
et Fayard, 1997

Le Visionnaire

roman
Fayard, 1994
et « Le Livre de poche », n° 828

Le Malfaiteur

roman
Fayard, 1995
et « Le Livre de poche », n° 14336

Les Pays lointains

roman
Seuil, 1978
« Points Roman », n° R381
et « Points », n° P2104

Le Langage et son double

essai
« Points Essais », n° 190, 1987
et Fayard, 2004

Suite anglaise

essai
et Fayard, 1995

Le Mauvais lieu

roman
Fayard, 1995
et « Le Livre de poche », n° 14336

Sud
théâtre
Seuil, 1988
et Flammarion bilingue, n° 1369

Le Voyageur sur la Terre
nouvelles
Fayard, 1997

Liberté chérie
essai
Seuil, 1989

Les Étoiles du Sud
roman
Seuil, 1989
et « Points », n° P1991

Moïra
roman
Seuil, 1989
et Fayard, 1997

Journal du voyageur
(avec 100 photos par l'auteur)
Seuil, 1990

L'Homme et son ombre
essai bilingue
Seuil, 1991

Jeunes années
autobiographie
Seuil, 1992
et en 2 vol, « Points », n° P515 et P516

Épaves
roman
Fayard, 1994
et « Le Livre de poche », n° 13855

Minuit

roman
Fayard, 1994
et « Le Livre de poche », n° 13911

Adrienne Mesurat

roman
Fayard, 1994
et « Le Livre de poche », n° 3418

Varouna

roman
Fayard, 1995

Dionysos ou La Chasse aventureuse

poème en prose
Fayard, 1997

Jeunesse immortelle

Gallimard, 1998

Souvenirs des jours heureux

Flammarion, 2007

L'Inconnu et autres récits

Fayard, 2008

L'Amérique

Fayard 2008

Théâtre

L'Étudiant roux, L'Ennemi, L'Ombre,
Demain n'existe pas, L'Automate
Flammarion, 2008

JOURNAL

On est si heureux quand on a 19 ans, 1919-1924
I. Les Années faciles, 1926-1934
II. Derniers Beaux jours, 1935-1939
La Fin d'un monde, 1940

Œuvres en anglais

The Apprentice Psychiatrist
The Virginia Quarterly Review, 1920

Memories of Happy Days
New York, Harper, 1942 ; Londres, Dent, 1942

Traductions de Charles Péguy :
Basic Verities, Men and Saints, The Mystery
of Charity of Joan of Arc, God speaks
New York, Pantheon Books, 1943

Traductions en français

Merveilles et Démons, *nouvelles de Lord Dunsany*
Seuil, 1991

Texte en allemand

Les statues parlent
*Texte de l'exposition des photos de Julien Green
sur la sculpture à la Glyptothèque de Munich, 1992*

IMPRESSION : CPI BRODARD ET TAUPIN À LA FLÈCHE
DÉPÔT LÉGAL : AVRIL 2009. N° 99545 (51950)
IMPRIMÉ EN FRANCE